CLASSIQUES & CIE
LYCÉE

Émile Zola

Thérèse Raquin

(1867)

*suivi d'*Un mariage d'amour

(1866)

Préface de Maylis de Kerangal

Texte intégral suivi d'un dossier critique
pour la préparation du bac français

Collection dirigée par
Johan Faerber

Édition annotée et commentée par
Laurence Rauline
agrégée de lettres modernes

Hatier

Thérèse Raquin

Un mariage d'amour

 - ISBN 978-2-218-95432-0
Conception graphique de la maquette: c-album, Jean-Baptiste Taisne, Rachel Pfleger (texte); Lauriane Ti-berghien (dossier) • Mise en pages : Chesteroc Ltd • Suivi éditorial : adamante.

REPÈRES CLÉS

POUR SITUER L'ŒUVRE

FICHES DE LECTURE

POUR APPROFONDIR SA LECTURE

THÈMES ET DOCUMENTS

POUR COMPARER

OBJECTIF BAC

POUR S'ENTRAÎNER

Thérèse Raquin : une fable noire

par Maylis de Kerangal

Thérèse Raquin entre dans la collection Classiques & cie. Ou comment un roman qui fut reçu, lors de sa parution en 1867, comme un objet de scandale, un outrage, une honte – et qui fut d'ailleurs écrit dans ce but : choquer la critique bien-pensante – vient prendre place près d'un siècle et demi plus tard dans le corpus des lectures que l'on recommande aux lycéens, prend valeur de classique. Or, relisant *Thérèse Raquin*, je souris : est-ce bien raisonnable, franchement, de mettre ce livre entre les mains de la jeunesse ? N'est-ce pas imprudent de lui conseiller la lecture de cette fable noire de la concupiscence, drame abject où s'agitent, tels des pantins démantibulés, des protagonistes régis par leurs instincts, soumis à leurs pulsions, et où, renchérit Zola, « l'âme est parfaitement absente, j'en conviens aisément, puisque je l'ai voulu ainsi » ?

On aurait tort de croire en effet que le temps a suffi à vider *Thérèse Raquin* de sa noirceur convulsive, à le purger de son indécence morbide, à en soulager la pression asphyxiante : la trajectoire parabolique qui conduit *Thérèse Raquin* de résumé fidèle de « toutes les putridités de la littérature contemporaine » (article du *Figaro* du 23 janvier 1868) à la présente édition n'a en rien délesté le roman de sa charge diabolique : tout y est intact, frais, vaguement écœurant à force d'être cru. Et parfaitement irrespirable même si nullement faisandé. De même, on aurait tort de miser sur une lecture contextuelle du roman pour se rassurer, de faire prévaloir l'intérêt de sa richesse documentaire pour en minimiser la force romanesque. Car, si la saisie littéraire du milieu impressionne (ici, des petits-bourgeois nouvellement parisiens, petits commerçants et petits fonctionnaires), si la mise en scène des mœurs et de la vie quotidienne captive et réjouit, s'il y a bien cette frontalité à décrire, cette fameuse énergie naturaliste comme marque de fabrique – *mano a mano* de la littérature et de la quête de vérité –, *Thérèse Raquin* demeure avant tout le roman des yeux révulsés, des visions étouffées, des passions brutales assouvies sur le sol, de la morsure de la chair et des brûlures du remords.

En cela, il tient sans doute une place singulière dans l'œuvre de Zola – œuvre trop souvent louée, et par là même neutralisée, pour la valeur sociologique qu'on lui accorde. Ici, le dispositif littéraire est minimal, la focale du récit découpe un périmètre réduit – une mercerie au fond d'un passage obscur, une chambre, une barque, quelques dalles à la morgue – et concentre un petit groupe de personnages dont deux, Thérèse et Laurent, font bientôt suffoquer le roman tout entier. Machine infernale d'une vigueur incomparable, *Thérèse Raquin* se déroute ainsi à grande vitesse vers un expressionnisme puissant et fiévreux, selon une logique interne qui ne laisse aucune chance au lecteur. C'est pourquoi il faut lire *Thérèse Raquin* : pour le roman lui-même, pour approcher le roman dans le plus pur éclat de son genre – un classique.

Thérèse Raquin

Préface de la deuxième édition

J'avais naïvement cru que ce roman pouvait se passer de préface. Ayant l'habitude de dire tout haut ma pensée, d'appuyer même sur les moindres détails de ce que j'écris, j'espérais être compris et jugé sans explication préalable. Il paraît que je me suis trompé.

La critique a accueilli ce livre d'une voix brutale et indignée. Certaines gens vertueux [1], dans des journaux non moins vertueux, ont fait une grimace de dégoût, en le prenant avec des pincettes pour le jeter au feu. Les petites feuilles [2] littéraires elles-mêmes, ces petites feuilles qui donnent chaque soir la gazette des alcôves [3] et des cabinets particuliers, se sont bouché le nez en parlant d'ordure et de puanteur. Je ne me plains nullement de cet accueil ; au contraire, je suis charmé de constater que mes confrères ont des nerfs sensibles de jeune fille. Il est bien évident que mon œuvre appartient à mes juges, et qu'ils peuvent la trouver nauséabonde sans que j'aie le droit de réclamer. Ce dont je me plains, c'est que pas un des pudiques journalistes qui ont rougi en lisant *Thérèse Raquin* ne me paraît avoir compris ce roman. S'ils l'avaient compris, peut-être auraient-ils rougi davantage, mais au moins je goûterais à cette heure l'intime satisfaction de les

1. Le nom *gens* peut être féminin ; c'est pourquoi l'adjectif *certaines* est accordé au féminin. Mais un adjectif placé après lui est accordé au masculin ; c'est ici le cas de *vertueux*.

2. Feuilles : journaux, gazettes.

3. Alcôves : enfoncements ménagés dans un mur pour y placer un lit.

voir écœurés à juste titre. Rien n'est plus irritant que d'entendre d'honnêtes écrivains crier à la dépravation [1], lorsqu'on est intimement persuadé qu'ils crient cela sans savoir à propos de quoi ils le crient.

Donc il faut que je présente moi-même mon œuvre à mes juges. Je le ferai en quelques lignes, uniquement pour éviter à l'avenir tout malentendu.

Dans *Thérèse Raquin*, j'ai voulu étudier des tempéraments [2] et non des caractères [3]. Là est le livre entier. J'ai choisi des personnages souverainement dominés par leurs nerfs et leur sang, dépourvus de libre arbitre [4], entraînés à chaque acte de leur vie par les fatalités de leur chair. Thérèse et Laurent sont des brutes humaines, rien de plus. J'ai cherché à suivre pas à pas dans ces brutes le travail sourd des passions, les poussées de l'instinct, les détraquements cérébraux survenus à la suite d'une crise nerveuse. Les amours de mes deux héros sont le contentement [5] d'un besoin ; le meurtre qu'ils commettent est une conséquence de leur adultère, conséquence qu'ils acceptent comme les loups acceptent l'assassinat des moutons ; enfin, ce que j'ai été obligé d'appeler leurs remords, consiste en un simple désordre organique, en une rébellion du système nerveux tendu à se rompre. L'âme est parfaitement absente, j'en conviens aisément, puisque je l'ai voulu ainsi.

---

1. Dépravation : corruption, immoralité.

2. Tempéraments : terme à connotations scientifiques qui désigne les diverses influences censées déterminer le comportement d'une personne.

3. Caractères : notion appartenant à la psychologie, sur laquelle se fonde la littérature traditionnelle, et que Zola refuse au nom d'une démarche plus scientifique.

4. Libre arbitre : liberté, faculté à prendre soi-même une décision librement.

5. Contentement : satisfaction.

On commence, j'espère, à comprendre que mon but a été un but scientifique avant tout. Lorsque mes deux personnages, Thérèse et Laurent, ont été créés, je me suis plu à me poser et à résoudre certains problèmes : ainsi, j'ai tenté d'expliquer l'union étrange qui peut se produire entre deux tempéraments différents, j'ai montré les troubles profonds d'une nature sanguine [1] au contact d'une nature nerveuse [2]. Qu'on lise le roman avec soin, on verra que chaque chapitre est l'étude d'un cas curieux de physiologie. En un mot, je n'ai eu qu'un désir : étant donné un homme puissant et une femme inassouvie, chercher en eux la bête, ne voir même que la bête, les jeter dans un drame violent, et noter scrupuleusement les sensations et les actes de ces êtres. J'ai simplement fait sur deux corps vivants le travail analytique que les chirurgiens font sur des cadavres.

Avouez qu'il est dur, quand on sort d'un pareil travail, tout entier encore aux graves jouissances de la recherche du vrai, d'entendre des gens vous accuser d'avoir eu pour unique but la peinture de tableaux obscènes [3]. Je me suis trouvé dans le cas de ces peintres qui copient des nudités, sans qu'un seul désir les effleure, et qui restent profondément surpris lorsqu'un critique se déclare scandalisé par les chairs vivantes de leur œuvre. Tant que j'ai écrit *Thérèse Raquin*, j'ai oublié le monde, je me suis perdu dans la copie exacte et minutieuse de la vie, me donnant tout entier à l'analyse du mécanisme humain, et je vous assure que les amours cruelles de Thérèse et de Laurent n'avaient pour moi

---

1. **Nature sanguine :** nature impulsive, agitée.
2. **Nature nerveuse :** nature anxieuse, excessivement sensible.
3. **Obscènes :** indécents, contraires à la pudeur.

rien d'immoral, rien qui puisse pousser aux passions mauvaises. L'humanité des modèles disparaissait comme elle disparaît aux yeux de l'artiste qui a une femme nue vautrée devant lui, et qui songe uniquement à mettre cette femme sur sa toile dans la vérité de ses formes et de ses colorations. Aussi ma surprise a-t-elle été grande quand j'ai entendu traiter mon œuvre de flaque de boue et de sang, d'égout, d'immondice, que sais-je ? Je connais le joli jeu de la critique, je l'ai joué moi-même ; mais j'avoue que l'ensemble de l'attaque m'a un peu déconcerté. Quoi ! il ne s'est pas trouvé un seul de mes confrères pour expliquer mon livre, sinon pour le défendre ! Parmi le concert de voix qui criaient : « L'auteur de *Thérèse Raquin* est un misérable hystérique qui se plaît à étaler des pornographies », j'ai vainement attendu une voix qui répondît : « Eh ! non, cet écrivain est un simple analyste, qui a pu s'oublier dans la pourriture humaine, mais qui s'y est oublié comme un médecin s'oublie dans un amphithéâtre. »

Remarquez que je ne demande nullement la sympathie de la presse pour une œuvre qui répugne, dit-elle, à ses sens délicats. Je n'ai point tant d'ambition. Je m'étonne seulement que mes confrères [1] aient fait de moi une sorte d'égoutier littéraire, eux dont les yeux exercés devraient reconnaître en dix pages les intentions d'un romancier, et je me contente de les supplier humblement de vouloir bien à l'avenir me voir tel que je suis et me discuter pour ce que je suis.

Il était facile, cependant, de comprendre *Thérèse Raquin*, de se placer sur le terrain de l'observation et de l'analyse, de me

1. Zola a lui-même écrit pour la presse.

montrer mes fautes véritables, sans aller ramasser une poignée de boue et me la jeter à la face au nom de la morale. Cela demandait un peu d'intelligence et quelques idées d'ensemble en vraie critique. Le reproche d'immoralité, en matière de science, ne prouve absolument rien. Je ne sais si mon roman est immoral, j'avoue que je ne me suis jamais inquiété de le rendre plus ou moins chaste. Ce que je sais, c'est que je n'ai pas songé un instant à y mettre les saletés qu'y découvrent les gens moraux ; c'est que j'en ai écrit chaque scène, même les plus fiévreuses, avec la seule curiosité du savant ; c'est que je défie mes juges d'y trouver une page réellement licencieuse[1], faite pour les lecteurs de ces petits livres roses, de ces indiscrétions de boudoir[2] et de coulisses, qui se tirent à dix mille exemplaires et que recommandent chaudement les journaux auxquels les vérités de *Thérèse Raquin* ont donné la nausée.

Quelques injures, beaucoup de niaiseries, voilà donc tout ce que j'ai lu jusqu'à ce jour sur mon œuvre. Je le dis ici tranquillement, comme je le dirais à un ami qui me demanderait dans l'intimité ce que je pense de l'attitude de la critique à mon égard. Un écrivain de grand talent, auquel je me plaignais du peu de sympathie que je rencontre, m'a répondu cette parole profonde : « Vous avez un immense défaut qui vous fermera toutes les portes : vous ne pouvez causer deux minutes avec un imbécile sans lui faire comprendre qu'il est un imbécile. » Cela doit être ; je sens le tort que je me fais auprès de la critique en l'accusant d'inintelligence, et je ne puis pourtant m'empêcher

1. Licencieuse : indécente, immorale.

2. Boudoir : petit salon d'une dame.

de témoigner le dédain[1] que j'éprouve pour son horizon borné et pour les jugements qu'elle rend à l'aveuglette, sans aucun esprit de méthode. Je parle, bien entendu, de la critique courante, de celle qui juge avec tous les préjugés littéraires des sots, ne pouvant se mettre au point de vue largement humain que demande une œuvre humaine pour être comprise. Jamais je n'ai vu pareille maladresse. Les quelques coups de poing que la petite critique m'a adressés à l'occasion de *Thérèse Raquin* se sont perdus, comme toujours, dans le vide. Elle frappe essentiellement à faux, applaudissant les entrechats[2] d'une actrice enfarinée[3] et criant ensuite à l'immoralité à propos d'une étude physiologique, ne comprenant rien, ne voulant rien comprendre et tapant toujours devant elle, si sa sottise prise de panique lui dit de taper. Il est exaspérant d'être battu pour une faute dont on n'est point coupable. Par moments, je regrette de n'avoir pas écrit des obscénités ; il me semble que je serais heureux de recevoir une bourrade méritée, au milieu de cette grêle de coups qui tombent bêtement sur ma tête, comme des tuiles, sans que je sache pourquoi.

Il n'y a guère, à notre époque, que deux ou trois hommes qui puissent lire, comprendre et juger un livre[4]. De ceux-là je consens à recevoir des leçons, persuadé qu'ils ne parleront pas sans avoir pénétré mes intentions et apprécié les résultats de mes efforts. Ils se garderaient bien de prononcer les grands

1. Dédain : mépris.

2. Entrechats : sauts légers d'une danseuse.

3. Enfarinée : qui se présente aux spectateurs le visage poudré. Sens figuré : qui témoigne d'une confiance en elle naïve et peu justifiée.

4. Ces critiques littéraires auxquels Zola fait confiance sont peut-être Sainte-Beuve (1804-1869) et Taine (1828-1893).

mots vides de moralité et de pudeur littéraire ; ils me reconnaîtraient le droit, en ces temps de liberté dans l'art, de choisir mes sujets où bon me semble, ne me demandant que des œuvres consciencieuses, sachant que la sottise seule nuit à la dignité des lettres. À coup sûr, l'analyse scientifique que j'ai tenté d'appliquer dans *Thérèse Raquin* ne les surprendrait pas ; ils y retrouveraient la méthode moderne, l'outil d'enquête universelle dont le siècle se sert avec tant de fièvre pour trouer l'avenir. Quelles que dussent être leurs conclusions, ils admettraient mon point de départ, l'étude du tempérament et des modifications profondes de l'organisme sous la pression des milieux et des circonstances. Je me trouverais en face de véritables juges, d'hommes cherchant de bonne foi la vérité, sans puérilité ni fausse honte, ne croyant pas devoir se montrer écœurés au spectacle de pièces d'anatomie nues et vivantes. L'étude sincère purifie tout, comme le feu. Certes, devant le tribunal que je me plais à rêver en ce moment, mon œuvre serait bien humble ; j'appellerais sur elle toute la sévérité des critiques, je voudrais qu'elle en sortît noire de ratures. Mais au moins j'aurais eu la joie profonde de me voir critiquer pour ce que j'ai tenté de faire, et non pour ce que je n'ai pas fait.

Il me semble que j'entends, dès maintenant, la sentence[1] de la grande critique, de la critique méthodique et naturaliste qui a renouvelé les sciences, l'histoire et la littérature : « *Thérèse Raquin* est l'étude d'un cas trop exceptionnel ; le drame de la vie moderne est plus souple, moins enfermé dans l'horreur et la folie. De pareils cas se rejettent au second plan d'une œuvre. Le désir de ne rien perdre de ses observations a poussé l'auteur

1. **Sentence :** jugement.

à mettre chaque détail en avant, ce qui a donné encore plus de tension et d'âpreté à l'ensemble. D'autre part, le style n'a pas la simplicité que demande un roman d'analyse. Il faudrait, en somme, pour que l'écrivain fît maintenant un bon roman, qu'il vît la société d'un coup d'œil plus large, qu'il la peignît sous ses aspects nombreux et variés, et surtout qu'il employât une langue nette et naturelle. »

Je voulais répondre en vingt lignes à des attaques irritantes par leur naïve mauvaise foi, et je m'aperçois que je me mets à causer avec moi-même, comme cela m'arrive toujours lorsque je garde trop longtemps une plume à la main. Je m'arrête, sachant que les lecteurs n'aiment pas cela. Si j'avais eu la volonté et le loisir d'écrire un manifeste[1], peut-être aurais-je essayé de défendre ce qu'un journaliste, en parlant de *Thérèse Raquin*, a nommé « la littérature putride[2] ». D'ailleurs, à quoi bon ? Le groupe d'écrivains naturalistes auquel j'ai l'honneur d'appartenir a assez de courage et d'activité pour produire des œuvres fortes, portant en elles leur défense. Il faut tout le parti pris d'aveuglement d'une certaine critique pour forcer un romancier à faire une préface. Puisque, par amour de la clarté, j'ai commis la faute d'en écrire une, je réclame le pardon des gens d'intelligence, qui n'ont pas besoin, pour voir clair, qu'on leur allume une lanterne en plein jour.

Émile Zola.
15 avril 1868.

1. Manifeste : texte dans lequel un écrivain défend sa manière de voir la littérature.
2. Putride : pourrie, malsaine. Ferragus (pseudonyme de Louis Ulbach) est le journaliste qui emploie l'expression *littérature putride* dans le journal *Le Figaro* (1868).

I

Au bout de la rue Guénégaud, lorsqu'on vient des quais, on trouve le passage du Pont-Neuf, une sorte de corridor étroit et sombre qui va de la rue Mazarine à la rue de Seine. Ce passage a trente pas de long et deux de large, au plus ; il est pavé de dalles jaunâtres, usées, descellées, suant toujours une humidité âcre[1] ; le vitrage qui le couvre, coupé à angle droit, est noir de crasse.

Par les beaux jours d'été, quand un lourd soleil brûle les rues, une clarté blanchâtre tombe des vitres sales et traîne misérablement dans le passage. Par les vilains jours d'hiver, par les matinées de brouillard, les vitres ne jettent que de la nuit sur les dalles gluantes, de la nuit salie et ignoble.

À gauche, se creusent des boutiques obscures, basses, écrasées, laissant échapper des souffles froids de caveau[2]. Il y a là des bouquinistes, des marchands de jouets d'enfant, des cartonniers, dont les étalages gris de poussière dorment vaguement dans l'ombre ; les vitrines, faites de petits carreaux, moirent[3] étrangement les marchandises de reflets verdâtres ; au-delà, derrière les étalages, les boutiques pleines de ténèbres sont autant de trous lugubres dans lesquels s'agitent des formes bizarres.

1. Âcre : irritante, piquant le nez.

2. Caveau : tombeau.

3. Moirent : donnent des reflets changeants.

À droite, sur toute la longueur du passage, s'étend une muraille contre laquelle les boutiquiers d'en face ont plaqué d'étroites armoires ; des objets sans nom, des marchandises oubliées là depuis vingt ans s'y étalent le long de minces planches peintes d'une horrible couleur brune. Une marchande de bijoux faux s'est établie dans une des armoires ; elle y vend des bagues de quinze sous, délicatement posées sur un lit de velours bleu, au fond d'une boîte en acajou.

Au-dessus du vitrage, la muraille monte, noire, grossièrement crépie, comme couverte d'une lèpre[1] et toute couturée de cicatrices.

Le passage du Pont-Neuf n'est pas un lieu de promenade. On le prend pour éviter un détour, pour gagner quelques minutes. Il est traversé par un public de gens affairés dont l'unique souci est d'aller vite et droit devant eux. On y voit des apprentis en tablier de travail, des ouvrières reportant leur ouvrage, des hommes et des femmes tenant des paquets sous leur bras ; on y voit encore des vieillards se traînant dans le crépuscule morne qui tombe des vitres, et des bandes de petits enfants qui viennent là, au sortir de l'école, pour faire du tapage en courant, en tapant à coups de sabots sur les dalles. Toute la journée, c'est un bruit sec et pressé de pas sonnant sur la pierre avec une irrégularité irritante ; personne ne parle, personne ne stationne ; chacun court à ses occupations, la tête basse, marchant rapidement, sans donner aux boutiques un seul coup d'œil. Les boutiquiers regardent d'un air inquiet les passants qui, par miracle, s'arrêtent devant leurs étalages.

---

1. Lèpre : maladie provoquant des lésions de la peau et souvent associée à la pauvreté, à l'exclusion sociale.

Le soir, trois becs de gaz[1], enfermés dans des lanternes lourdes et carrées, éclairent le passage. Ces becs de gaz, pendus au vitrage sur lequel ils jettent des taches de clarté fauve[2], laissent tomber autour d'eux des ronds d'une lueur pâle qui vacillent et semblent disparaître par instants. Le passage prend l'aspect sinistre d'un véritable coupe-gorge ; de grandes ombres s'allongent sur les dalles, des souffles humides viennent de la rue ; on dirait une galerie souterraine vaguement éclairée par trois lampes funéraires. Les marchands se contentent, pour tout éclairage, des maigres rayons que les becs de gaz envoient à leurs vitrines ; ils allument seulement, dans leur boutique, une lampe munie d'un abat-jour, qu'ils posent sur un coin de leur comptoir, et les passants peuvent alors distinguer ce qu'il y a au fond de ces trous où la nuit habite pendant le jour. Sur la ligne noirâtre des devantures, les vitres d'un cartonnier flamboient : deux lampes à schiste[3] trouent l'ombre de deux flammes jaunes. Et, de l'autre côté, une bougie, plantée au milieu d'un verre à quinquet[4], met des étoiles de lumière dans la boîte de bijoux faux. La marchande sommeille au fond de son armoire, les mains cachées sous son châle.

Il y a quelques années, en face de cette marchande, se trouvait une boutique dont les boiseries d'un vert bouteille suaient l'humidité par toutes leurs fentes. L'enseigne, faite d'une planche étroite et longue, portait, en lettres noires, le mot : *Mercerie*, et

1. Becs de gaz : ancien mode d'éclairage public.

2. Fauve : couleur proche du roux.

3. Lampes à schiste : lampes produisant de la lumière grâce à de l'huile extraite d'un type de roche appelé schiste.

4. Verre à quinquet : type de lampe à huile inventée par le pharmacien Antoine Quinquet (1745-1803).

sur une des vitres de la porte était écrit un nom de femme : *Thérèse Raquin*, en caractères rouges. À droite et à gauche s'enfonçaient des vitrines profondes, tapissées de papier bleu.

Pendant le jour, le regard ne pouvait distinguer que l'étalage, dans un clair-obscur adouci.

D'un côté, il y avait un peu de lingerie : des bonnets de tulle tuyautés [1] à deux et trois francs pièce, des manches et des cols de mousseline [2] ; puis des tricots, des bas, des chaussettes, des bretelles. Chaque objet, jauni et fripé, était lamentablement pendu à un crochet de fil de fer. La vitrine, de haut en bas, se trouvait ainsi emplie de loques [3] blanchâtres qui prenaient un aspect lugubre dans l'obscurité transparente. Les bonnets neufs, d'un blanc plus éclatant, faisaient des taches crues sur le papier bleu dont les planches étaient garnies. Et, accrochées le long d'une tringle, les chaussettes de couleur mettaient des notes sombres dans l'effacement blafard [4] et vague de la mousseline.

De l'autre côté, dans une vitrine plus étroite, s'étageaient de gros pelotons de laine verte, des boutons noirs cousus sur des cartes blanches, des boîtes de toutes les couleurs et de toutes les dimensions, des résilles [5] à perles d'acier étalées sur des ronds de papier bleuâtre, des faisceaux [6] d'aiguilles à tricoter, des modèles de tapisserie, des bobines de ruban, un entassement d'objets ternes et fanés qui dormaient sans doute en cet endroit depuis

1. Bonnets de tulle tuyautés : bonnets en tulle, tissu très léger, auquel on donne la forme de tuyaux.

2. Mousseline : tissu léger et transparent.

3. Loques : étoffes misérables et usées.

4. Blafard : pâle, terne.

5. Résilles : filets à mailles serrées dont on se sert parfois en coiffure.

6. Faisceaux : assemblage d'objets liés ensemble.

cinq ou six ans. Toutes les teintes avaient tourné au gris sale, dans cette armoire que la poussière et l'humidité pourrissaient.

Vers midi, en été, lorsque le soleil brûlait les places et les rues de rayons fauves, on distinguait, derrière les bonnets de l'autre vitrine, un profil pâle et grave de jeune femme. Ce profil sortait vaguement des ténèbres qui régnaient dans la boutique. Au front bas et sec s'attachait un nez long, étroit, effilé ; les lèvres étaient deux minces traits d'un rose pâle, et le menton, court et nerveux, tenait au cou par une ligne souple et grasse. On ne voyait pas le corps, qui se perdait dans l'ombre ; le profil seul apparaissait, d'une blancheur mate, troué d'un œil noir largement ouvert, et comme écrasé sous une épaisse chevelure sombre. Il était là, pendant des heures, immobile et paisible, entre deux bonnets sur lesquels les tringles humides avaient laissé des bandes de rouille.

Le soir, lorsque la lampe était allumée, on voyait l'intérieur de la boutique. Elle était plus longue que profonde ; à l'un des bouts, se trouvait un petit comptoir ; à l'autre bout, un escalier en forme de vis menait aux chambres du premier étage. Contre les murs étaient plaquées des vitrines, des armoires, des rangées de cartons verts ; quatre chaises et une table complétaient le mobilier. La pièce paraissait nue, glaciale ; les marchandises, empaquetées, serrées dans des coins, ne traînaient pas çà et là avec leur joyeux tapage de couleurs.

D'ordinaire, il y avait deux femmes assises derrière le comptoir : la jeune femme au profil grave et une vieille dame qui souriait en sommeillant. Cette dernière avait environ soixante ans ; son visage gras et placide[1] blanchissait sous les

1. Placide : calme, serein.

clartés de la lampe. Un gros chat tigré, accroupi sur un angle du comptoir, la regardait dormir.

Plus bas, assis sur une chaise, un homme d'une trentaine d'années lisait ou causait à demi-voix avec la jeune femme. Il était petit, chétif[1], d'allure languissante ; les cheveux d'un blond fade, la barbe rare, le visage couvert de taches de rousseur, il ressemblait à un enfant malade et gâté[2].

Un peu avant dix heures, la vieille dame se réveillait. On fermait la boutique, et toute la famille montait se coucher. Le chat tigré suivait ses maîtres en ronronnant, en se frottant la tête contre chaque barreau de la rampe.

En haut, le logement se composait de trois pièces. L'escalier donnait dans une salle à manger qui servait en même temps de salon. À gauche était un poêle de faïence dans une niche[3] ; en face se dressait un buffet ; puis des chaises se rangeaient le long des murs, une table ronde, tout ouverte, occupait le milieu de la pièce. Au fond, derrière une cloison vitrée, se trouvait une cuisine noire. De chaque côté de la salle à manger, il y avait une chambre à coucher.

La vieille dame, après avoir embrassé son fils et sa belle-fille, se retirait chez elle. Le chat s'endormait sur une chaise de la cuisine. Les époux entraient dans leur chambre. Cette chambre avait une seconde porte donnant sur un escalier qui débouchait dans le passage par une allée obscure et étroite.

Le mari, qui tremblait toujours de fièvre, se mettait au lit ; pendant ce temps, la jeune femme ouvrait la croisée[4] pour

1. Chétif : de faible constitution.
2. Gâté : altéré, abîmé.
3. Niche : enfoncement dans un mur, pour loger un objet ou un meuble.
4. Croisée : fenêtre.

fermer les persiennes[1]. Elle restait là quelques minutes, devant la grande muraille noire, crépie grossièrement, qui monte et s'étend au-dessus de la galerie. Elle promenait sur cette muraille un regard vague, et, muette, elle venait se coucher à son tour, dans une indifférence dédaigneuse.

II

Mme Raquin était une ancienne mercière de Vernon[2]. Pendant près de vingt-cinq ans, elle avait vécu dans une petite boutique de cette ville. Quelques années après la mort de son mari, des lassitudes la prirent, elle vendit son fonds[3]. Ses économies jointes au prix de cette vente mirent entre ses mains un capital de quarante mille francs qu'elle plaça et qui lui rapporta deux mille francs de rente[4]. Cette somme devait lui suffire largement. Elle menait une vie de recluse, ignorant les joies et les soucis poignants de ce monde ; elle s'était fait une existence de paix et de bonheur tranquille.

Elle loua, moyennant quatre cents francs, une petite maison dont le jardin descendait jusqu'au bord de la Seine. C'était une demeure close et discrète qui avait de vagues senteurs de cloître[5] ; un étroit sentier menait à cette retraite située au milieu de larges

1. Persiennes : type de volets.

2. Vernon : ville de l'Eure, située en Haute-Normandie.

3. Fonds : fonds de commerce, ensemble des éléments permettant au commerçant d'attirer une clientèle.

4. Rente : revenu tiré d'un capital, par opposition au salaire, qui est le fruit du travail.

5. Cloître : partie d'un monastère ou d'un couvent.

prairies ; les fenêtres du logis donnaient sur la rivière et sur les coteaux déserts de l'autre rive. La bonne dame, qui avait dépassé la cinquantaine, s'enferma au fond de cette solitude, et y goûta des joies sereines, entre son fils Camille et sa nièce Thérèse.

Camille avait alors vingt ans. Sa mère le gâtait encore comme un petit garçon. Elle l'adorait pour l'avoir disputé à la mort pendant une longue jeunesse de souffrances. L'enfant eut coup sur coup toutes les fièvres, toutes les maladies imaginables. Mme Raquin soutint une lutte de quinze années contre ces maux terribles qui venaient à la file pour lui arracher son fils. Elle les vainquit tous par sa patience, par ses soins, par son adoration.

Camille, grandi, sauvé de la mort, demeura tout frissonnant des secousses répétées qui avaient endolori sa chair. Arrêté dans sa croissance, il resta petit et malingre.

Ses membres grêles[1] eurent des mouvements lents et fatigués. Sa mère l'aimait davantage pour cette faiblesse qui le pliait. Elle regardait sa pauvre petite figure pâlie avec des tendresses triomphantes, et elle songeait qu'elle lui avait donné la vie plus de dix fois.

Pendant les rares repos que lui laissa la souffrance, l'enfant suivit les cours d'une école de commerce de Vernon. Il y apprit l'orthographe et l'arithmétique. Sa science se borna aux quatre règles[2] et à une connaissance très superficielle de la grammaire. Plus tard, il prit des leçons d'écriture et de comptabilité. Mme Raquin se mettait à trembler lorsqu'on

1. Grêles : frêles, longs et menus.

2. Les **quatre règles** sont les quatre opérations : addition, soustraction, multiplication et division.

lui conseillait d'envoyer son fils au collège ; elle savait qu'il mourrait loin d'elle, elle disait que les livres le tueraient. Camille resta ignorant, et son ignorance mit comme une faiblesse de plus en lui.

À dix-huit ans, désœuvré, s'ennuyant à mourir dans la douceur dont sa mère l'entourait, il entra chez un marchand de toile, à titre de commis. Il gagnait soixante francs par mois. Il était d'un esprit inquiet qui lui rendait l'oisiveté insupportable. Il se trouvait plus calme, mieux portant, dans ce labeur de brute, dans ce travail d'employé qui le courbait tout le jour sur des factures, sur d'énormes additions dont il épelait patiemment chaque chiffre. Le soir, brisé, la tête vide, il goûtait des voluptés infinies au fond de l'hébétement [1] qui le prenait. Il dut se quereller avec sa mère pour entrer chez le marchand de toile ; elle voulait le garder toujours auprès d'elle, entre deux couvertures, loin des accidents de la vie. Le jeune homme parla en maître ; il réclama le travail comme d'autres enfants réclament des jouets, non par esprit de devoir, mais par instinct, par besoin de nature. Les tendresses, les dévouements de sa mère lui avaient donné un égoïsme féroce ; il croyait aimer ceux qui le plaignaient et qui le caressaient ; mais, en réalité, il vivait à part, au fond de lui, n'aimant que son bien-être, cherchant par tous les moyens possibles à augmenter ses jouissances. Lorsque l'affection attendrie de Mme Raquin l'écœura, il se jeta avec délices dans une occupation bête qui le sauvait des tisanes et des potions [2]. Puis, le soir, au retour du bureau, il courait au bord de la Seine avec sa cousine Thérèse.

---

1. **Hébétement** : abrutissement, état d'une personne qui a perdu toute forme de vigilance et de vivacité d'esprit.

2. Les **tisanes** et les **potions** sont censées lui assurer une meilleure santé.

Thérèse allait avoir dix-huit ans. Un jour, seize années auparavant, lorsque Mme Raquin était encore mercière, son frère, le capitaine Degans, lui apporta une petite fille dans ses bras. Il arrivait d'Algérie.

« Voici une enfant dont tu es la tante, lui dit-il avec un sourire. Sa mère est morte… Moi je ne sais qu'en faire. Je te la donne. »

La mercière prit l'enfant, lui sourit, baisa ses joues roses. Degans resta huit jours à Vernon. Sa sœur l'interrogea à peine sur cette fille qu'il lui donnait. Elle sut vaguement que la chère petite était née à Oran et qu'elle avait pour mère une femme indigène[1] d'une grande beauté. Le capitaine, une heure avant son départ, lui remit un acte de naissance dans lequel Thérèse, reconnue par lui, portait son nom. Il partit, et on ne le revit plus ; quelques années plus tard, il se fit tuer en Afrique.

Thérèse grandit, couchée dans le même lit que Camille, sous les tièdes tendresses de sa tante. Elle était d'une santé de fer, et elle fut soignée comme une enfant chétive[2], partageant les médicaments que prenait son cousin, tenue dans l'air chaud de la chambre occupée par le petit malade. Pendant des heures, elle restait accroupie devant le feu, pensive, regardant les flammes en face, sans baisser les paupières. Cette vie forcée de convalescente la replia sur elle-même ; elle prit l'habitude de parler à voix basse, de marcher sans faire de bruit, de rester muette et immobile sur une chaise, les yeux ouverts, et vides de regards. Et, lorsqu'elle levait un bras, lorsqu'elle avançait un pied, on sentait en elle des souplesses félines, des muscles courts

1. **Indigène :** du pays (ici : d'Algérie).

2. **Chétive :** d'une faible constitution.

et puissants, toute une énergie, toute une passion qui dormaient dans sa chair assoupie. Un jour, son cousin était tombé, pris de faiblesse ; elle l'avait soulevé et transporté, d'un geste brusque, et ce déploiement de force avait mis de larges plaques ardentes sur son visage. La vie cloîtrée qu'elle menait, le régime débilitant[1] auquel elle était soumise ne purent affaiblir son corps maigre et robuste ; sa face prit seulement des teintes pâles, légèrement jaunâtres, et elle devint presque laide à l'ombre. Parfois, elle allait à la fenêtre, elle contemplait les maisons d'en face sur lesquelles le soleil jetait des nappes dorées.

Lorsque Mme Raquin vendit son fonds et qu'elle se retira dans la petite maison du bord de l'eau, Thérèse eut de secrets tressaillements de joie. Sa tante lui avait répété si souvent : « Ne fais pas de bruit, reste tranquille », qu'elle tenait soigneusement cachées, au fond d'elle, toutes les fougues de sa nature. Elle possédait un sang-froid suprême, une apparente tranquillité qui cachait des emportements terribles. Elle se croyait toujours dans la chambre de son cousin, auprès d'un enfant moribond[2] ; elle avait des mouvements adoucis, des silences, des placidités[3], des paroles bégayées de vieille femme. Quand elle vit le jardin, la rivière blanche, les vastes coteaux verts qui montaient à l'horizon, il lui prit une envie sauvage de courir et de crier ; elle sentit son cœur qui frappait à grands coups dans sa poitrine ; mais pas un muscle de son visage ne bougea, elle se contenta de sourire lorsque sa tante lui demanda si cette nouvelle demeure lui plaisait.

Alors la vie devint meilleure pour elle. Elle garda ses allures souples, sa physionomie calme et indifférente, elle

1. Débilitant : affaiblissant.
2. Moribond : sur le point de mourir.
3. Placidités : moments de calme, de tranquillité.

resta l'enfant élevée dans le lit d'un malade ; mais elle vécut intérieurement une existence brûlante et emportée. Quand elle était seule, dans l'herbe, au bord de l'eau, elle se couchait à plat ventre comme une bête, les yeux noirs et agrandis, le corps tordu, près de bondir. Et elle restait là, pendant des heures, ne pensant à rien, mordue par le soleil, heureuse d'enfoncer ses doigts dans la terre. Elle faisait des rêves fous ; elle regardait avec défi la rivière qui grondait, elle s'imaginait que l'eau allait se jeter sur elle et l'attaquer ; alors elle se raidissait, elle se préparait à la défense, elle se questionnait avec colère pour savoir comment elle pourrait vaincre les flots.

Le soir, Thérèse, apaisée et silencieuse, cousait auprès de sa tante ; son visage semblait sommeiller dans la lueur qui glissait mollement de l'abat-jour de la lampe. Camille, affaissé au fond d'un fauteuil, songeait à ses additions. Une parole, dite à voix basse, troublait seule par moments la paix de cet intérieur endormi.

Mme Raquin regardait ses enfants avec une bonté sereine. Elle avait résolu [1] de les marier ensemble. Elle traitait toujours son fils en moribond ; elle tremblait lorsqu'elle venait à songer qu'elle mourrait un jour et qu'elle le laisserait seul et souffrant. Alors elle comptait sur Thérèse, elle se disait que la jeune fille serait une garde vigilante auprès de Camille. Sa nièce, avec ses airs tranquilles, ses dévouements muets, lui inspirait une confiance sans bornes. Elle l'avait vue à l'œuvre, elle voulait la donner à son fils comme un ange gardien. Ce mariage était un dénouement prévu, arrêté.

Les enfants savaient depuis longtemps qu'ils devaient s'épouser un jour. Ils avaient grandi dans cette pensée qui leur était devenue

1. Résolu : décidé.

ainsi familière et naturelle. On parlait de cette union, dans la famille, comme d'une chose nécessaire, fatale[1]. Mme Raquin avait dit : « Nous attendrons que Thérèse ait vingt et un ans. » Et ils attendaient patiemment, sans fièvre, sans rougeur.

Camille, dont la maladie avait appauvri le sang, ignorait les âpres désirs de l'adolescence. Il était resté petit garçon devant sa cousine, il l'embrassait comme il embrassait sa mère, par habitude, sans rien perdre de sa tranquillité égoïste. Il voyait en elle une camarade complaisante qui l'empêchait de trop s'ennuyer, et qui, à l'occasion, lui faisait de la tisane. Quand il jouait avec elle, qu'il la tenait dans ses bras, il croyait tenir un garçon ; sa chair n'avait pas un frémissement. Et jamais il ne lui était venu la pensée, en ces moments, de baiser les lèvres chaudes de Thérèse, qui se débattait en riant d'un rire nerveux.

La jeune fille, elle aussi, semblait rester froide et indifférente. Elle arrêtait parfois ses grands yeux sur Camille et le regardait pendant plusieurs minutes avec une fixité d'un calme souverain. Ses lèvres seules avaient alors de petits mouvements imperceptibles. On ne pouvait rien lire sur ce visage fermé qu'une volonté implacable tenait toujours doux et attentif. Quand on parlait de son mariage, Thérèse devenait grave, se contentait d'approuver de la tête tout ce que disait Mme Raquin. Camille s'endormait.

Le soir, en été, les deux jeunes gens se sauvaient au bord de l'eau. Camille s'irritait des soins incessants de sa mère ; il avait des révoltes, il voulait courir, se rendre malade, échapper aux câlineries qui lui donnaient des nausées. Alors il entraînait Thérèse, il la provoquait à lutter, à se vautrer sur l'herbe. Un

1. Fatale : qui ne peut être évitée. Mais aussi : qui apporte le malheur.

jour, il poussa sa cousine et la fit tomber ; la jeune fille se releva d'un bond, avec une sauvagerie de bête, et, la face ardente, les yeux rouges, elle se précipita sur lui, les deux bras levés. Camille se laissa glisser à terre. Il avait peur.

Les mois, les années s'écoulèrent. Le jour fixé pour le mariage arriva. Mme Raquin prit Thérèse à part, lui parla de son père et de sa mère, lui conta l'histoire de sa naissance. La jeune fille écouta sa tante, puis l'embrassa sans répondre un mot.

Le soir, Thérèse, au lieu d'entrer dans sa chambre, qui était à gauche de l'escalier, entra dans celle de son cousin, qui était à droite. Ce fut tout le changement qu'il y eut dans sa vie, ce jour-là. Et, le lendemain, lorsque les jeunes époux descendirent, Camille avait encore sa langueur maladive, sa sainte tranquillité d'égoïste, Thérèse gardait toujours son indifférence douce, son visage contenu, effrayant de calme.

III

Huit jours après son mariage, Camille déclara nettement à sa mère qu'il entendait quitter Vernon et aller vivre à Paris. Mme Raquin se récria : elle avait arrangé son existence, elle ne voulait point y changer un seul événement. Son fils eut une crise de nerfs, il la menaça de tomber malade, si elle ne cédait pas à son caprice.

« Je ne t'ai jamais contrariée dans tes projets, lui dit-il ; j'ai épousé ma cousine, j'ai pris toutes les drogues que tu m'as données. C'est bien le moins, aujourd'hui, que j'aie une volonté, et que tu sois de mon avis... Nous partirons à la fin du mois. »

Mme Raquin ne dormit pas de la nuit. La décision de Camille bouleversait sa vie, et elle cherchait désespérément à se refaire une existence. Peu à peu, le calme se fit en elle. Elle réfléchit que le jeune ménage pouvait avoir des enfants et que sa petite fortune ne suffirait plus alors. Il fallait gagner encore de l'argent, se remettre au commerce, trouver une occupation lucrative[1] pour Thérèse. Le lendemain, elle s'était habituée à l'idée de départ, elle avait bâti le plan d'une vie nouvelle.

Au déjeuner, elle était toute gaie.

« Voici ce que nous allons faire, dit-elle à ses enfants. J'irai à Paris demain ; je chercherai un petit fonds de mercerie, et nous nous remettrons, Thérèse et moi, à vendre du fil et des aiguilles. Cela nous occupera. Toi, Camille, tu feras ce que tu voudras ; tu te promèneras au soleil ou tu trouveras un emploi.

– Je trouverai un emploi », répondit le jeune homme.

La vérité était qu'une ambition bête avait seule poussé Camille au départ. Il voulait être employé dans une grande administration ; il rougissait de plaisir, lorsqu'il se voyait en rêve au milieu d'un vaste bureau, avec des manches de lustrine[2], la plume sur l'oreille.

Thérèse ne fut pas consultée ; elle avait toujours montré une telle obéissance passive que sa tante et son mari ne prenaient plus la peine de lui demander son opinion. Elle allait où ils allaient, elle faisait ce qu'ils faisaient, sans une plainte, sans un reproche, sans même paraître savoir qu'elle changeait de place.

---

1. Lucrative : qui rapporte de l'argent.
2. Lustrine : étoffe de coton brillante.

Mme Raquin vint à Paris et alla droit au passage du Pont-Neuf. Une vieille demoiselle de Vernon l'avait adressée à une de ses parentes qui tenait dans ce passage un fonds de mercerie dont elle désirait se débarrasser. L'ancienne mercière trouva la boutique un peu petite, un peu noire ; mais, en traversant Paris, elle avait été effrayée par le tapage des rues, par le luxe des étalages, et cette galerie étroite, ces vitrines modestes lui rappelèrent son ancien magasin, si paisible. Elle put se croire encore en province, elle respira, elle pensa que ses chers enfants seraient heureux dans ce coin ignoré. Le prix modeste du fonds la décida ; on le lui vendait deux mille francs. Le loyer de la boutique et du premier étage n'était que de douze cents francs. Mme Raquin, qui avait près de quatre mille francs d'économie, calcula qu'elle pourrait payer le fonds et le loyer de la première année sans entamer sa fortune. Les appointements [1] de Camille et les bénéfices du commerce de la mercerie suffiraient, pensait-elle, aux besoins journaliers ; de sorte qu'elle ne toucherait plus ses rentes et qu'elle laisserait grossir le capital pour doter ses petits-enfants.

Elle revint rayonnante à Vernon, elle dit qu'elle avait trouvé une perle, un trou délicieux, en plein Paris. Peu à peu, au bout de quelques jours, dans ses causeries du soir, la boutique humide et obscure du passage devint un palais ; elle la revoyait, au fond de ses souvenirs, commode, large, tranquille, pourvue de mille avantages inappréciables [2].

1. Appointements : salaire fixe attaché à un emploi régulier.
2. Inappréciables : dont la valeur est inestimable.

« Ah ! ma bonne Thérèse, disait-elle, tu verras comme nous serons heureuses dans ce coin-là ! Il y a trois belles chambres en haut… Le passage est plein de monde… Nous ferons des étalages charmants… Va, nous ne nous ennuierons pas. »

Et elle ne tarissait point. Tous ses instincts d'ancienne marchande se réveillaient ; elle donnait à l'avance des conseils à Thérèse sur la vente, sur les achats, sur les roueries[1] du petit commerce. Enfin la famille quitta la maison du bord de la Seine ; le soir du même jour, elle s'installait au passage du Pont-Neuf.

Quand Thérèse entra dans la boutique où elle allait vivre désormais, il lui sembla qu'elle descendait dans la terre grasse d'une fosse. Une sorte d'écœurement la prit à la gorge, elle eut des frissons de peur. Elle regarda la galerie sale et humide, elle visita le magasin, monta au premier étage, fit le tour de chaque pièce ; ces pièces nues, sans meubles, étaient effrayantes de solitude et de délabrement. La jeune femme ne trouva pas un geste, ne prononça pas une parole. Elle était comme glacée. Sa tante et son mari étant descendus, elle s'assit sur une malle, les mains roides[2], la gorge pleine de sanglots, ne pouvant pleurer.

Mme Raquin, en face de la réalité, resta embarrassée, honteuse de ses rêves. Elle chercha à défendre son acquisition. Elle trouvait un remède à chaque nouvel inconvénient qui se présentait, expliquait l'obscurité en disant que le temps était couvert, et concluait en affirmant qu'un coup de balai suffirait.

« Bah ! répondait Camille, tout cela est très convenable… D'ailleurs, nous ne monterons ici que le soir. Moi, je ne rentrerai

1. Roueries : ruses.

2. Roides : raides.

pas avant cinq ou six heures... Vous deux, vous serez ensemble, vous ne vous ennuierez pas. »

Jamais le jeune homme n'aurait consenti à habiter un pareil tandis, s'il n'avait compté sur les douceurs tièdes de son bureau. Il se disait qu'il aurait chaud tout le jour à son administration, et que, le soir, il se coucherait de bonne heure.

Pendant une grande semaine, la boutique et le logement restèrent en désordre. Dès le premier jour, Thérèse s'était assise derrière le comptoir, et elle ne bougeait plus de cette place. Mme Raquin s'étonna de cette attitude affaissée [1] ; elle avait cru que la jeune femme allait chercher à embellir sa demeure, mettre des fleurs sur les fenêtres, demander des papiers neufs, des rideaux, des tapis. Lorsqu'elle proposait une réparation, un embellissement quelconque :

« À quoi bon ? répondait tranquillement sa nièce. Nous sommes très bien, nous n'avons pas besoin de luxe. »

Ce fut Mme Raquin qui dut arranger les chambres et mettre un peu d'ordre dans la boutique. Thérèse finit par s'impatienter à la voir sans cesse tourner devant ses yeux ; elle prit une femme de ménage, elle força sa tante à venir s'asseoir auprès d'elle.

Camille resta un mois sans pouvoir trouver un emploi. Il vivait le moins possible dans la boutique, il flânait toute la journée. L'ennui le prit à un tel point, qu'il parla de retourner à Vernon. Enfin, il entra dans l'administration du chemin de fer d'Orléans [2]. Il gagnait cent francs par mois. Son rêve était exaucé.

---

1. Affaissée : passive, peu volontaire.

2. La Compagnie du chemin de fer de Paris à Orléans est l'une des compagnies qui exploite le réseau ferré français au XIXe siècle.

Le matin, il partait à huit heures. Il descendait la rue Guénégaud et se trouvait sur les quais. Alors, à petits pas, les mains dans les poches, il suivait la Seine, de l'Institut au Jardin des Plantes. Cette longue course, qu'il faisait deux fois par jour, ne l'ennuyait jamais. Il regardait couler l'eau, il s'arrêtait pour voir passer les trains de bois [1] qui descendaient la rivière. Il ne pensait à rien. Souvent il se plantait devant Notre-Dame, et contemplait les échafaudages dont l'église, alors en réparation, était entourée ; ces grosses pièces de charpente l'amusaient, sans qu'il sût pourquoi. Puis, en passant, il jetait un coup d'œil dans le Port aux Vins, il comptait les fiacres qui venaient de la gare. Le soir, abruti, la tête pleine de quelque sotte histoire contée à son bureau, il traversait le Jardin des Plantes et allait voir les ours, s'il n'était pas trop pressé. Il restait là une demi heure, penché au dessus de la fosse, suivant du regard les ours qui se dandinaient lourdement. Il se décidait enfin à rentrer, traînant les pieds, s'occupant des passants, des voitures, des magasins.

Dès son arrivée, il mangeait, puis se mettait à lire. Il avait acheté les œuvres de Buffon [2], et, chaque soir, il se donnait une tâche de vingt, de trente pages, malgré l'ennui qu'une pareille lecture lui causait. Il lisait encore, en livraisons à dix centimes, l'*Histoire du Consulat et de l'Empire*, de Thiers, et l'*Histoire des Girondins*, de Lamartine [3], ou bien des ouvrages de vulgarisa-

1. Trains de bois : longs assemblages de bois flottant sur le fleuve.

2. Buffon (1707-1788) : naturaliste français, auteur d'une célèbre *Histoire naturelle*.

3. L'*Histoire du Consulat et de l'Empire* est rédigée par Thiers (1797-1877), qui joua un rôle décisif dans la vie politique de la deuxième moitié du XIXe siècle. L'*Histoire des Girondins* est écrite par Lamartine (1790-1869), écrivain qui s'engagea aussi en politique. Ces deux ouvrages concernent l'histoire de la Révolution française.

tion scientifique. Il croyait travailler à son éducation. Parfois, il forçait sa femme à écouter la lecture de certaines pages, de certaines anecdotes. Il s'étonnait beaucoup que Thérèse pût rester pensive et silencieuse pendant toute une soirée, sans être tentée de prendre un livre. Au fond, il s'avouait que sa femme était une pauvre intelligence.

Thérèse repoussait les livres avec impatience. Elle préférait demeurer oisive, les yeux fixes, la pensée flottante et perdue. Elle gardait d'ailleurs une humeur égale et facile ; toute sa volonté tendait à faire de son être un instrument passif, d'une complaisance et d'une abnégation [1] suprêmes.

Le commerce allait tout doucement. Les bénéfices, chaque mois, étaient régulièrement les mêmes. La clientèle se composait des ouvrières du quartier. À chaque cinq minutes, une jeune fille entrait, achetait pour quelques sous de marchandise. Thérèse servait les clientes avec des paroles toujours semblables, avec un sourire qui montait mécaniquement à ses lèvres. Mme Raquin se montrait plus souple, plus bavarde, et, à vrai dire, c'était elle qui attirait et retenait la clientèle.

Pendant trois ans, les jours se suivirent et se ressemblèrent. Camille ne s'absenta pas une seule fois de son bureau ; sa mère et sa femme sortirent à peine de la boutique. Thérèse, vivant dans une ombre humide, dans un silence morne et écrasant, voyait la vie s'étendre devant elle, toute nue, amenant chaque soir la même couche froide et chaque matin la même journée vide.

1. **Abnégation :** sacrifice, renoncement.

IV

Un jour sur sept, le jeudi soir, la famille Raquin recevait. On allumait une grande lampe dans la salle à manger, et l'on mettait une bouilloire d'eau au feu pour faire du thé. C'était toute une grosse histoire. Cette soirée-là tranchait sur les autres ; elle avait passé dans les habitudes de la famille comme une orgie [1] bourgeoise d'une gaieté folle. On se couchait à onze heures.

Mme Raquin retrouva à Paris un de ses vieux amis, le commissaire de police Michaud, qui avait exercé à Vernon pendant vingt ans, logé dans la même maison que la mercière. Une étroite intimité s'était ainsi établie entre eux ; puis, lorsque la veuve avait vendu son fonds pour aller habiter la maison du bord de l'eau, ils s'étaient peu à peu perdus de vue. Michaud quitta la province quelques mois plus tard et vint manger paisiblement à Paris, rue de Seine, les quinze cents francs de sa retraite. Un jour de pluie, il rencontra sa vieille amie dans le passage du Pont-Neuf ; le soir même, il dînait chez les Raquin.

Ainsi furent fondées les réceptions du jeudi. L'ancien commissaire de police prit l'habitude de venir ponctuellement une fois par semaine. Il finit par amener son fils Olivier, un grand garçon de trente ans, sec et maigre, qui avait épousé une toute petite femme, lente et maladive. Olivier occupait à la préfecture de police un emploi de trois mille francs dont Camille se montrait singulièrement jaloux ; il était commis

1. **Orgie :** repas marqué par les excès. Ici, le terme est employé ironiquement.

principal dans le bureau de la police d'ordre et de sûreté. Dès le premier jour, Thérèse détesta ce garçon roide et froid qui croyait honorer la boutique du passage en y promenant la sécheresse de son grand corps et les défaillances de sa pauvre petite femme.

Camille introduisit un autre invité, un vieil employé du chemin de fer d'Orléans. Grivet avait vingt ans de service ; il était premier commis et gagnait deux mille cent francs. C'était lui qui distribuait la besogne aux employés du bureau de Camille, et celui-ci lui témoignait un certain respect ; dans ses rêves, il se disait que Grivet mourrait un jour, qu'il le remplacerait peut-être, au bout d'une dizaine d'années. Grivet fut enchanté de l'accueil de Mme Raquin, il revint chaque semaine avec une régularité parfaite. Six mois plus tard, sa visite du jeudi était devenue pour lui un devoir : il allait au passage du Pont-Neuf, comme il se rendait chaque matin à son bureau, mécaniquement, par un instinct de brute[1].

Dès lors, les réunions devinrent charmantes. À sept heures, Mme Raquin allumait le feu, mettait la lampe au milieu de la table, posait un jeu de dominos à côté, essuyait le service à thé qui se trouvait sur le buffet. À huit heures précises, le vieux Michaud et Grivet se rencontraient devant la boutique, venant l'un de la rue de Seine, l'autre de la rue Mazarine. Ils entraient, et toute la famille montait au premier étage. On s'asseyait autour de la table, on attendait Olivier Michaud et sa femme, qui arrivaient toujours en retard. Quand la réunion se trouvait au complet, Mme Raquin versait le thé, Camille

1. **Brute** : personnage grossier, dont le comportement est dicté par l'instinct et non par l'intelligence.

vidait la boîte de dominos sur la toile cirée, chacun s'enfonçait dans son jeu. On n'entendait plus que le cliquetis des dominos. Après chaque partie, les joueurs se querellaient pendant deux ou trois minutes, puis le silence retombait, morne, coupé de bruits secs.

Thérèse jouait avec une indifférence qui irritait Camille. Elle prenait sur elle François, le gros chat tigré que Mme Raquin avait apporté de Vernon, elle le caressait d'une main, tandis qu'elle posait les dominos de l'autre. Les soirées du jeudi étaient un supplice pour elle ; souvent elle se plaignait d'un malaise, d'une forte migraine, afin de ne pas jouer, de rester là oisive, à moitié endormie. Un coude sur la table, la joue appuyée sur la paume de la main, elle regardait les invités de sa tante et de son mari, elle les voyait à travers une sorte de brouillard jaune et fumeux qui sortait de la lampe. Toutes ces têtes-là l'exaspéraient. Elle allait de l'une à l'autre avec des dégoûts profonds, des irritations sourdes. Le vieux Michaud étalait une face blafarde, tachée de plaques rouges, une de ces faces mortes de vieillard tombé en enfance ; Grivet avait le masque étroit, les yeux ronds, les lèvres minces d'un crétin ; Olivier, dont les os perçaient les joues, portait gravement sur un corps ridicule une tête roide et insignifiante ; quant à Suzanne, la femme d'Olivier, elle était toute pâle, les yeux vagues, les lèvres blanches, le visage mou. Et Thérèse ne trouvait pas un homme, pas un être vivant parmi ces créatures grotesques et sinistres avec lesquelles elle était enfermée ; parfois des hallucinations la prenaient, elle se croyait enfouie au fond d'un caveau, en compagnie de cadavres mécaniques, remuant la tête, agitant les jambes et les bras, lorsqu'on tirait des ficelles. L'air épais de la salle à manger l'étouffait ; le silence frissonnant, les lueurs jaunâtres de la lampe la pénétraient d'un vague effroi, d'une angoisse inexprimable.

On avait posé en bas, à la porte du magasin, une sonnette dont le tintement aigu annonçait l'arrivée des clientes. Thérèse tendait l'oreille ; lorsque la sonnette se faisait entendre, elle descendait rapidement, soulagée, heureuse de quitter la salle à manger. Elle servait la pratique[1] avec lenteur. Quand elle se trouvait seule, elle s'asseyait derrière le comptoir, elle demeurait là le plus possible, redoutant de remonter, goûtant une véritable joie à ne plus avoir Grivet et Olivier devant les yeux. L'air humide de la boutique calmait la fièvre qui brûlait ses mains. Et elle retombait dans cette rêverie grave qui lui était ordinaire.

Mais elle ne pouvait rester longtemps ainsi. Camille se fâchait de son absence ; il ne comprenait pas qu'on pût préférer la boutique à la salle à manger, le jeudi soir. Alors il se penchait sur la rampe, cherchait sa femme du regard :

« Eh bien ! criait-il, que fais-tu donc là ? pourquoi ne montes-tu pas ?... Grivet a une chance du diable... Il vient encore de gagner. »

La jeune femme se levait péniblement et venait reprendre sa place en face du vieux Michaud, dont les lèvres pendantes avaient des sourires écœurants. Et, jusqu'à onze heures, elle demeurait affaissée sur sa chaise, regardant François qu'elle tenait dans ses bras, pour ne pas voir les poupées de carton qui grimaçaient autour d'elle.

1. **La pratique** : la clientèle.

V

Un jeudi, en revenant de son bureau, Camille amena avec lui un grand gaillard, carré des épaules, qu'il poussa dans la boutique d'un geste familier.

« Mère, demanda-t-il à Mme Raquin en le lui montrant, reconnais-tu ce monsieur-là ? »

La vieille mercière regarda le grand gaillard, chercha dans ses souvenirs et ne trouva rien. Thérèse suivait cette scène d'un air placide[1].

« Comment ! reprit Camille, tu ne reconnais pas Laurent, le petit Laurent, le fils du père Laurent qui a de si beaux champs de blé du côté de Jeufosse[2] ?... Tu ne te rappelles pas ?... J'allais à l'école avec lui ; il venait me chercher le matin, en sortant de chez son oncle qui était notre voisin, et tu lui donnais des tartines de confiture. »

Mme Raquin se souvint brusquement du petit Laurent, qu'elle trouva singulièrement grandi. Il y avait bien vingt ans qu'elle ne l'avait vu. Elle voulut lui faire oublier son accueil étonné par un flot de souvenirs, par des cajoleries toutes maternelles. Laurent s'était assis, il souriait paisiblement, il répondait d'une voix claire, il promenait autour de lui des regards calmes et aisés.

« Figurez-vous, dit Camille, que ce farceur-là est employé à la gare du chemin de fer d'Orléans depuis dix-huit mois, et que nous ne nous sommes rencontrés et reconnus que ce soir. C'est si vaste, si important, cette administration ! »

---

1. Placide : calme.

2. Jeufosse : commune du département des Yvelines.

Le jeune homme fit cette remarque, en agrandissant les yeux, en pinçant les lèvres, tout fier d'être l'humble rouage d'une grosse machine. Il continua en secouant la tête :

« Oh ! mais, lui, il se porte bien, il a étudié, il gagne déjà quinze cents francs… Son père l'a mis au collège ; il a fait son droit[1] et a appris la peinture. N'est-ce pas, Laurent ?… Tu vas dîner avec nous. »

« Je veux bien », répondit carrément[2] Laurent.

Il se débarrassa de son chapeau et s'installa dans la boutique. Mme Raquin courut à ses casseroles. Thérèse, qui n'avait pas encore prononcé une parole, regardait le nouveau venu. Elle n'avait jamais vu un homme. Laurent, grand, fort, le visage frais, l'étonnait. Elle contemplait avec une sorte d'admiration son front bas, planté d'une rude chevelure noire, ses joues pleines, ses lèvres rouges, sa face régulière, d'une beauté sanguine. Elle arrêta un instant ses regards sur son cou ; ce cou était large et court, gras et puissant. Puis elle s'oublia à considérer les grosses mains qu'il tenait étalées sur ses genoux ; les doigts en étaient carrés ; le poing fermé devait être énorme et aurait pu assommer un bœuf. Laurent était un vrai fils de paysan, d'allure un peu lourde, le dos bombé, les mouvements lents et précis, l'air tranquille et entêté. On sentait sous ses vêtements des muscles ronds et développés, tout un corps d'une chair épaisse et ferme. Et Thérèse l'examinait avec curiosité, allant de ses poings à sa face, éprouvant de petits frissons lorsque ses yeux rencontraient son cou de taureau.

1. Il a fait son droit : il a fait des études de droit.

2. Carrément : d'une manière décidée.

Camille étala ses volumes de Buffon[1] et ses livraisons à dix centimes[2], pour montrer à son ami qu'il travaillait, lui aussi. Puis, comme répondant à une question qu'il s'adressait depuis quelques instants :

« Mais, dit-il à Laurent, tu dois connaître ma femme ? Tu ne te rappelles pas cette petite cousine qui jouait avec nous, à Vernon ?

– J'ai parfaitement reconnu madame », répondit Laurent en regardant Thérèse en face.

Sous ce regard droit, qui semblait pénétrer en elle, la jeune femme éprouva une sorte de malaise. Elle eut un sourire forcé, et échangea quelques mots avec Laurent et son mari ; puis elle se hâta d'aller rejoindre sa tante. Elle souffrait.

On se mit à table. Dès le potage, Camille crut devoir s'occuper de son ami.

« Comment va ton père ? lui demanda-t-il.

– Mais je ne sais pas, répondit Laurent. Nous sommes brouillés ; il y a cinq ans que nous ne nous écrivons plus.

– Bah ! s'écria l'employé, étonné d'une pareille monstruosité.

– Oui, le cher homme a des idées à lui... Comme il est continuellement en procès avec ses voisins, il m'a mis au collège, rêvant de trouver plus tard en moi un avocat qui lui gagnerait toutes ses causes... Oh ! le père Laurent n'a que des ambitions utiles ; il veut tirer parti même de ses folies.

– Et tu n'as pas voulu être avocat ? dit Camille, de plus en plus étonné.

– Ma foi non, reprit son ami en riant... Pendant deux ans, j'ai fait semblant de suivre les cours, afin de toucher la pension de

1. Buffon (1707-1788) : naturaliste français, auteur d'une célèbre *Histoire naturelle*.

2. Livraisons à dix centimes : petits fascicules à bas prix.

douze cents francs que mon père me servait. Je vivais avec un de mes camarades de collège, qui est peintre, et je m'étais mis à faire aussi de la peinture. Cela m'amusait ; le métier est drôle, pas fatigant. Nous fumions, nous blaguions tout le jour... »

La famille Raquin ouvrait des yeux énormes.

« Par malheur, continua Laurent, cela ne pouvait durer. Le père a su que je lui contais des mensonges, il m'a retranché net mes cent francs par mois, en m'invitant à venir piocher la terre avec lui. J'ai essayé alors de peindre des tableaux de sainteté ; mauvais commerce... Comme j'ai vu clairement que j'allais mourir de faim, j'ai envoyé l'art à tous les diables et j'ai cherché un emploi... Le père mourra bien un de ces jours ; j'attends ça pour vivre sans rien faire. »

Laurent parlait d'une voix tranquille. Il venait, en quelques mots, de conter une histoire caractéristique qui le peignait en entier. Au fond, c'était un paresseux, ayant des appétits sanguins, des désirs très arrêtés de jouissances faciles et durables. Ce grand corps puissant ne demandait qu'à ne rien faire, qu'à se vautrer dans une oisiveté et un assouvissement de toutes les heures. Il aurait voulu bien manger, bien dormir, contenter largement ses passions, sans remuer de place, sans courir la mauvaise chance d'une fatigue quelconque.

La profession d'avocat l'avait épouvanté, et il frissonnait à l'idée de piocher la terre. Il s'était jeté dans l'art, espérant y trouver un métier de paresseux ; le pinceau lui semblait un instrument léger à manier ; puis il croyait le succès facile. Il rêvait une vie de voluptés à bon marché, une belle vie pleine de femmes, de repos sur des divans, de mangeailles et de soûleries. Le rêve dura tant que le père Laurent envoya des écus. Mais, lorsque le jeune homme, qui avait déjà trente ans, vit la misère à l'horizon, il se mit à réfléchir ; il se sentait lâche devant les privations, il n'aurait pas accepté une journée sans pain pour la plus grande gloire de l'art. Comme il le disait, il envoya la peinture au diable, le jour où il s'aperçut qu'elle ne contenterait jamais ses larges appétits. Ses premiers essais étaient restés au-dessous de la médiocrité ; son œil de paysan voyait gauchement et salement la nature ; ses toiles, boueuses, mal bâties, grimaçantes, défiaient toute critique. D'ailleurs, il ne paraissait point trop vaniteux comme artiste, il ne se désespéra pas outre mesure, lorsqu'il lui fallut jeter les pinceaux. Il ne regretta réellement que l'atelier de son camarade de collège, ce vaste atelier dans lequel il s'était si voluptueusement vautré pendant quatre ou cinq ans. Il regretta encore les femmes qui venaient poser, et dont les caprices étaient à la portée de sa bourse. Ce monde de jouissances brutales lui laissa de cuisants besoins de chair. Il se trouva cependant à l'aise dans son métier d'employé ; il vivait très bien en brute, il aimait cette besogne au jour le jour, qui ne le fatiguait pas et qui endormait son esprit. Deux choses l'irritaient seulement : il manquait de femmes, et la nourriture des restaurants à dix-huit sous n'apaisait pas les appétits gloutons de son estomac.

Camille l'écoutait, le regardait avec un étonnement de niais. Ce garçon débile [1], dont le corps mou et affaissé n'avait jamais eu une secousse de désir, rêvait puérilement à cette vie d'atelier dont son ami lui parlait. Il songeait à ces femmes qui étalent leur peau nue. Il questionna Laurent.

« Alors, lui dit-il, il y a eu, comme ça, des femmes qui ont retiré leur chemise devant toi ?

1. **Débile** : faible.

– Mais oui, répondit Laurent en souriant et en regardant Thérèse qui était devenue très pâle.

– Ça doit vous faire un singulier effet, reprit Camille avec un rire d'enfant... Moi, je serais gêné... La première fois, tu as dû rester tout bête. »

Laurent avait élargi une de ses grosses mains dont il regardait attentivement la paume. Ses doigts eurent de légers frémissements, des lueurs rouges montèrent à ses joues.

« La première fois, reprit-il comme se parlant à lui-même, je crois que j'ai trouvé ça naturel... C'est bien amusant, ce diable d'art, seulement ça ne rapporte pas un sou... J'ai eu pour modèle une rousse qui était adorable : des chairs fermes, éclatantes, une poitrine superbe, des hanches d'une largeur... »

Laurent leva la tête et vit Thérèse devant lui, muette, immobile. La jeune femme le regardait avec une fixité ardente. Ses yeux, d'un noir mat, semblaient deux trous sans fond, et, par ses lèvres entrouvertes, on apercevait des clartés roses dans sa bouche. Elle était comme écrasée, ramassée sur elle-même ; elle écoutait.

Les regards de Laurent allèrent de Thérèse à Camille. L'ancien peintre retint un sourire. Il acheva sa phrase du geste, un geste large et voluptueux, que la jeune femme suivit du regard. On était au dessert, et Mme Raquin venait de descendre pour servir une cliente.

Quand la nappe fut retirée, Laurent, songeur depuis quelques minutes, s'adressa brusquement à Camille.

« Tu sais, lui dit-il, il faut que je fasse ton portrait. »

Cette idée enchanta Mme Raquin et son fils. Thérèse resta silencieuse.

« Nous sommes en été, reprit Laurent, et comme nous sortons du bureau à quatre heures, je pourrai venir ici et te faire poser pendant deux heures, le soir. Ce sera l'affaire de huit jours.

– C'est cela, répondit Camille, rouge de joie ; tu dîneras avec nous... Je me ferai friser et je mettrai ma redingote noire. »

Huit heures sonnaient. Grivet et Michaud firent leur entrée. Olivier et Suzanne arrivèrent derrière eux.

Camille présenta son ami à la société. Grivet pinça les lèvres. Il détestait Laurent, dont les appointements avaient monté trop vite, selon lui. D'ailleurs c'était toute une affaire que l'introduction d'un nouvel invité : les hôtes des Raquin ne pouvaient recevoir un inconnu sans quelque froideur.

Laurent se comporta en bon enfant. Il comprit la situation, il voulut plaire, se faire accepter d'un coup. Il raconta des histoires, égaya la soirée par son gros rire, et gagna l'amitié de Grivet lui-même.

Thérèse, ce soir-là, ne chercha pas à descendre à la boutique. Elle resta jusqu'à onze heures sur sa chaise, jouant et causant, évitant de rencontrer les regards de Laurent, qui d'ailleurs ne s'occupait pas d'elle. La nature sanguine[1] de ce garçon, sa voix pleine, ses rires gras, les senteurs âcres et puissantes qui s'échappaient de sa personne, troublaient la jeune femme et la jetaient dans une sorte d'angoisse nerveuse.

VI

Laurent, à partir de ce jour, revint presque chaque soir chez les Raquin. Il habitait, rue Saint-Victor, en face du Port aux

1. **Sanguine** : nerveuse.

Vins, un petit cabinet meublé qu'il payait dix-huit francs par mois ; ce cabinet, mansardé, troué en haut d'une fenêtre à tabatière[1], qui s'entre-bâillait étroitement sur le ciel, avait à peine six mètres carrés. Laurent rentrait le plus tard possible dans ce galetas[2]. Avant de rencontrer Camille, comme il n'avait pas d'argent pour aller se traîner sur les banquettes des cafés, il s'attardait dans la crémerie où il dînait le soir, il fumait des pipes en prenant un gloria[3] qui lui coûtait trois sous. Puis il regagnait doucement la rue Saint-Victor, flânant le long des quais, s'asseyant sur les bancs, quand l'air était tiède.

La boutique du passage du Pont-Neuf devint pour lui une retraite charmante, chaude, tranquille, pleine de paroles et d'attentions amicales. Il épargna les trois sous de son gloria et but en gourmand l'excellent thé de Mme Raquin. Jusqu'à dix heures, il restait là, assoupi, digérant, se croyant chez lui ; il ne partait qu'après avoir aidé Camille à fermer la boutique.

Un soir, il apporta son chevalet et sa boîte à couleurs. Il devait commencer le lendemain le portrait de Camille. On acheta une toile, on fit des préparatifs minutieux. Enfin l'artiste se mit à l'œuvre, dans la chambre même des époux ; le jour, disait-il, y était plus clair.

Il lui fallut trois soirées pour dessiner la tête. Il traînait avec soin le fusain[4] sur la toile, à petits coups, maigrement ; son dessin, roide et sec, rappelait d'une façon grotesque[5] celui des

1. **Fenêtre à tabatière :** fenêtre percée sur un toit, lucarne.
2. **Galetas :** logement misérable, taudis.
3. **Gloria :** café sucré additionné d'alcool.
4. **Fusain :** crayon utilisé pour les esquisses.
5. **Grotesque :** ridicule.

maîtres primitifs[1]. Il copia la face de Camille comme un élève copie une académie, d'une main hésitante, avec une exactitude gauche[2] qui donnait à la figure un air renfrogné. Le quatrième jour, il mit sur sa palette de tout petits tas de couleur, et il commença à peindre du bout des pinceaux ; il pointillait la toile de minces taches sales, il faisait des hachures courtes et serrées, comme s'il se fût servi d'un crayon.

À la fin de chaque séance, Mme Raquin et Camille s'extasiaient. Laurent disait qu'il fallait attendre, que la ressemblance allait venir.

Depuis que le portrait était commencé, Thérèse ne quittait plus la chambre changée en atelier. Elle laissait sa tante seule derrière le comptoir ; pour le moindre prétexte elle montait et s'oubliait à regarder peindre Laurent.

Grave toujours, oppressée, plus pâle et plus muette, elle s'asseyait et suivait le travail des pinceaux. Ce spectacle ne paraissait cependant pas l'amuser beaucoup ; elle venait à cette place, comme attirée par une force, et elle y restait, comme clouée. Laurent se retournait parfois, lui souriait, lui demandait si le portrait lui plaisait. Elle répondait à peine, frissonnait, puis reprenait son extase recueillie.

Laurent, en revenant le soir à la rue Saint-Victor, se faisait de longs raisonnements ; il discutait avec lui-même s'il devait, ou non, devenir l'amant de Thérèse.

« Voilà une petite femme, se disait-il, qui sera ma maîtresse quand je le voudrai. Elle est toujours là, sur mon dos, à m'examiner, à me mesurer, à me peser… Elle tremble, elle a une figure

1. Maîtres primitifs : peintres antérieurs à l'époque de la Renaissance.

2. Gauche : maladroite.

toute drôle, muette et passionnée. À coup sûr, elle a besoin d'un amant ; cela se voit dans ses yeux… Il faut dire que Camille est un pauvre sire[1]. »

Laurent riait en dedans, au souvenir des maigreurs blafardes de son ami. Puis il continuait :

« Elle s'ennuie dans cette boutique… Moi j'y vais, parce que je ne sais où aller. Sans cela, on ne me prendrait pas souvent au passage du Pont-Neuf. C'est humide, triste. Une femme doit mourir là-dedans… Je lui plais, j'en suis certain ; alors pourquoi pas moi plutôt qu'un autre. »

Il s'arrêtait, il lui venait des fatuités[2], il regardait couler la Seine d'un air absorbé.

« Ma foi, tant pis, s'écriait-il, je l'embrasse à la première occasion… Je parie qu'elle tombe tout de suite dans mes bras. »

Il se remettait à marcher, et des indécisions le prenaient.

« Ce qu'elle est laide, après tout, pensait-il. Elle a le nez long, la bouche grande. Je ne l'aime pas du tout, d'ailleurs. Je vais peut-être m'attirer quelque mauvaise histoire. Cela demande réflexion. »

Laurent, qui était très prudent, roula ces pensées dans sa tête pendant une grande semaine. Il calcula tous les incidents possibles d'une liaison avec Thérèse ; il se décida seulement à tenter l'aventure, lorsqu'il se fut bien prouvé qu'il avait un réel intérêt à le faire.

Pour lui, Thérèse, il est vrai, était laide, et il ne l'aimait pas, mais en somme, elle ne lui coûterait rien ; les femmes qu'il achetait à bas prix n'étaient, certes, ni plus belles ni plus aimées.

---

1. **Pauvre sire :** homme sans force, dépourvu de la moindre capacité.
2. **Fatuités :** prétentions ridicules.

L'économie lui conseillait déjà de prendre la femme de son ami. D'autre part, depuis longtemps il n'avait pas contenté ses appétits ; l'argent étant rare, il sevrait sa chair[1], et il ne voulait point laisser échapper l'occasion de la repaître[2] un peu. Enfin, une pareille liaison, en bien réfléchissant, ne pouvait avoir de mauvaises suites : Thérèse aurait intérêt à tout cacher, il la planterait là aisément quand il voudrait ; en admettant même que Camille découvrît tout et se fâchât, il l'assommerait d'un coup de poing, s'il faisait le méchant. La question, de tous les côtés, se présentait à Laurent facile et engageante.

Dès lors, il vécut dans une douce quiétude[3], attendant l'heure. À la première occasion, il était décidé à agir carrément. Il voyait, dans l'avenir, des soirées tièdes. Tous les Raquin travailleraient à ses jouissances : Thérèse apaiserait les brûlures de son sang[4] ; Mme Raquin le cajolerait comme une mère ; Camille, en causant avec lui, l'empêcherait de trop s'ennuyer, le soir, dans la boutique.

Le portrait s'achevait, les occasions ne se présentaient pas. Thérèse restait toujours là, accablée et anxieuse ; mais Camille ne quittait point la chambre, et Laurent se désolait de ne pouvoir l'éloigner pour une heure. Il lui fallut pourtant déclarer un jour qu'il terminerait le portrait le lendemain. Mme Raquin annonça qu'on dînerait ensemble et qu'on fêterait l'œuvre du peintre.

Le lendemain, lorsque Laurent eut donné à la toile le dernier coup de pinceau, toute la famille se réunit pour crier

1. Sevrait sa chair : renonçait à assouvir ses désirs charnels, sexuels.

2. Repaître : rassasier.

3. Quiétude : tranquillité.

4. Apaiserait les brûlures de son sang : soulagerait les souffrances liées à sa nature nerveuse.

à la ressemblance. Le portrait était ignoble, d'un gris sale, avec de larges plaques violacées. Laurent ne pouvait employer les couleurs les plus éclatantes sans les rendre ternes et boueuses ; il avait, malgré lui, exagéré les teintes blafardes de son modèle et le visage de Camille ressemblait à la face verdâtre d'un noyé ; le dessin grimaçant convulsionnait[1] les traits, rendant la sinistre ressemblance plus frappante. Mais Camille était enchanté ; il disait que sur la toile il avait un air distingué.

Quand il eut bien admiré sa figure, il déclara qu'il allait chercher deux bouteilles de vin de Champagne. Mme Raquin redescendit à la boutique. L'artiste resta seul avec Thérèse.

La jeune femme était demeurée accroupie, regardant vaguement devant elle. Elle semblait attendre en frémissant. Laurent hésita ; il examinait sa toile, il jouait avec ses pinceaux. Le temps pressait, Camille pouvait revenir, l'occasion ne se représenterait peut-être plus. Brusquement, le peintre se tourna et se trouva face à face avec Thérèse. Ils se contemplèrent pendant quelques secondes.

Puis, d'un mouvement violent, Laurent se baissa et prit la jeune femme contre sa poitrine. Il lui renversa la tête, lui écrasant les lèvres sous les siennes. Elle eut un mouvement de révolte, sauvage, emportée, et, tout d'un coup, elle s'abandonna, glissant par terre, sur le carreau. Ils n'échangèrent pas une seule parole. L'acte fut silencieux et brutal.

1. Convulsionnait : tordait, comme si le visage était secoué de convulsions.

VII

Dès le commencement, les amants trouvèrent leur liaison nécessaire, fatale, toute naturelle. À leur première entrevue, ils se tutoyèrent, ils s'embrassèrent, sans embarras, sans rougeur, comme si leur intimité eût daté de plusieurs années. Ils vivaient à l'aise dans leur situation nouvelle, avec une tranquillité et une impudence parfaites.

Ils fixèrent leurs rendez-vous. Thérèse ne pouvant sortir, il fut décidé que Laurent viendrait. La jeune femme lui expliqua, d'une voix nette et assurée, le moyen qu'elle avait trouvé. Les entrevues auraient lieu dans la chambre des époux. L'amant passerait par l'allée qui donnait sur le passage, et Thérèse lui ouvrirait la porte de l'escalier. Pendant ce temps, Camille serait à son bureau, Mme Raquin, en bas, dans la boutique. C'étaient là des coups d'audace qui devaient réussir.

Laurent accepta. Il avait, dans sa prudence, une sorte de témérité brutale, la témérité d'un homme qui a de gros poings. L'air grave et calme de sa maîtresse l'engagea à venir goûter d'une passion si hardiment offerte. Il choisit un prétexte, il obtint de son chef un congé de deux heures, et il accourut au passage du Pont-Neuf.

Dès l'entrée du passage, il éprouva des voluptés cuisantes. La marchande de bijoux faux était assise juste en face de la porte de l'allée. Il lui fallut attendre qu'elle fût occupée, qu'une jeune ouvrière vînt acheter une bague ou des boucles d'oreilles de cuivre. Alors, rapidement, il entra dans l'allée ; il monta l'escalier étroit et obscur, en s'appuyant aux murs gras d'humidité. Ses pieds heurtaient les marches de pierre ; au bruit de chaque heurt, il sentait une brûlure qui lui traversait la poitrine. Une porte s'ouvrit. Sur le seuil, au milieu d'une lueur blanche, il vit Thérèse en camisole[1], en jupon, tout éclatante, les cheveux fortement noués derrière la tête. Elle ferma la porte, elle se pendit à son cou. Il s'échappait d'elle une odeur tiède, une odeur de linge blanc et de chair fraîchement lavée.

Laurent, étonné, trouva sa maîtresse belle. Il n'avait jamais vu cette femme. Thérèse, souple et forte, le serrait, renversant la tête en arrière, et, sur son visage, couraient des lumières ardentes, des sourires passionnés. Cette face d'amante s'était comme transfigurée ; elle avait un air fou et caressant ; les lèvres humides, les yeux luisants, elle rayonnait. La jeune femme, tordue et ondoyante, était belle d'une beauté étrange, toute d'emportement. On eût dit que sa figure venait de s'éclairer en dedans, que des flammes s'échappaient de sa chair. Et, autour d'elle, son sang qui brûlait, ses nerfs qui se tendaient, jetaient ainsi des effluves[2] chauds, un air pénétrant et âcre.

Au premier baiser, elle se révéla courtisane[3]. Son corps inassouvi se jeta éperdument dans la volupté. Elle s'éveillait comme d'un songe, elle naissait à la passion. Elle passait des bras débiles[4] de Camille dans les bras vigoureux de Laurent, et cette approche d'un homme puissant lui donnait une brusque secousse qui la tirait du sommeil de la chair. Tous ses instincts de femme nerveuse éclatèrent avec une violence inouïe ; le sang de sa mère, ce sang africain qui brûlait ses veines, se mit à couler, à battre furieusement dans son corps maigre, presque vierge encore. Elle s'étalait, elle s'offrait avec une impudeur souveraine. Et, de la tête aux pieds, de longs frissons l'agitaient.

1. Camisole : vêtement court et à manches qui se porte sous ou sur la chemise.
2. Effluves : odeurs.
3. Courtisane : séductrice, abandonnée au désir.
4. Débiles : faibles.

Jamais Laurent n'avait connu une pareille femme. Il resta surpris, mal à l'aise. D'ordinaire, ses maîtresses ne le recevaient pas avec une telle fougue ; il était accoutumé à des baisers froids et indifférents, à des amours lasses et rassasiées. Les sanglots, les crises de Thérèse l'épouvantèrent presque, tout en irritant ses curiosités voluptueuses. Quand il quitta la jeune femme, il chancelait comme un homme ivre. Le lendemain, lorsque son calme sournois et prudent fut revenu, il se demanda s'il retournerait auprès de cette amante dont les baisers lui donnaient la fièvre. Il décida d'abord nettement qu'il resterait chez lui. Puis il eut des lâchetés. Il voulait oublier, ne plus voir Thérèse dans sa nudité, dans ses caresses douces et brutales, et toujours elle était là, implacable[1], tendant les bras. La souffrance physique que lui causait ce spectacle devint intolérable.

Il céda, il prit un nouveau rendez-vous, il revint au passage du Pont-Neuf.

À partir de ce jour Thérèse entra dans sa vie. Il ne l'acceptait pas encore, mais il la subissait. Il avait des heures d'effrois, des moments de prudence et, en somme, cette liaison le secouait désagréablement ; mais ses peurs, ses malaises tombaient devant ses désirs. Les rendez-vous se suivirent, se multiplièrent.

Thérèse n'avait pas de ces doutes. Elle se livrait sans ménagement, allant droit où la poussait la passion. Cette femme que les circonstances avaient pliée et qui se redressait enfin, mettait à nu son être entier, expliquait sa vie.

Parfois elle passait ses bras au cou de Laurent, elle se traînait sur sa poitrine, et, d'une voix encore haletante :

---

1. **Implacable :** dont le désir ne peut être apaisé.

« Oh ! si tu savais combien j'ai souffert ! J'ai été élevée dans l'humidité tiède de la chambre d'un malade. Je couchais avec Camille ; la nuit je m'éloignais de lui écœurée par l'odeur fade de son corps. Il était méchant et entêté ; il ne voulait pas prendre les médicaments que je refusais de partager avec lui ; pour plaire à ma tante, je devais prendre toutes les drogues. Je ne sais pas comment je ne suis pas morte... Ils m'ont rendue laide, mon pauvre ami, ils m'ont volé tout ce que j'avais, et tu ne peux m'aimer comme je t'aime. »

Elle pleurait, elle embrassait Laurent, elle continuait avec une haine sourde :

« Je ne leur souhaite pas de mal. Ils m'ont élevée, ils m'ont recueillie et défendue contre la misère... Mais j'aurais préféré l'abandon à leur hospitalité. J'avais des besoins cuisants de grand air ; toute petite, je rêvais de courir les chemins les pieds nus dans la poussière, demandant l'aumône, vivant en bohémienne. On m'a dit que ma mère était un chef de tribu, en Afrique, j'ai souvent songé à elle, j'ai compris que je lui appartenais par le sang et les instincts, j'aurais voulu ne la quitter jamais et traverser les sables sur son dos. Ah ! quelle jeunesse, j'ai encore des dégoûts et des révoltes, lorsque je me rappelle les longues journées que j'ai passées dans la chambre où râlait Camille. J'étais accroupie devant le feu, regardant stupidement bouillir les tisanes, sentant mes membres se roidir, et je ne pouvais bouger, ma tante grondait quand je faisais du bruit... Plus tard, j'ai goûté des joies profondes, dans la petite maison du bord de l'eau ; mais j'étais déjà abêtie, je savais à peine marcher, je tombais lorsque je courais. Puis on m'a enterrée toute vive dans cette ignoble boutique. »

Thérèse respirait fortement, elle serrait son amant à pleins bras, elle se vengeait, et ses narines minces et souples avaient de petits battements nerveux.

« Tu ne saurais croire, reprenait-elle, combien ils m'ont rendue mauvaise. Ils ont fait de moi une hypocrite et une menteuse… Ils m'ont étouffée dans leur douceur bourgeoise, et je ne m'explique pas comment il y a encore du sang dans mes veines… J'ai baissé les yeux, j'ai eu comme eux un visage morne et imbécile, j'ai mené leur vie morte. Quand tu m'as vue, n'est-ce pas ? j'avais l'air d'une bête. J'étais grave, écrasée, abrutie. Je n'espérais plus en rien, je songeais à me jeter un jour dans la Seine… Mais, avant cet affaissement, que de nuits de colère ! Là-bas, à Vernon, dans ma chambre froide, je mordais mon oreiller pour étouffer mes cris, je me battais, je me traitais de lâche. Mon sang me brûlait et je me serais déchiré le corps. À deux reprises, j'ai voulu fuir, aller devant moi, au soleil ; le courage m'a manqué, ils avaient fait de moi une brute docile avec leur bienveillance molle et leur tendresse écœurante. Alors j'ai menti, j'ai menti toujours. Je suis restée là toute douce, toute silencieuse, rêvant de frapper et de mordre. »

La jeune femme s'arrêtait, essuyant ses lèvres humides sur le cou de Laurent. Elle ajoutait, après un silence :

« Je ne sais plus pourquoi j'ai consenti à épouser Camille. Je n'ai pas protesté, par une sorte d'insouciance dédaigneuse. Cet enfant me faisait pitié. Lorsque je jouais avec lui, je sentais mes doigts s'enfoncer dans ses membres comme dans de l'argile. Je l'ai pris, parce que ma tante me l'offrait et que je comptais ne jamais me gêner pour lui… Et j'ai retrouvé dans mon mari le petit garçon souffrant avec lequel j'avais déjà couché à six ans. Il était aussi frêle, aussi plaintif, et il avait toujours cette odeur fade d'enfant malade qui me répugnait tant jadis… Je te dis tout cela pour que tu ne sois pas jaloux… Une sorte de dégoût me montait à la gorge ; je me rappelais les drogues que j'avais bues, et je m'écartais, et je passais des nuits terribles… Mais toi, toi… »

Et Thérèse se redressait, se pliait en arrière, les doigts pris dans les mains épaisses de Laurent, regardant ses larges épaules, son cou énorme…

« Toi, je t'aime, je t'ai aimé le jour où Camille t'a poussé dans la boutique. Tu ne m'estimes peut-être pas, parce que je me suis livrée tout entière, en une fois. Vrai, je ne sais comment cela est arrivé. Je suis fière, je suis emportée. J'aurais voulu te battre, le premier jour où tu m'as embrassée et jetée par terre dans cette chambre… J'ignore comment je t'aimais ; je te haïssais plutôt. Ta vue m'irritait, me faisait souffrir ; lorsque tu étais là, mes nerfs se tendaient à se rompre, ma tête se vidait, je voyais rouge. Oh ! que j'ai souffert ! Et je cherchais cette souffrance, j'attendais ta venue, je tournais autour de ta chaise, pour marcher dans ton haleine, pour traîner mes vêtements le long des tiens. Il me semblait que ton sang me jetait des bouffés de chaleur au passage, et c'était cette sorte de nuée ardente[1], dans laquelle tu t'enveloppais, qui m'attirait et me retenait auprès de toi, malgré mes sourdes révoltes… Tu te souviens quand tu peignais ici : une force fatale me ramenait à ton côté, je respirais ton air avec des délices cruelles. Je comprenais que je paraissais quêter des baisers, j'avais honte de mon esclavage, je sentais que j'allais tomber si tu me touchais. Mais je cédais à mes lâchetés, je grelottais de froid en attendant que tu voulusses bien me prendre dans tes bras… »

---

1. **Nuée ardente :** nuage brûlant.

Alors Thérèse se taisait, frémissante, comme orgueilleuse et vengée. Elle tenait Laurent ivre sur sa poitrine, et dans la chambre nue et glaciale, se passaient des scènes de passion ardentes, d'une brutalité sinistre. Chaque nouveau rendez-vous amenait des crises plus fougueuses.

La jeune femme semblait se plaire à l'audace et à l'imprudence. Elle n'avait pas une hésitation, pas une peur, elle se jetait dans l'adultère avec une sorte de franchise énergique, bravant le péril, mettant une sorte de vanité à le braver. Quand son amant devait venir, pour toute précaution, elle prévenait sa tante qu'elle montait se reposer ; et, quand il était là, elle marchait, parlait, agissait carrément, sans songer jamais à éviter le bruit. Parfois, dans les commencements, Laurent s'effrayait.

« Bon Dieu ! disait-il tout bas à Thérèse, ne fais donc pas tant de tapage. Mme Raquin va monter.

– Bah ! répondait-elle en riant, tu trembles toujours... Elle est clouée derrière son comptoir. Que veux-tu qu'elle vienne faire ici ? Elle aurait trop peur qu'on ne la volât... Puis, après tout, qu'elle monte, si elle veut. Tu te cacheras... Je me moque d'elle. Je t'aime. »

Ces paroles ne rassuraient guère Laurent. La passion n'avait pas encore endormi sa prudence sournoise de paysan. Bientôt, cependant, l'habitude lui fit accepter, sans trop de terreur, les hardiesses de ces rendez-vous donnés en plein jour, dans la chambre de Camille, à deux pas de la vieille mercière. Sa maîtresse lui répétait que le danger épargne ceux qui l'affrontent en face, et elle avait raison. Jamais les amants n'auraient pu trouver un lieu plus sûr que cette pièce où personne ne serait venu les chercher. Ils y contentaient leur amour, dans une tranquillité incroyable.

Un jour, pourtant, Mme Raquin monta, craignant que sa nièce ne fût malade. Il y avait près de trois heures que la jeune femme était en haut. Elle poussait l'audace jusqu'à ne pas fermer au verrou la porte de la chambre qui donnait dans la salle à manger.

Lorsque Laurent entendit les pas lourds de la vieille mercière, montant l'escalier de bois, il se troubla, il chercha fiévreusement son gilet, son chapeau. Thérèse se mit à rire de la singulière mine qu'il faisait. Elle lui prit le bras avec force, le courba au pied du lit, dans un coin, et lui dit d'une voix basse et calme :

« Tiens-toi là… ne remue pas. »

Elle jeta sur lui les vêtements d'homme qui traînaient, et étendit sur le tout un jupon blanc qu'elle avait retiré. Elle fit ces choses avec des gestes lestes et précis, sans rien perdre de sa tranquillité. Puis elle se coucha, échevelée, demi-nue, encore rouge et frissonnante.

Mme Raquin ouvrit doucement la porte et s'approcha du lit en étouffant le bruit de ses pas. La jeune femme feignait de dormir. Laurent suait sous le jupon blanc.

« Thérèse, demanda la mercière avec sollicitude, es-tu malade, ma fille ? »

Thérèse ouvrit les yeux, bâilla, se retourna et répondit d'une voix dolente qu'elle avait une migraine atroce. Elle supplia sa tante de la laisser dormir. La vieille dame s'en alla comme elle était venue, sans faire de bruit.

Les deux amants, riant en silence, s'embrassèrent avec une violence passionnée.

« Tu vois bien, dit Thérèse triomphante, que nous ne craignons rien ici… Tous ces gens-là sont aveugles : ils n'aiment pas. »

Un autre jour, la jeune femme eut une idée bizarre. Parfois, elle était comme folle, elle délirait.

Le chat tigré, François, était assis sur son derrière, au beau milieu de la chambre. Grave, immobile, il regardait de ses yeux ronds les deux amants. Il semblait les examiner avec soin, sans cligner les paupières, perdu dans une sorte d'extase diabolique.

« Regarde donc François, dit Thérèse à Laurent. On dirait qu'il va ce soir tout conter à Camille… Dis, ce serait drôle, s'il se mettait à parler dans la boutique, un de ces jours ; il sait de belles histoires sur notre compte… »

Cette idée, que François pourrait parler, amusa singulièrement la jeune femme. Laurent regarda les grands yeux verts du chat, et sentit un frisson lui courir sur la peau.

« Voici comment il ferait, reprit Thérèse. Il se mettrait debout, et, me montrant d'une patte, te montrant de l'autre, il s'écrierait : « Monsieur et Madame s'embrassent très fort dans la chambre ; ils ne se sont pas méfiés de moi, mais comme leurs amours criminelles[1] me dégoûtent, je vous prie de les faire mettre en prison tous les deux ; ils ne troubleront plus ma sieste. »

Thérèse plaisantait comme un enfant, elle mimait le chat, elle allongeait les mains en façon de griffes, elle donnait à ses épaules des ondulations félines. François, gardant une immobilité de pierre, la contemplait toujours ; ses yeux seuls paraissaient vivants ; et il y avait, dans les coins de sa gueule, deux plis profonds qui faisaient éclater de rire cette tête d'animal empaillé.

1. Le nom *amour* devient féminin au pluriel.

Laurent se sentait froid aux os. Il trouva ridicule la plaisanterie de Thérèse. Il se leva et mit le chat à la porte. En réalité, il avait peur. Sa maîtresse ne le possédait pas encore entièrement ; il restait au fond de lui un peu de ce malaise qu'il avait éprouvé sous les premiers baisers de la jeune femme.

VIII

Le soir, dans la boutique, Laurent était parfaitement heureux. D'ordinaire, il revenait du bureau avec Camille. Mme Raquin s'était prise pour lui d'une amitié maternelle ; elle le savait gêné[1], mangeant mal, couchant dans un grenier, et lui avait dit une fois pour toutes que son couvert serait toujours mis à leur table. Elle aimait ce garçon de cette tendresse bavarde que les vieilles femmes ont pour les gens qui viennent de leur pays, apportant avec eux des souvenirs du passé.

Le jeune homme usait largement de l'hospitalité. Avant de rentrer, au sortir du bureau, il faisait avec Camille un bout de promenade sur les quais ; tous deux trouvaient leur compte à cette intimité ; ils s'ennuyaient moins, ils flânaient en causant. Puis ils se décidaient à venir manger la soupe de Mme Raquin. Laurent ouvrait en maître la porte de la boutique ; il s'asseyait à califourchon sur les chaises, fumant et crachant, comme s'il était chez lui.

La présence de Thérèse ne l'embarrassait nullement. Il traitait la jeune femme avec une rondeur amicale, il plaisantait,

1. Gêné : peu à l'aise financièrement.

lui adressait des galanteries banales, sans qu'un pli de sa face bougeât. Camille riait, et, comme sa femme ne répondait à son ami que par des monosyllabes, il croyait fermement qu'ils se détestaient tous deux. Un jour même il fit des reproches à Thérèse sur ce qu'il appelait sa froideur pour Laurent.

Laurent avait deviné juste : il était devenu l'amant de la femme, l'ami du mari, l'enfant gâté de la mère. Jamais il n'avait vécu dans un pareil assouvissement de ses appétits. Il s'endormait au fond des jouissances infinies que lui donnait la famille Raquin. D'ailleurs, sa position dans cette famille lui paraissait toute naturelle. Il tutoyait Camille sans colère, sans remords. Il ne surveillait même pas ses gestes ni ses paroles, tant il était certain de sa prudence, de son calme ; l'égoïsme avec lequel il goûtait ses félicités[1] le protégeait contre toute faute. Dans la boutique, sa maîtresse devenait une femme comme une autre, qu'il ne fallait point embrasser et qui n'existait pas pour lui. S'il ne l'embrassait pas devant tous, c'est qu'il craignait de ne pouvoir revenir. Cette seule conséquence l'arrêtait. Autrement, il se serait parfaitement moqué de la douleur de Camille et de sa mère. Il n'avait point conscience de ce que la découverte de sa liaison pourrait amener. Il croyait agir simplement, comme tout le monde aurait agi à sa place, en homme pauvre et affamé. De là ses tranquillités béates[2], ses audaces prudentes, ses attitudes désintéressées et goguenardes[3].

Thérèse, plus nerveuse, plus frémissante que lui, était obligée de jouer un rôle. Elle le jouait à la perfection, grâce à

1. **Félicités :** satisfactions, bonheur intense.

2. **Béates :** satisfaites, avec le sentiment d'être un saint.

3. **Goguenardes :** relatives à quelqu'un qui plaisante, moqueuses.

l'hypocrisie savante que lui avait donnée son éducation. Pendant près de quinze ans, elle avait menti, étouffant ses fièvres, mettant une volonté implacable[1] à paraître morne et endormie. Il lui coûtait peu de poser sur sa chair ce masque de morte qui glaçait son visage. Quand Laurent entrait, il la trouvait grave, rechignée, le nez plus long, les lèvres plus minces. Elle était laide, revêche[2], inabordable. D'ailleurs, elle n'exagérait pas ses effets, elle jouait son ancien personnage, sans éveiller l'attention par une brusquerie plus grande. Pour elle, elle trouvait une volupté amère à tromper Camille et Mme Raquin ; elle n'était pas comme Laurent, affaissée dans le contentement épais de ses désirs, inconsciente du devoir ; elle savait qu'elle faisait le mal, et il lui prenait des envies féroces de se lever de table et d'embrasser Laurent à pleine bouche, pour montrer à son mari et à sa tante qu'elle n'était pas une bête et qu'elle avait un amant.

Par moments, des joies chaudes lui montaient à la tête ; toute bonne comédienne qu'elle fut, elle ne pouvait alors se retenir de chanter, quand son amant n'était pas là et qu'elle ne craignait point de se trahir. Ces gaietés soudaines charmaient Mme Raquin qui accusait sa nièce de trop de gravité. La jeune femme acheta des pots de fleurs et en garnit la fenêtre de sa chambre ; puis elle fit coller du papier neuf dans cette pièce, elle voulut un tapis, des rideaux, des meubles de palissandre[3]. Tout ce luxe était pour Laurent.

La nature et les circonstances semblaient avoir fait cette femme pour cet homme, et les avoir poussés l'un vers l'autre. À eux deux, la femme, nerveuse et hypocrite, l'homme, sanguin

1. **Volonté implacable :** volonté de fer, à laquelle rien ne peut faire obstacle.
2. **Revêche :** désagréable, de mauvaise humeur.
3. **Palissandre :** bois exotique, signe de luxe.

et vivant en brute, ils faisaient un couple puissamment lié. Ils se complétaient, se protégeaient mutuellement. Le soir, à table, dans les clartés pâles de la lampe, on sentait la force de leur union, à voir le visage épais et souriant de Laurent, en face du masque muet et impénétrable de Thérèse.

C'étaient de douces et calmes soirées. Dans le silence, dans l'ombre transparente et attiédie, s'élevaient des paroles amicales. On se serrait autour de la table ; après le dessert, on causait des mille riens de la journée, des souvenirs de la veille et des espoirs du lendemain. Camille aimait Laurent, autant qu'il pouvait aimer, en égoïste satisfait, et Laurent semblait lui rendre une égale affection ; il y avait entre eux un échange de phrases dévouées, de gestes serviables, de regards prévenants. Mme Raquin, le visage placide, mettait toute sa paix autour de ses enfants, dans l'air tranquille qu'ils respiraient. On eût dit une réunion de vieilles connaissances qui se connaissaient jusqu'au cœur et qui s'endormaient sur la foi de leur amitié.

Thérèse, immobile, paisible comme les autres, regardait ces joies bourgeoises, ces affaissements souriants. Et, au fond d'elle, il y avait des rires sauvages ; tout son être raillait, tandis que son visage gardait une rigidité froide. Elle se disait, avec des raffinements de volupté, que quelques heures auparavant elle était dans la chambre voisine, demi-nue, échevelée, sur la poitrine de Laurent ; elle se rappelait chaque détail de cette après-midi de passion folle, elle les étalait dans sa mémoire, elle opposait cette scène brûlante à la scène morte qu'elle avait sous les yeux. Ah ! comme elle trompait ces bonnes gens, et comme elle était heureuse de les tromper avec une impudence si triomphante ! Et c'était là, à deux pas, derrière cette mince cloison, qu'elle recevait un homme ; c'était là qu'elle se vautrait dans les âpretés[1] de l'adultère. Et son amant, à cette heure, devenait un inconnu pour elle, un camarade de son mari, une sorte d'imbécile et d'intrus dont elle ne devait pas se soucier. Cette comédie atroce, ces duperies[2] de la vie, cette comparaison entre les baisers ardents du jour et l'indifférence jouée du soir, donnaient des ardeurs nouvelles au sang de la jeune femme.

Lorsque Mme Raquin et Camille descendaient, par hasard, Thérèse se levait d'un bond, collait silencieusement, avec une énergie brutale, ses lèvres sur les lèvres de son amant, et restait ainsi haletante, étouffante, jusqu'à ce qu'elle entendît crier le bois des marches de l'escalier. Alors, d'un mouvement leste, elle reprenait sa place, elle retrouvait sa grimace rechignée. Laurent d'une voix calme, continuait avec Camille la causerie interrompue. C'était comme un éclair de passion, rapide et aveuglant, dans un ciel mort.

Le jeudi, la soirée était un peu plus animée. Laurent, qui, ce jour là, s'ennuyait à mourir, se faisait pourtant un devoir de ne pas manquer une seule des réunions : il voulait, par mesure de prudence, être connu et estimé des amis de Camille. Il lui fallait écouter les radotages de Grivet et du vieux Michaud ; Michaud racontait toujours les mêmes histoires de meurtres et de vol ; Grivet parlait en même temps de ses employés, de ses chefs, de son administration. Le jeune homme se réfugiait auprès d'Olivier et de Suzanne, qui lui paraissaient d'une bêtise moins assommante. D'ailleurs, il se hâtait de réclamer le jeu de dominos.

C'était le jeudi soir que Thérèse fixait le jour et l'heure de leurs rendez-vous. Dans le trouble du départ, lorsque Mme Raquin

1. Âpretés : brutalités, duretés.

2. Duperies : tromperies.

et Camille accompagnaient les invités jusqu'à la porte du passage, la jeune femme s'approchait de Laurent, lui parlait tout bas, lui serrait la main. Parfois même, quand tout le monde avait le dos tourné, l'embrassait par une sorte de fanfaronnade.

Pendant huit mois, dura cette vie de secousses et d'apaisements. Les amants vivaient dans une béatitude[1] complète ; Thérèse ne s'ennuyait plus, ne désirait plus rien ; Laurent, repu, choyé, engraissé encore avait la seule crainte de voir cesser cette belle existence.

IX

Un après-midi, comme Laurent allait quitter son bureau pour courir auprès de Thérèse qui l'attendait, son chef le fit appeler et lui signifia qu'à l'avenir il lui défendait de s'absenter. Il avait abusé des congés ; l'administration était décidée à le renvoyer, s'il sortait une seule fois.

Cloué sur sa chaise, il se désespéra jusqu'au soir. Il devait gagner son pain, il ne pouvait se faire mettre à la porte. Le soir, le visage courroucé[2] de Thérèse fut une torture pour lui. Il ne savait comment expliquer son manque de parole à sa maîtresse. Pendant que Camille fermait la boutique, il s'approcha vivement de la jeune femme :

« Nous ne pouvons plus nous voir, lui dit-il à voix basse. Mon chef me refuse toute nouvelle permission de sortie. »

1. Béatitude : satisfaction suprême, bonheur que l'on peut ressentir en accédant à la sainteté.

2. Courroucé : irrité, en colère.

Camille rentrait. Laurent dut se retirer sans donner de plus amples explications, laissant Thérèse sous le coup de cette déclaration brutale. Exaspérée, ne voulant pas admettre qu'on pût troubler ses voluptés, elle passa une nuit d'insomnie à bâtir des plans de rendez-vous extravagants. Le jeudi qui suivit, elle causa une minute au plus avec Laurent. Leur anxiété était d'autant plus vive qu'ils ne savaient où se rencontrer pour se consulter et s'entendre. La jeune femme donna un nouveau rendez-vous à son amant, qui lui manqua de parole une seconde fois. Dès lors, elle n'eut plus qu'une idée fixe, le voir à tout prix.

Il y avait quinze jours que Laurent ne pouvait approcher de Thérèse. Alors il sentit combien cette femme lui était devenue nécessaire ; l'habitude de la volupté lui avait créé des appétits nouveaux, d'une exigence aiguë. Il n'éprouvait plus aucun malaise dans les embrassements de sa maîtresse, il quêtait ces embrassements avec une obstination d'animal affamé. Une passion de sang avait couvé dans ses muscles ; maintenant qu'on lui retirait son amante, cette passion éclatait avec une violence aveugle ; il aimait à la rage. Tout semblait inconscient dans cette florissante nature de brute ; il obéissait à des instincts, il se laissait conduire par les volontés de son organisme. Il aurait ri aux éclats, un an auparavant, si on lui avait dit qu'il serait l'esclave d'une femme, au point de compromettre ses tranquillités. Le sourd travail des désirs, s'était opéré en lui, à son insu, et avait fini par le jeter, pieds et poings liés, aux caresses fauves de Thérèse. À cette heure, il redoutait d'oublier la prudence, il n'osait venir, le soir, au passage du Pont-Neuf, craignant de commettre quelque folie. Il ne s'appartenait plus ; sa maîtresse, avec ses souplesses de chatte, ses flexibilités nerveuses, s'était glissée peu à peu dans chacune des fibres de son corps. Il avait besoin de cette femme pour vivre comme on a besoin de boire et de manger.

Il aurait certainement fait une sottise, s'il n'avait reçu une lettre de Thérèse, qui lui recommandait de rester chez lui le lendemain. Son amante lui promettait de venir le trouver vers les huit heures du soir.

Au sortir du bureau, il se débarrassa de Camille, en disant qu'il était fatigué, qu'il allait se coucher tout de suite. Thérèse, après le dîner, joua également son rôle ; elle parla d'une cliente qui avait déménagé sans la payer, elle fit la créancière[1] intraitable, elle déclara qu'elle voulait aller réclamer son argent. La cliente demeurait aux Batignolles[2]. Mme Raquin et Camille trouvèrent la course longue, la démarche hasardeuse[3] ; d'ailleurs, ils ne s'étonnèrent pas, ils laissèrent partir Thérèse en toute tranquillité.

La jeune femme courut au Port aux Vins, glissant sur les pavés qui étaient gras, heurtant les passants, ayant hâte d'arriver. Des moiteurs lui montaient au visage ; ses mains brûlaient. On aurait dit une femme soûle. Elle gravit rapidement l'escalier de l'hôtel meublé. Au sixième étage, essoufflée, les yeux vagues, elle aperçut Laurent, penché sur la rampe, qui l'attendait.

Elle entra dans le grenier. Ses larges jupes ne pouvaient y tenir, tant l'espace était étroit. Elle arracha d'une main son chapeau, et s'appuya contre le lit, défaillante…

1. Créancière : femme à qui on doit de l'argent.

2. Batignolles : quartier de Paris.

3. Hasardeuse : aléatoire, dont la réussite est très incertaine.

La fenêtre à tabatière[1], ouverte toute grande, versait les fraîcheurs du soir sur la couche[2] brûlante. Les amants restèrent longtemps dans le taudis, comme au fond d'un trou. Tout d'un coup, Thérèse entendit l'horloge de la Pitié[3] sonner dix heures. Elle aurait voulu être sourde ; elle se leva péniblement et regarda le grenier qu'elle n'avait pas encore vu. Elle chercha son chapeau, noua les rubans, et s'assit en disant d'une voix lente :

« Il faut que je parte. »

Laurent était venu s'agenouiller devant elle. Il lui prit les mains.

« Au revoir, reprit-elle sans bouger.

– Non pas au revoir, s'écria-t-il, cela est trop vague… Quel jour reviendras-tu ? »

Elle le regarda en face.

« Tu veux de la franchise ? dit-elle. Eh bien ! vrai, je crois que je ne reviendrai plus. Je n'ai pas de prétexte, je ne puis en inventer.

– Alors, il faut nous dire adieu.

– Non, je ne veux pas ! »

Elle prononça ces mots avec une colère épouvantée. Elle ajouta plus doucement, sans savoir ce qu'elle disait, sans quitter sa chaise :

« Je vais m'en aller. »

Laurent songeait. Il pensait à Camille.

---

1. Fenêtre à tabatière : fenêtre percée dans le toit, lucarne.

2. Couche : lit.

3. Pitié : référence à la Pitié Salpêtrière, hôpital parisien.

« Je ne lui en veux pas », dit-il enfin sans le nommer ; mais vraiment il nous gêne trop… Est-ce que tu ne pourrais pas nous en débarrasser, l'envoyer en voyage, quelque part, bien loin ?

– Ah ! oui, l'envoyer en voyage ! reprit la jeune femme en hochant la tête. Tu crois qu'un homme comme ça consent à voyager… Il n'y a qu'un voyage dont on ne revient pas… Mais il nous enterrera tous ; ces gens qui n'ont que le souffle ne meurent jamais. »

Il y eut un silence. Laurent se traîna sur les genoux, se serrant contre sa maîtresse, appuyant la tête contre sa poitrine.

« J'avais fait un rêve, dit-il ; je voulais passer une nuit entière avec toi, m'endormir dans tes bras et me réveiller le lendemain sous tes baisers… Je voudrais être ton mari… Tu comprends ?

– Oui, oui », répondit Thérèse, frissonnante.

Et elle se pencha brusquement sur le visage de Laurent, qu'elle couvrit de baisers. Elle égratignait les brides de son chapeau contre la barbe rude du jeune homme ; elle ne songeait plus qu'elle était habillée et qu'elle allait froisser ses vêtements. Elle sanglotait, elle prononçait des paroles haletantes au milieu de ses larmes.

« Ne dis pas ces choses, répétait-elle, car je n'aurais pas la force de te quitter, je resterais là… Donne-moi du courage plutôt ; dis-moi que nous nous verrons encore… N'est-ce pas que tu as besoin de moi et que nous trouverons bien un jour le moyen de vivre ensemble ?

– Alors, reviens, reviens demain, lui répondit Laurent, dont les mains tremblantes montaient le long de sa taille.

– Mais je ne puis revenir... Je te l'ai dit, je n'ai pas de prétexte. »

Elle se tordait les bras. Elle reprit :

« Oh ! le scandale ne me fait pas peur. En rentrant, si tu veux, je vais dire à Camille que tu es mon amant, et je reviens coucher ici... C'est pour toi que je tremble ; je ne veux pas déranger ta vie, je désire te faire une existence heureuse. »

Les instincts prudents du jeune homme se réveillèrent.

« Tu as raison, dit-il, il ne faut pas agir comme des enfants. Ah ! si ton mari mourait...

– Si mon mari mourait..., répéta lentement Thérèse.

– Nous nous marierions ensemble, nous ne craindrions plus rien, nous jouirions largement de nos amours... Quelle bonne et douce vie ! »

La jeune femme s'était redressée. Les joues pâles, elle regardait son amant avec des yeux sombres ; des battements agitaient ses lèvres.

« Les gens meurent quelquefois, murmura-t-elle enfin. Seulement, c'est dangereux pour ceux qui survivent. »

Laurent ne répondit pas.

« Vois-tu, continua-t-elle, tous les moyens connus sont mauvais.

– Tu ne m'as pas compris, dit-il paisiblement. Je ne suis pas un sot, je veux t'aimer en paix... Je pensais qu'il arrive des accidents tous les jours, que le pied peut glisser, qu'une tuile peut tomber... Tu comprends ? Dans ce dernier cas, le vent seul est coupable. »

Il parlait d'une voix étrange. Il eut un sourire et ajouta d'un ton caressant :

« Va, sois tranquille, nous nous aimerons bien, nous vivrons heureux... Puisque tu ne peux venir, j'arrangerai tout cela… Si nous restons plusieurs mois sans nous voir, ne m'oublie pas, songe que je travaille à nos félicités[1]. »

Il saisit dans ses bras Thérèse, qui ouvrait la porte pour partir.

« Tu es à moi, n'est-ce pas ? continua-t-il. Tu jures de te livrer entière, à toute heure, quand je voudrai.

– Oui, cria la jeune femme, je t'appartiens, fais de moi ce qu'il te plaira. »

Ils restèrent un moment farouches et muets. Puis Thérèse s'arracha avec brusquerie, et, sans tourner la tête, elle sortit de la mansarde[2] et descendit l'escalier. Laurent écouta le bruit de ses pas qui s'éloignaient.

Quand il n'entendit plus rien, il rentra dans son taudis, il se coucha. Les draps étaient tièdes. Il étouffait au fond de ce trou étroit que Thérèse laissait plein des ardeurs de sa passion. Il lui semblait que son souffle respirait encore un peu de la jeune femme ; elle avait passé là, répandant des émanations[3] pénétrantes, des odeurs de violette, et maintenant il ne pouvait plus serrer entre ses bras que le fantôme insaisissable de sa maîtresse, traînant autour de lui ; il avait la fièvre des amours renaissantes et inassouvies. Il ne ferma pas la fenêtre. Couché sur le dos, les bras nus, les mains ouvertes, cherchant la fraîcheur, il songea, en regardant le carré d'un bleu sombre que le châssis[4] taillait dans le ciel.

Jusqu'au jour, la même idée tourna dans sa tête. Avant la venue de Thérèse, il ne songeait pas au meurtre de Camille ; il avait parlé de la mort de cet homme, poussé par les faits, irrité

1. Félicités : plaisirs, bonheur intense.

2. Mansarde : pièce aménagée sous un toit, dont au moins un des murs est en pente.

3. Émanations : odeurs.

4. Châssis : cadre qui supporte le vitrage d'une fenêtre.

par la pensée qu'il ne reverrait plus son amante. Et c'est ainsi qu'un nouveau coin de sa nature inconsciente venait de se révéler : il s'était mis à rêver l'assassinat dans les emportements de l'adultère.

Maintenant, plus calme, seul au milieu de la nuit paisible, il étudiait le meurtre. L'idée de mort, jetée avec désespoir entre deux baisers, revenait implacable[1] et aiguë. Laurent, secoué par l'insomnie, énervé par les senteurs âcres que Thérèse avait laissées derrière elle, dressait des embûches, calculait les mauvaises chances, étalait les avantages qu'il aurait à être assassin.

Tous ses intérêts le poussaient au crime. Il se disait que son père, le paysan de Jeufosse, ne se décidait pas à mourir ; il lui faudrait peut-être rester encore dix ans employé, mangeant dans les crémeries, vivant sans femme dans un grenier. Cette idée l'exaspérait. Au contraire, Camille mort, il épousait Thérèse, il héritait de Mme Raquin, il donnait sa démission et flânait au soleil. Alors, il se plut à rêver cette vie de paresseux ; il se voyait déjà oisif, mangeant et dormant, attendant avec patience la mort de son père. Et quand la réalité se dressait au milieu de son rêve, il se heurtait contre Camille, il serrait les poings comme pour l'assommer.

Laurent voulait Thérèse, il la voulait à lui tout seul, toujours à portée de sa main. S'il ne faisait pas disparaître le mari, la femme lui échappait. Elle l'avait dit : elle ne pouvait revenir. Il l'aurait bien enlevée, emportée quelque part, mais alors ils seraient morts de faim tous deux. Il risquait moins en tuant le mari ; il ne soulevait aucun scandale, il poussait seulement

1. Implacable : dont on ne peut se débarrasser, qu'on ne peut oublier.

un homme pour se mettre à sa place. Dans sa logique brutale de paysan, il trouvait ce moyen excellent et naturel. Sa prudence native lui conseillait même cet expédient[1] rapide.

Il se vautrait sur son lit, en sueur, à plat ventre, collant sa face moite dans l'oreiller où avait traîné le chignon de Thérèse. Il prenait la toile entre ses lèvres séchées, il buvait les parfums légers de ce linge, et il restait là, sans haleine, étouffant, voyant passer des barres de feu le long de ses paupières closes. Il se demandait comment il pourrait bien tuer Camille. Puis quand la respiration lui manquait, il se retournait d'un bond, se remettait sur le dos, et, les yeux grands ouverts, recevant en plein visage les souffles froids de la fenêtre, il cherchait dans les étoiles, dans le carré bleuâtre de ciel, un conseil de meurtre, un plan d'assassinat.

Il ne trouva rien. Comme il l'avait dit à sa maîtresse, il n'était pas un enfant, un sot ; il ne voulait ni du poignard ni du poison. Il lui fallait un crime sournois, accompli sans danger, une sorte d'étouffement sinistre, sans cris, sans terreur, une simple disparition. La passion avait beau le secouer et le pousser en avant ; tout son être réclamait impérieusement[2] la prudence. Il était trop lâche, trop voluptueux, pour risquer sa tranquillité. Il tuait afin de vivre calme et heureux.

Peu à peu le sommeil le prit. L'air froid avait chassé du grenier le fantôme tiède et odorant de Thérèse. Laurent, brisé, apaisé, se laissa envahir par une sorte d'engourdissement doux et vague. En s'endormant, il décida qu'il attendrait une occasion favorable, et sa pensée, de plus en plus fuyante, le berçait

---

1. Expédient : moyen utilisé pour se tirer d'une situation difficile.

2. Impérieusement : de manière pressante, de telle sorte qu'il soit obligé d'obéir.

en murmurant : « Je le tuerai, je le tuerai. » Cinq minutes plus tard, il reposait, respirant avec une régularité sereine.

Thérèse était rentrée chez elle à onze heures. La tête en feu, la pensée tendue, elle arriva au passage du Pont-Neuf, sans avoir conscience du chemin parcouru. Il lui semblait qu'elle descendait de chez Laurent, tant ses oreilles étaient pleines encore des paroles qu'elle venait d'entendre. Elle trouva Mme Raquin et Camille anxieux et empressés ; elle répondit sèchement à leurs questions, en disant qu'elle avait fait une course inutile et qu'elle était restée une heure sur un trottoir à attendre un omnibus[1].

Lorsqu'elle se mit au lit, elle trouva les draps froids et humides. Ses membres, encore brûlants, eurent des frissons de répugnance. Camille ne tarda pas à s'endormir, et Thérèse regarda longtemps cette face blafarde qui reposait bêtement sur l'oreiller, la bouche ouverte. Elle s'écartait de lui, elle avait des envies d'enfoncer son poing fermé dans cette bouche.

X

Près de trois semaines se passèrent. Laurent revenait à la boutique tous les soirs ; il paraissait las, comme malade ; un léger cercle bleuâtre entourait ses yeux, ses lèvres pâlissaient et se gerçaient. D'ailleurs, il avait toujours sa tranquillité lourde, il regardait Camille en face, il lui témoignait la même amitié franche. Mme Raquin choyait davantage l'ami de la

1. **Omnibus :** transport en commun qui parcourt une ville.

maison, depuis qu'elle le voyait s'endormir dans une sorte de fièvre sourde.

Thérèse avait repris son visage muet et rechigné[1]. Elle était plus immobile, plus impénétrable, plus paisible que jamais. Il semblait que Laurent n'existât pas pour elle ; elle le regardait à peine, lui adressait de rares paroles, le traitait avec une indifférence parfaite. Mme Raquin, dont la bonté souffrait de cette attitude, disait parfois au jeune homme : « Ne faites pas attention à la froideur de ma nièce. Je la connais ; son visage paraît froid, mais son cœur est chaud de toutes les tendresses et de tous les dévouements. »

Les deux amants n'avaient plus de rendez-vous. Depuis la soirée de la rue Saint-Victor, ils ne s'étaient plus rencontrés seul à seul. Le soir, lorsqu'ils se trouvaient face à face, en apparence tranquilles et étrangers l'un à l'autre, des orages de passion, d'épouvante et de désir passaient sous la chair calme de leur visage. Et il y avait dans Thérèse des emportements, des lâchetés, des railleries cruelles ; il y avait dans Laurent des brutalités sombres, des indécisions poignantes. Eux-mêmes n'osaient regarder au fond de leur être, au fond de cette fièvre trouble qui emplissait leur cerveau d'une sorte de vapeur épaisse et âcre.

Quand ils pouvaient, derrière une porte, sans parler, ils se serraient les mains à se les briser, dans une étreinte rude et courte. Ils auraient voulu, mutuellement, emporter des lambeaux de leur chair, collés à leurs doigts. Ils n'avaient plus que ce serrement de mains pour apaiser leurs désirs. Ils y mettaient tout leur corps. Ils ne se demandaient rien autre chose. Ils attendaient.

---

1. Rechigné : maussade.

Un jeudi soir, avant de se mettre au jeu, les invités de la famille Raquin, comme à l'ordinaire, eurent un bout de causerie. Un des grands sujets de conversation était de parler au vieux Michaud de ses anciennes fonctions, de le questionner sur les étranges et sinistres aventures auxquelles il avait dû être mêlé. Alors Grivet et Camille écoutaient les histoires du commissaire de police avec la face effrayée et béante[1] des petits enfants qui entendent *Barbe-Bleue* ou *Le Petit Poucet*[2]. Cela les terrifiait et les amusait.

Ce jour-là, Michaud, qui venait de raconter un horrible assassinat dont les détails avaient fait frissonner son auditoire ajouta en hochant la tête :

« Et l'on ne sait pas tout... Que de crimes restent inconnus ! que d'assassins échappent à la justice des hommes !

– Comment ! dit Grivet étonné, vous croyez qu'il y a, comme ça, dans la rue, des canailles qui ont assassiné et qu'on n'arrête pas ? »

Olivier se mit à sourire d'un air de dédain.

– Mon cher Monsieur, répondit-il de sa voix cassante, si on ne les arrête pas, c'est qu'on ignore qu'ils ont assassiné.

Ce raisonnement ne parut pas convaincre Grivet. Camille vint à son secours.

« Moi, je suis de l'avis de M. Grivet, dit-il avec une importance bête... J'ai besoin de croire que la police est bien faite et que je ne coudoyerai jamais un meurtrier sur un trottoir. »

---

1. Béante : ouverte.

2. *Barbe-Bleue* et *Le Petit Poucet* sont des contes de Charles Perrault (1628-1703) supposés impressionner les enfants.

Olivier vit une attaque personnelle dans ces paroles.

« Certainement, la police est bien faite, s'écria-t-il d'un ton vexé… Mais nous ne pouvons pourtant pas faire l'impossible. Il y a des scélérats[1] qui ont appris le crime à l'école du diable ; ils échapperaient à Dieu lui-même… N'est-ce pas, mon père ?

– Oui, oui, appuya le vieux Michaud… Ainsi, lorsque j'étais à Vernon – vous vous souvenez peut-être de cela, Mme Raquin –, on assassina un roulier[2] sur la grand'route. Le cadavre fut trouvé coupé en morceaux, au fond d'un fossé. Jamais on n'a pu mettre la main sur le coupable… Il vit peut-être encore aujourd'hui, il est peut-être notre voisin, et peut-être M. Grivet va-t-il le rencontrer en rentrant chez lui. »

Grivet devint pâle comme un linge. Il n'osait tourner la tête ; il croyait que l'assassin du roulier était derrière lui. D'ailleurs, il était enchanté d'avoir peur.

« Ah bien ! non, balbutia-t-il, sans trop savoir ce qu'il disait, ah bien ! non, je ne veux pas croire cela… Moi aussi, je sais une histoire : il y avait une fois une servante qui fut mise en prison, pour avoir volé à ses maîtres un couvert d'argent. Deux mois après, comme on abattait un arbre, on trouva le couvert dans un nid de pie. C'était une pie qui était la voleuse. On relâcha la servante… Vous voyez bien que les coupables sont toujours punis. »

Grivet était triomphant. Olivier ricanait.

« Alors, dit-il, on a mis la pie en prison.

---

1. Scélérats : criminels.

2. Roulier : homme qui transporte les marchandises sur un chariot.

– Ce n'est pas cela que M. Grivet a voulu dire, reprit Camille, fâché de voir tourner son chef en ridicule… Mère, donne-nous le jeu de dominos. »

Pendant que Mme Raquin allait chercher la boîte, le jeune homme continua, en s'adressant à Michaud :

« Alors, la police est impuissante, vous l'avouez ? il y a des meurtriers qui se promènent au soleil ?

– Eh ! malheureusement oui, répondit le commissaire.

– C'est immoral », conclut Grivet.

Pendant cette conversation, Thérèse et Laurent étaient restés silencieux. Ils n'avaient pas même souri de la sottise de Grivet. Accoudés tous deux sur la table, légèrement pâles, les yeux vagues, ils écoutaient. Un moment leurs regards s'étaient rencontrés, noirs et ardents. Et de petites gouttes de sueur perlaient à la racine des cheveux de Thérèse, et des souffles froids donnaient des frissons imperceptibles à la peau de Laurent.

XI

Parfois, le dimanche, lorsqu'il faisait beau, Camille forçait Thérèse à sortir avec lui, à faire un bout de promenade aux Champs-Élysées. La jeune femme aurait préféré rester dans l'ombre humide de la boutique ; elle se fatiguait, elle s'ennuyait au bras de son mari qui la traînait sur les trottoirs, en s'arrêtant aux boutiques, avec des étonnements, des réflexions, des silences d'imbécile. Mais Camille tenait bon ; il aimait à montrer sa femme ; lorsqu'il rencontrait un de ses collègues, un de ses chefs surtout, il était tout fier d'échanger un salut avec lui, en compagnie de madame. D'ailleurs, il marchait pour marcher, sans presque parler, roide et contrefait[1] dans ses habits du dimanche, traînant les pieds, abruti et vaniteux. Thérèse souffrait d'avoir un pareil homme au bras.

Les jours de promenade, Mme Raquin accompagnait ses enfants jusqu'au bout du passage. Elle les embrassait comme s'ils fussent partis pour un voyage. Et c'étaient des recommandations sans fin, des prières pressantes.

« Surtout, leur disait-elle, prenez garde aux accidents… Il y a tant de voitures dans ce Paris !… Vous me promettez de ne pas aller dans la foule… »

Elle les laissait enfin s'éloigner, les suivant longtemps des yeux. Puis elle rentrait à la boutique. Ses jambes devenaient lourdes et lui interdisaient toute longue marche.

D'autres fois, plus rarement, les époux sortaient de Paris : ils allaient à Saint-Ouen ou à Asnières, et mangeaient une friture dans un des restaurants du bord de l'eau. C'étaient des jours de grande débauche[2], dont on parlait un mois à l'avance. Thérèse acceptait plus volontiers, presque avec joie, ces courses qui la retenaient en plein air jusqu'à dix et onze heures du soir. Saint-Ouen, avec ses îles vertes, lui rappelait Vernon ; elle y sentait se réveiller toutes les amitiés sauvages qu'elle avait eues pour la Seine, étant jeune fille. Elle s'asseyait sur les graviers, trempait ses mains dans la rivière, se sentait vivre

1. Contrefait : difforme.

2. Débauche : abandon excessif aux plaisirs. Ici, le terme est employé ironiquement.

sous les ardeurs du soleil qui tempérait les souffles frais des ombrages. Tandis qu'elle déchirait et souillait sa robe sur les cailloux et la terre grasse, Camille étalait proprement son mouchoir et s'accroupissait à côté d'elle avec mille précautions. Dans les derniers temps, le jeune couple emmenait presque toujours Laurent, qui égayait la promenade par ses rires et sa force de paysan.

Un dimanche, Camille, Thérèse et Laurent partirent pour Saint-Ouen vers onze heures, après le déjeuner. La partie[1] était projetée depuis longtemps, et devait être la dernière de la saison. L'automne venait, des souffles froids commençaient, le soir, à faire frissonner l'air.

Ce matin là, le ciel gardait encore toute sa sérénité bleue. Il faisait chaud au soleil, et l'ombre était tiède. On décida qu'il fallait profiter des derniers rayons.

Les trois promeneurs prirent un fiacre[2], accompagnés des doléances[3], des effusions[4] inquiètes de la vieille mercière. Ils traversèrent Paris et quittèrent le fiacre aux fortifications[5] ; puis ils gagnèrent Saint-Ouen en suivant la chaussée. Il était midi, la route couverte de poussière, largement éclairée par les rayons du soleil, avait des blancheurs aveuglantes de neige. L'air brûlait, épaissi et âcre. Thérèse, au bras de Camille, marchait à petits pas, se cachant sous son ombrelle, tandis que son mari s'éventait la face avec un immense mouchoir. Derrière

---

1. Partie : ici, divertissement, voyage.

2. Fiacre : voiture à cheval.

3. Doléances : demandes, plaintes.

4. Effusions : démonstrations de sentiments.

5. Ces fortifications ont été édifiées par Thiers de 1841 à 1844 pour défendre Paris. Elles ont été détruites au début du XXe siècle.

eux venait Laurent, dont les rayons du soleil mordaient le cou, sans qu'il parût rien sentir ; il sifflait, il poussait du pied des cailloux, et, par moments, il regardait avec des yeux fauves les balancements de hanches de sa maîtresse.

Quand ils arrivèrent à Saint-Ouen, ils se hâtèrent de trouver un bouquet d'arbres, un tapis d'herbe verte étalée à l'ombre. Ils passèrent dans une île et s'enfoncèrent dans un taillis. Les feuilles tombées faisaient à terre une couche rougeâtre qui craquait sous les pieds avec des frémissements secs. Les troncs se dressaient droits, innombrables comme des faisceaux de colonnettes gothiques. Les branches descendaient jusque sur le front des promeneurs, qui avaient ainsi pour tout horizon la voûte cuivrée des feuillages et les fûts[1] blancs et noirs des trembles[2] et des chênes. Ils étaient au désert, dans un trou mélancolique, dans une étroite clairière silencieuse et fraîche. Tout autour d'eux, ils entendaient la Seine gronder.

Camille avait choisi une place sèche et s'était assis en relevant les pans de sa redingote. Thérèse, avec un grand bruit de jupes froissées, venait de se jeter sur les feuilles ; elle disparaissait à moitié au milieu des plis de sa robe qui se relevait autour d'elle, en découvrant une de ses jambes jusqu'au genou. Laurent, couché à plat ventre, le menton dans la terre, regardait cette jambe et écoutait son ami qui se fâchait contre le gouvernement, en déclarant qu'on devrait changer tous les îlots de la Seine en jardins anglais, avec des bancs, des allées sablées, des arbres taillés, comme aux Tuileries[3].

1. **Fûts :** parties des troncs des arbres dépourvues de branches.

2. **Trembles :** sortes de peupliers.

3. **Tuileries :** jardin parisien près du palais du Louvre.

Ils restèrent près de trois heures dans la clairière, attendant que le soleil fût moins chaud, pour courir la campagne, avant le dîner. Camille parla de son bureau, il conta des histoires niaises ; puis, fatigué, il se laissa aller à la renverse et s'endormit ; il avait posé son chapeau sur ses yeux. Depuis longtemps, Thérèse, les paupières closes, feignait de sommeiller.

Alors, Laurent se coula doucement vers la jeune femme ; il avança les lèvres et baisa sa bottine et sa cheville. Ce cuir, ce bas blanc qu'il baisait lui brûlaient la bouche. Les senteurs âpres de la terre, les parfums légers de Thérèse se mêlaient et le pénétraient, en allumant son sang, en irritant ses nerfs. Depuis un mois, il vivait dans une chasteté pleine de colère. La marche au soleil, sur la chaussée de Saint-Ouen, avait mis des flammes en lui. Maintenant, il était là, au fond d'une retraite ignorée, au milieu de la grande volupté de l'ombre et du silence, et il ne pouvait presser contre sa poitrine cette femme qui lui appartenait. Le mari allait peut-être s'éveiller, le voir, déjouer ses calculs de prudence. Toujours cet homme était un obstacle. Et l'amant, aplati sur le sol, se cachant derrière les jupes, frémissant et irrité, collait des baisers silencieux sur la bottine et sur le bas blanc. Thérèse, comme morte, ne faisait pas un mouvement. Laurent crut qu'elle dormait.

Il se leva, le dos brisé, et s'appuya contre un arbre. Alors il vit la jeune femme qui regardait en l'air avec de grands yeux ouverts et luisants. Sa face, posée entre ses bras relevés, avait une pâleur mate, une rigidité froide. Thérèse songeait. Ses yeux fixes semblaient un abîme sombre où l'on ne voyait que de la nuit. Elle ne bougea pas, elle ne tourna pas ses regards vers Laurent, debout derrière elle.

Son amant la contempla, presque effrayé de la voir si immobile et si muette sous ses caresses. Cette tête blanche et morte, noyée dans les plis des jupons, lui donna une sorte d'effroi plein de désirs cuisants. Il aurait voulu se pencher et fermer d'un baiser ces grands yeux ouverts. Mais presque dans les jupons dormait aussi Camille. Le pauvre être, le corps déjeté[1], montrait sa maigreur, ronflait légèrement ; sous le chapeau, qui lui couvrait à demi la figure, on apercevait sa bouche, tordue par le sommeil, faisant une grimace bête ; de petits poils roussâtres, clairsemés sur son menton grêle, salissaient sa chair blafarde, et, comme il avait la tête renversée en arrière, on voyait son cou maigre, ridé, au milieu duquel le nœud de la gorge, saillant et d'un rouge brique, remontait à chaque ronflement. Camille, ainsi vautré, était exaspérant et ignoble.

Laurent, qui le regardait, leva le talon, d'un mouvement brusque. Il allait, d'un coup, lui écraser la face.

Thérèse retint un cri. Elle pâlit et ferma les yeux. Elle tourna la tête, comme pour éviter les éclaboussures de sang.

Et Laurent, pendant quelques secondes, resta, le talon en l'air, au dessus de Camille endormi. Puis, lentement, il replia la jambe, il s'éloigna de quelques pas. Il s'était dit que ce serait là un assassinat d'imbécile. Cette tête broyée lui aurait mis la police sur les bras. Il voulait se débarrasser de Camille uniquement pour épouser Thérèse ; il entendait vivre au soleil, après le crime, comme le meurtrier du roulier[2], dont le vieux Michaud avait conté l'histoire.

1. **Déjeté** : courbé, dans une position anormale.

2. **Roulier** : homme qui transporte les marchandises sur un chariot.

Il alla jusqu'au bord de l'eau, regarda couler la rivière d'un air stupide. Puis, brusquement, il entra dans le taillis ; il venait enfin d'arrêter un plan, d'inventer un meurtre commode et sans danger pour lui.

Alors, il éveilla le dormeur en lui chatouillant le nez avec une paille. Camille éternua, se leva, trouva la plaisanterie excellente. Il aimait Laurent pour ses farces qui le faisait rire. Puis il secoua sa femme, qui tenait les yeux fermés ; lorsque Thérèse se fut dressée et qu'elle eut secoué ses jupes, fripées et couvertes de feuilles sèches, les trois promeneurs quittèrent la clairière, en cassant des petites branches devant eux.

Ils sortirent de l'île, ils s'en allèrent par les routes, par les sentiers pleins de groupes endimanchés. Entre les haies, couraient des filles en robes claires ; une équipe de canotiers [1] passait en chantant ; des files de couples bourgeois, de vieilles gens [2], de commis avec leurs épouses, marchaient à petits pas, au bord des fossés. Chaque chemin semblait une rue populeuse et bruyante. Le soleil seul gardait sa tranquillité large ; il baissait vers l'horizon et jetait sur les arbres rougis, sur les routes blanches, d'immenses nappes de clarté pâle. Du ciel frissonnant commençait à tomber une fraîcheur pénétrante.

Camille ne donnait plus le bras à Thérèse ; il causait avec Laurent, riait des plaisanteries et des tours de force de son ami, qui sautait les fossés et soulevait de grosses pierres. La jeune femme, de l'autre côté de la route, s'avançait, la tête

1. Canotiers : personnes qui font du canot.

2. Quand l'adjectif est placé avant le nom *gens*, il est accordé au féminin. Voir également note 1, p. 8.

penchée, se courbant parfois pour arracher une herbe. Quand elle était restée en arrière, elle s'arrêtait et regardait de loin son amant et son mari.

« Hé ! tu n'as pas faim ? finit par lui crier Camille.

– Si, répondit-elle.

– Alors, en route ! »

Thérèse n'avait pas faim ; seulement elle était lasse et inquiète. Elle ignorait les projets de Laurent, ses jambes tremblaient sous elle d'anxiété.

Les trois promeneurs revinrent au bord de l'eau et cherchèrent un restaurant. Ils s'attablèrent sur une sorte de terrasse en planches, dans une gargote[1] puant la graisse et le vin. La maison était pleine de cris, de chansons, de bruits de vaisselle ; dans chaque cabinet, dans chaque salon, il y avait des sociétés[2] qui parlaient haut[3], et les minces cloisons donnaient une sonorité vibrante à tout ce tapage. Les garçons en montant faisaient trembler l'escalier.

En haut, sur la terrasse, les souffles de la rivière chassaient les odeurs de graillon[4]. Thérèse, appuyée contre la balustrade, regardait sur le quai. À droite et à gauche, s'étendaient deux files de guinguettes[5] et de baraques de foire ; sous les tonnelles, entre les feuilles rares et jaunes, on apercevait la blancheur des nappes, les taches noires des paletots[6], les jupes éclatantes des femmes ; les gens allaient et venaient, nu-tête, courant et

1. Gargote : restaurant bon marché.

2. Sociétés : groupes de convives.

3. Parlaient haut : parlaient fort, à voix haute.

4. Graillon : graisse brûlée.

5. Guinguettes : cafés populaires dans lesquels on peut danser.

6. Paletots : vestes.

riant ; et, au bruit criard de la foule, se mêlaient les chansons lamentables des orgues de barbarie. Une odeur de friture et de poussière traînait dans l'air calme.

Au-dessous de Thérèse, des filles [1] du quartier Latin [2], sur un tapis de gazon usé, tournaient, en chantant une ronde enfantine. Le chapeau tombé sur les épaules, les cheveux dénoués, elles se tenaient par la main, jouant comme des petites filles. Elles retrouvaient un filet de voix fraîche, et leurs visages pâles, que des caresses brutales avaient martelés, se coloraient tendrement de rougeurs de vierges. Dans leurs grands yeux impurs, passaient des humidités attendries. Des étudiants, fumant des pipes de terre blanche, les regardaient tourner en leur jetant des plaisanteries grasses.

Et, au-delà, sur la Seine, sur les coteaux, descendait la sérénité du soir, un air bleuâtre et vague qui noyait les arbres dans une vapeur transparente.

« Eh bien ! cria Laurent en se penchant sur la rampe de l'escalier, garçon, et ce dîner ? »

Puis, comme se ravisant :

« Dis donc, Camille, ajouta-t-il, si nous allions faire une promenade sur l'eau, avant de nous mettre à table ?... On aurait le temps de faire rôtir notre poulet. Nous allons nous ennuyer pendant une heure à attendre.

– Comme tu voudras, répondit nonchalamment Camille... Mais Thérèse a faim.

– Non, non, je puis attendre », se hâta de dire la jeune femme, que Laurent regardait avec des yeux fixes.

---

1. Filles : prostituées.

2. Quartier Latin : quartier parisien, accueillant un grand nombre d'étudiants.

Ils redescendirent tous trois. En passant devant le comptoir, ils retinrent une table, ils s'arrêtèrent un menu, disant qu'ils seraient de retour dans une heure. Comme le cabaretier louait des canots, ils le prièrent de venir en détacher un. Laurent choisit une mince barque, dont la légèreté effraya Camille.

« Diable, dit-il, il ne va pas falloir remuer là-dedans. On ferait un fameux plongeon. »

La vérité était que le commis avait une peur horrible de l'eau. À Vernon, son état maladif ne lui permettait pas, lorsqu'il était enfant, d'aller barboter dans la Seine ; tandis que ses camarades d'école couraient se jeter en pleine rivière, il se couchait entre deux couvertures chaudes. Laurent était devenu un nageur intrépide, un rameur infatigable ; Camille avait gardé cette épouvante que les enfants et les femmes ont des eaux profondes. Il tâta du pied le bout du canot, comme pour s'assurer de sa solidité.

« Allons, entre donc, lui cria Laurent en riant… Tu trembles toujours. »

Camille enjamba le bord et alla, en chancelant, s'asseoir à l'arrière. Quand il sentit les planches sous lui, il prit ses aises, il plaisanta, pour faire acte de courage.

Thérèse était demeurée sur la rive, grave et immobile, à côté de son amant qui tenait l'amarre. Il se baissa, et, rapidement, à voix basse :

« Prends garde, murmura-t-il, je vais le jeter à l'eau… Obéis-moi… Je réponds de tout. »

La jeune femme devint horriblement pâle. Elle resta comme clouée au sol. Elle se raidissait, les yeux agrandis.

« Entre donc dans la barque », murmura encore Laurent.

Elle ne bougea pas. Une lutte terrible se passait en elle. Elle tendait sa volonté de toutes ses forces, car elle avait peur d'éclater en sanglots et de tomber à terre.

« Ah ! ah ! cria Camille… Laurent, regarde donc Thérèse… C'est elle qui a peur !… Elle entrera, elle n'entrera pas… »

Il s'était étalé sur le banc de l'arrière, les deux coudes contre les bords du canot, et se dandinait avec fanfaronnade. Thérèse lui jeta un regard étrange ; les ricanements de ce pauvre homme furent comme un coup de fouet qui la cingla et la poussa. Brusquement, elle sauta dans la barque. Elle resta à l'avant. Laurent prit les rames. Le canot quitta la rive, se dirigeant vers les îles avec lenteur.

Le crépuscule venait. De grandes ombres tombaient des arbres, et les eaux étaient noires sur les bords. Au milieu de la rivière, il y avait de larges traînées d'argent pâle. La barque fut bientôt en pleine Seine. Là, tous les bruits des quais s'adoucissaient ; les chants, les cris arrivaient, vagues et mélancoliques, avec des langueurs tristes. On ne sentait plus l'odeur de friture et de poussière. Des fraîcheurs traînaient. Il faisait froid.

Laurent cessa de ramer et laissa descendre le canot au fil du courant.

En face, se dressait le grand massif rougeâtre des îles. Les deux rives, d'un brun sombre taché de gris, étaient comme deux larges bandes qui allaient se rejoindre à l'horizon. L'eau et le ciel semblaient coupés dans la même étoffe blanchâtre. Rien n'est plus douloureusement calme qu'un crépuscule d'automne. Les rayons pâlissent dans l'air frissonnant, les arbres vieillis jettent leurs feuilles. La campagne, brûlée par les rayons ardents de l'été, sent la mort venir avec les premiers vents froids. Et il y a, dans les cieux, des souffles plaintifs de désespérance. La nuit descend de haut, apportant des linceuls [1] dans son ombre.

Les promeneurs se taisaient. Assis au fond de la barque qui coulait avec l'eau, ils regardaient les dernières lueurs quitter les hautes branches. Ils approchaient des îles. Les grandes masses rougeâtres devenaient sombres ; tout le paysage se simplifiait dans le crépuscule ; la Seine, le ciel, les îles, les coteaux n'étaient plus que des taches brunes et grises qui s'effaçaient au milieu d'un brouillard laiteux.

Camille, qui avait fini par se coucher à plat ventre, la tête au-dessus de l'eau, trempa ses mains dans la rivière.

« Fichtre ! que c'est froid ! s'écria-t-il. Il ne ferait pas bon de piquer une tête dans ce bouillon [2]-là. »

Laurent ne répondit pas. Depuis un instant il regardait les deux rives avec inquiétude ; il avançait ses grosses mains sur ses genoux, en serrant les lèvres. Thérèse, roide, immobile, la tête un peu renversée, attendait.

La barque allait s'engager dans un petit bras, sombre et étroit, s'enfonçant entre deux îles. On entendait, derrière l'une des îles, les chants adoucis d'une équipe de canotiers qui devaient remonter la Seine. Au loin, en amont, la rivière était libre.

Alors Laurent se leva et prit Camille à bras-le-corps.

Le commis éclata de rire.

« Ah ! non, tu me chatouilles, dit-il, pas de ces plaisanteries-là… Voyons, finis : tu vas me faire tomber. »

---

1. Linceuls : draps dans lesquels sont placés les morts.
2. Bouillon : eau *(familier)*.

Laurent serra plus fort, donna une secousse. Camille se tourna et vit la figure effrayante de son ami, toute convulsionnée[1]. Il ne comprit pas ; une épouvante vague[2] le saisit. Il voulut crier, et sentit une main rude qui le serrait à la gorge. Avec l'instinct d'une bête qui se défend, il se dressa sur les genoux, se cramponnant au bord de la barque. Il lutta ainsi pendant quelques secondes.

« Thérèse ! Thérèse ! » appela-t-il d'une voix étouffée et sifflante.

La jeune femme regardait, se tenant des deux mains à un banc du canot qui craquait et dansait sur la rivière. Elle ne pouvait fermer les yeux ; une effrayante contraction les tenait grands ouverts, fixés sur le spectacle horrible de la lutte. Elle était rigide, muette.

« Thérèse ! Thérèse ! » appela de nouveau le malheureux qui râlait.

À ce dernier appel, Thérèse éclata en sanglots. Ses nerfs se détendaient. La crise qu'elle redoutait la jeta toute frémissante au fond de la barque. Elle y resta pliée, pâmée, morte.

Laurent secouait toujours Camille, en le serrant d'une main à la gorge. Il finit par l'arracher de la barque à l'aide de son autre main. Il le tenait en l'air, ainsi qu'un enfant, au bout de ses bras vigoureux. Comme il penchait la tête, découvrant le cou, sa victime, folle de rage et d'épouvante, se tordit, avança les dents et les enfonça dans ce cou. Et lorsque le meurtrier, retenant un cri de souffrance, lança brusquement le commis à la rivière, les dents de celui-ci lui emportèrent un morceau de chair.

---

1. Convulsionnée : tordue, comme agitée de convulsions.

2. Vague : indéfinissable, floue.

Camille tomba en poussant un hurlement. Il revint deux ou trois fois sur l'eau, jetant des cris de plus en plus sourds.

Laurent ne perdit pas une seconde. Il releva le collet de son paletot pour cacher sa blessure. Puis, il saisit entre ses bras Thérèse évanouie, fit chavirer le canot d'un coup de pied, et se laissa tomber dans la Seine en tenant sa maîtresse. Il la soutint sur l'eau, appelant au secours d'une voix lamentable.

Les canotiers, dont il avait entendu les chants derrière la pointe de l'île, arrivaient à grands coups de rames. Ils comprirent qu'un malheur venait d'avoir lieu : ils opérèrent le sauvetage de Thérèse qu'ils couchèrent sur un banc, et de Laurent qui se mit à se désespérer de la mort de son ami. Il se jeta à l'eau, il chercha Camille dans les endroits où il ne pouvait être, il revint en pleurant, en se tordant les bras, en s'arrachant les cheveux. Les canotiers tentaient de le calmer, de le consoler.

« C'est ma faute, criait-il, je n'aurais pas dû laisser ce pauvre garçon danser et remuer comme il le faisait… À un moment, nous nous sommes trouvés tous les trois du même côté de la barque et nous avons chaviré… En tombant, il m'a crié de sauver sa femme… »

Il y eut, parmi les canotiers, comme cela arrive toujours, deux ou trois jeunes gens qui voulurent avoir été témoins de l'accident.

« Nous vous avons bien vus, disaient-ils… Aussi, que diable ! une barque, ce n'est pas aussi solide qu'un parquet… Ah ! la pauvre petite femme, elle va avoir un beau réveil ! »

Ils reprirent leurs rames, ils remorquèrent le canot et conduisirent Thérèse et Laurent au restaurant, où le dîner était prêt. Tout Saint-Ouen sut l'accident en quelques minutes.

Les canotiers le racontaient comme des témoins oculaires[1]. Une foule apitoyée stationnait devant le cabaret.

Le gargotier[2] et sa femme étaient de bonnes gens qui mirent leur garde-robe au service des naufragés. Lorsque Thérèse sortit de son évanouissement, elle eut une crise de nerfs, elle éclata en sanglots déchirants ; il fallut la mettre au lit. La nature aidait à la sinistre comédie qui venait de se jouer.

Quand la jeune femme fut plus calme, Laurent la confia aux soins des maîtres du restaurant. Il voulut retourner seul à Paris, pour apprendre l'affreuse nouvelle à Mme Raquin, avec tous les ménagements possibles. La vérité était qu'il craignait l'exaltation nerveuse de Thérèse. Il préférait lui laisser le temps de réfléchir et d'apprendre son rôle.

Ce furent les canotiers qui mangèrent le dîner de Camille.

XII

Laurent, dans le coin sombre de la voiture publique qui le ramena à Paris, acheva de mûrir son plan. Il était presque certain de l'impunité[3]. Une joie lourde et anxieuse, la joie du crime accompli, l'emplissait. Arrivé à la barrière de Clichy, il prit un fiacre[4], il se fit conduire chez le vieux Michaud, rue de Seine. Il était neuf heures du soir.

1. **Témoins oculaires** : témoins qui ont vu l'accident.
2. **Gargotier** : propriétaire d'une gargote, restaurant bon marché.
3. **Impunité** : absence de châtiment pour le crime commis.
4. **Fiacre** : voiture à cheval.

Il trouva l'ancien commissaire de police à table, en compagnie d'Olivier et de Suzanne. Il venait là, pour chercher une protection, dans le cas où il serait soupçonné, et pour s'éviter d'aller annoncer lui-même l'affreuse nouvelle à Mme Raquin. Cette démarche lui répugnait étrangement ; il s'attendait à un tel désespoir qu'il craignait de ne pas jouer son rôle avec assez de larmes ; puis la douleur de cette mère lui était pesante, bien qu'il s'en souciât médiocrement au fond.

Lorsque Michaud le vit entrer vêtu de vêtements grossiers, trop étroits pour lui, il le questionna du regard. Laurent fit le récit de l'accident, d'une voix brisée, comme tout essoufflé de douleur et de fatigue.

« Je suis venu vous chercher, dit-il en terminant, je ne savais que faire des deux pauvres femmes si cruellement frappées… Je n'ai point osé aller seul chez la mère. Je vous en prie, venez avec moi. »

Pendant qu'il parlait, Olivier le regardait fixement, avec des regards droits qui l'épouvantaient. Le meurtrier s'était jeté, tête baissée, dans ces gens de police, par un coup d'audace qui devait le sauver. Mais il ne pouvait s'empêcher de frémir, en sentant leurs yeux qui l'examinaient ; il voyait de la méfiance où il n'y avait que de la stupeur et de la pitié. Suzanne, plus frêle et plus pâle, était près de s'évanouir. Olivier, que l'idée de la mort effrayait et dont le cœur restait d'ailleurs parfaitement froid, faisait une grimace de surprise douloureuse, en scrutant par habitude le visage de Laurent, sans soupçonner le moins du monde la sinistre vérité. Quant au vieux Michaud, il poussait des exclamations d'effroi, de commisération [1],

1. **Commisération** : pitié.

d'étonnement, il se remuait sur sa chaise, joignait les mains, levait les yeux au ciel.

« Ah ! Mon Dieu, disait-il d'une voix entrecoupée, ah ! mon Dieu l'épouvantable chose !... On sort de chez soi, et l'on meurt, comme ça, tout d'un coup... C'est horrible... Et cette pauvre Mme Raquin, cette mère, qu'allons-nous lui dire ?... Certainement, vous avez bien fait de venir nous chercher... Nous allons avec vous... »

Il se leva, il tourna, piétina dans la pièce pour trouver sa canne et son chapeau, et, tout en courant, il fit répéter à Laurent les détails de la catastrophe, s'exclamant de nouveau à chaque phrase.

Ils descendirent tous quatre. À l'entrée du passage du Pont-Neuf, Michaud arrêta Laurent.

« Ne venez pas, lui dit-il, votre présence serait une sorte d'aveu brutal qu'il faut éviter... La malheureuse mère soupçonnerait un malheur et nous forcerait à avouer la vérité plus tôt que nous ne devons la lui dire... Attendez-nous ici. »

Cet arrangement soulagea le meurtrier, qui frissonnait à la pensée d'entrer dans la boutique du passage. Le calme se fit en lui, il se mit à monter et à descendre le trottoir, allant et venant en toute paix. Par moments, il oubliait les faits qui se passaient, il regardait les boutiques, sifflait entre ses dents, se retournait pour voir les femmes qui le coudoyaient. Il resta ainsi une grande demi-heure dans la rue, retrouvant de plus en plus son sang-froid.

Il n'avait pas mangé depuis le matin ; la faim le prit, il entra chez un pâtissier et se bourra de gâteaux.

Dans la boutique du passage, une scène déchirante se passait. Malgré les précautions, les phrases adoucies et amicales du vieux Michaud, il vint un instant où Mme Raquin comprit qu'un malheur était arrivé à son fils. Dès lors, elle exigea la vérité avec un emportement de désespoir, une violence de larmes et de cris qui firent plier son vieil ami. Et, lorsqu'elle connut la vérité, sa douleur fut tragique. Elle eut des sanglots sourds, des secousses qui la jetaient en arrière, une crise folle de terreur et d'angoisse ; elle resta là étouffant, jetant de temps à autre un cri aigu dans le grondement profond de sa douleur. Elle se serait traînée à terre, si Suzanne ne l'avait prise à la taille, pleurant sur ses genoux, levant vers elle sa face pâle. Olivier et son père se tenaient debout, énervés[1] et muets, détournant la tête, émus désagréablement par ce spectacle dont leur égoïsme souffrait.

Et la pauvre mère voyait son fils roulé dans les eaux troubles de la Seine, le corps roidi et horriblement gonflé ; en même temps, elle le voyait tout petit dans son berceau, lorsqu'elle chassait la mort penchée sur lui. Elle l'avait mis au monde plus de dix fois, elle l'aimait pour tout l'amour qu'elle lui témoignait depuis trente ans. Et voilà qu'il mourait loin d'elle, tout d'un coup, dans l'eau froide et sale comme un chien. Elle se rappelait alors les chaudes couvertures au milieu desquelles elle l'enveloppait. Que de soins, quelle enfance tiède, que de cajoleries et d'effusions tendres[2], tout cela pour le voir un jour se noyer misérablement ! À ces pensées, Mme Raquin sentait sa gorge se serrer ; elle espérait qu'elle allait mourir, étranglée par le désespoir.

Le vieux Michaud se hâta de sortir. Il laissa Suzanne auprès de la mercière, et revint avec Olivier chercher Laurent pour se rendre en toute hâte à Saint-Ouen.

---

1. Énervés : sans force.

2. Effusions tendres : démonstrations de tendresse.

Pendant la route, ils échangèrent à peine quelques mots. Ils s'étaient enfoncés chacun dans un coin du fiacre qui les cahotait sur les pavés. Ils restaient immobiles et muets au fond de l'ombre qui emplissait la voiture. Et, par instants, le rapide rayon d'un bec de gaz[1] jetait une lueur vive sur leurs visages. Le sinistre événement, qui les réunissait, mettait autour d'eux une sorte d'accablement lugubre.

Lorsqu'ils arrivèrent enfin au restaurant du bord de l'eau, ils trouvèrent Thérèse couchée, les mains et la tête brûlantes. Le traiteur leur dit à demi-voix que la jeune dame avait une forte fièvre. La vérité était que Thérèse, se sentant faible et lâche, craignant d'avouer le meurtre dans une crise, avait pris le parti d'être malade. Elle gardait un silence farouche, elle tenait les lèvres et les paupières serrées, ne voulant voir personne, redoutant de parler. Le drap au menton, la face à moitié dans l'oreiller, elle se faisait toute petite, elle écoutait avec anxiété ce qu'on disait autour d'elle. Et, au milieu de la lueur rougeâtre que laissaient passer ses paupières closes, elle voyait toujours Camille et Laurent luttant sur le bord de la barque, elle apercevait son mari, blafard, horrible, grandi, qui se dressait tout droit au-dessus d'une eau limoneuse[2]. Cette vision implacable activait la fièvre de son sang.

Le vieux Michaud essaya de lui parler, de la consoler. Elle fit un mouvement d'impatience, elle se retourna et se mit de nouveau à sangloter.

« Laissez-la, Monsieur, dit le restaurateur, elle frissonne au moindre bruit… Voyez-vous, elle aurait besoin de repos. »

1. **Bec de gaz :** ancien mode d'éclairage public.

2. **Limoneuse :** boueuse.

En bas, dans la salle commune, il y avait un agent de police qui verbalisait sur l'accident. Michaud et son fils descendirent suivis de Laurent. Quand Olivier eut fait connaître sa qualité d'employé supérieur de la Préfecture, tout fut terminé en dix minutes. Les canotiers étaient encore là, racontant la noyade dans ses moindres circonstances, décrivant la façon dont les trois promeneurs étaient tombés, se donnant comme des témoins oculaires. Si Olivier et son père avaient eu le moindre soupçon, ce soupçon se serait évanoui, devant de tels témoignages. Mais ils n'avaient pas douté un instant de la véracité[1] de Laurent ; ils le présentèrent au contraire à l'agent de police comme le meilleur ami de la victime et ils eurent le soin de faire mettre dans le procès-verbal que le jeune homme s'était jeté à l'eau pour sauver Camille Raquin. Le lendemain, les journaux racontèrent l'accident avec un grand luxe de détails ; la malheureuse mère, la veuve inconsolable, l'ami noble et courageux, rien ne manquait à ce fait divers, qui fit le tour de la presse parisienne et qui alla ensuite s'enterrer dans les feuilles[2] des départements.

Quand le procès-verbal fut achevé, Laurent sentit une joie chaude qui pénétra sa chair d'une vie nouvelle. Depuis l'instant où sa victime lui avait enfoncé les dents dans le cou, il était comme roidi, il agissait mécaniquement, d'après un plan arrêté longtemps à l'avance. L'instinct de la conservation[3] seul le poussait, lui dictait ses paroles, lui conseillait ses gestes. À cette heure, devant la certitude de l'impunité, le sang se remettait à couler dans ses veines avec des lenteurs douces.

1. Véracité : sincérité, exactitude du témoignage.

2. Feuilles : journaux.

3. Instinct de la conservation : instinct de survie, réflexe de protection.

La police avait passé à côté de son crime, et la police n'avait rien vu ; elle était dupée, elle venait de l'acquitter. Il était sauvé. Cette pensée lui fit éprouver tout le long du corps des moiteurs de jouissance, des chaleurs qui rendirent la souplesse à ses membres et à son intelligence. Il continua son rôle d'ami éploré avec une science et un aplomb incomparables. Au fond, il avait des satisfactions de brute ; il songeait à Thérèse qui était couchée dans la chambre en haut.

« Nous ne pouvons laisser ici cette malheureuse jeune femme, dit-il à Michaud. Elle est peut-être menacée d'une maladie grave, il faut la ramener absolument à Paris… Venez, nous la déciderons à nous suivre. »

En haut, il parla, il supplia lui-même Thérèse de se lever, de se laisser conduire au passage du Pont-Neuf. Quand la jeune femme entendit le son de sa voix, elle tressaillit, elle ouvrit ses yeux tout grands et le regarda. Elle était hébétée, frissonnante. Péniblement, elle se dressa sans répondre. Les hommes sortirent, la laissant seule avec la femme du restaurateur. Quand elle fut habillée, elle descendit en chancelant et monta dans le fiacre, soutenue par Olivier.

Le voyage fut silencieux. Laurent, avec une audace et une imprudence parfaites, glissa sa main le long des jupes de la jeune femme et lui prit les doigts. Il était assis en face d'elle, dans une ombre flottante ; il ne voyait pas sa figure qu'elle tenait baissée sur sa poitrine. Quand il eut saisi sa main, il la lui serra avec force et la garda dans la sienne jusqu'à la rue Mazarine. Il sentait cette main trembler ; mais elle ne se retirait pas, elle avait au contraire des caresses brusques. Et, l'une dans l'autre, les mains brûlaient ; les paumes moites se collaient, et les doigts, étroitement pressés, se meurtrissaient à chaque secousse. Il semblait à Laurent et à

Thérèse que le sang de l'un allait dans la poitrine de l'autre en passant par leurs poings unis ; ces poings devenaient un foyer ardent où leur vie bouillait. Au milieu de la nuit et du silence navré qui traînait, le furieux serrement de main qu'ils échangeaient était comme un poids écrasant jeté sur la tête de Camille pour le maintenir sous l'eau.

Quand le fiacre s'arrêta, Michaud et son fils descendirent les premiers. Laurent se pencha vers sa maîtresse, et, doucement :

« Sois forte, Thérèse, murmura-t-il… Nous avons longtemps à attendre… Souviens-toi. »

La jeune femme n'avait pas encore parlé. Elle ouvrit les lèvres pour la première fois depuis la mort de son mari.

« Oh ! je me souviendrai, dit-elle en frissonnant, d'une voix légère comme un souffle. »

Olivier lui tendait la main, l'invitant à descendre. Laurent alla, cette fois, jusqu'à la boutique. Mme Raquin était couchée, en proie à un violent délire. Thérèse se traîna jusqu'à son lit, et Suzanne eut à peine le temps de la déshabiller. Rassuré, voyant que tout s'arrangeait à souhait, Laurent se retira. Il gagna lentement son taudis de la rue Saint-Victor.

Il était plus de minuit. Un air frais courait dans les rues désertes et silencieuses. Le jeune homme n'entendait que le bruit régulier de ses pas sonnant sur les dalles des trottoirs. La fraîcheur le pénétrait de bien-être ; le silence, l'ombre lui donnaient des sensations rapides de volupté. Il flânait.

Enfin, il était débarrassé de son crime. Il avait tué Camille. C'était là une affaire faite dont on ne parlerait plus. Il allait vivre tranquille, en attendant de pouvoir prendre possession de Thérèse. La pensée du meurtre l'avait parfois étouffé ; maintenant que le meurtre était accompli, il se sentait la poitrine libre,

plus pesants à ses épaules. Il allait droit au vitrage qui sépare les spectateurs des cadavres ; il collait sa face pâle contre les vitres, il regardait. Devant lui s'alignaient les rangées de dalles grises. Çà et là, sur les dalles, des corps nus faisaient des taches vertes et jaunes, blanches et rouges ; certains corps gardaient leurs chairs vierges dans la rigidité de la mort ; d'autres semblaient des tas de viandes sanglantes et pourries. Au fond, contre le mur, pendaient des loques [1] lamentables, des jupes et des pantalons qui grimaçaient sur la nudité du plâtre. Laurent ne voyait d'abord que l'ensemble blafard des pierres et des murailles, taché de roux et de noir par les vêtements et les cadavres. Un bruit d'eau courante chantait.

Peu à peu il distinguait les corps. Alors il allait de l'un à l'autre. Les noyés seuls l'intéressaient ; quand il y avait plusieurs cadavres gonflés et bleuis par l'eau, il les regardait avidement, cherchant à reconnaître Camille. Souvent, les chairs de leur visage s'en allaient par lambeaux, les os avaient troué la peau amollie, la face était comme bouillie et désossée. Laurent hésitait ; il examinait les corps, il tâchait de retrouver les maigreurs de sa victime. Mais tous les noyés sont gras ; il voyait des ventres énormes, des cuisses bouffies, des bras ronds et forts. Il ne savait plus, il restait frissonnant en face de ces haillons [2] verdâtres qui semblaient se moquer avec des grimaces horribles.

Un matin, il fut pris d'une véritable épouvante. Il regardait depuis quelques minutes un noyé, petit de taille, atrocement défiguré. Les chairs de ce noyé étaient tellement molles et dissoutes,

1. **Loques :** vêtements abîmés.

2. **Haillons :** vêtements usés et déchirés.

que l'eau courante qui les lavait les emportait brin à brin. Le jet qui tombait sur la face creusait un trou à gauche du nez. Et, brusquement, le nez s'aplatit, les lèvres se détachèrent, montrant des dents blanches. La tête du noyé éclata de rire.

Chaque fois qu'il croyait reconnaître Camille, Laurent ressentait une brûlure au cœur. Il désirait ardemment retrouver le corps de sa victime, et des lâchetés le prenaient, lorsqu'il s'imaginait que ce corps était devant lui. Ses visites à la morgue l'emplissaient de cauchemars, de frissons qui le faisaient haleter. Il secouait ses peurs, il se traitait d'enfant, il voulait être fort ; mais, malgré lui, sa chair se révoltait, le dégoût et l'effroi s'emparaient de son être, dès qu'il se trouvait dans l'humidité et l'odeur fade de la salle.

Quand il n'y avait pas de noyés sur la dernière rangée de dalles, il respirait à l'aise ; ses répugnances étaient moindres. Il devenait alors un simple curieux, il prenait un plaisir étrange à regarder la mort violente en face, dans ses attitudes lugubrement bizarres et grotesques. Ce spectacle l'amusait, surtout lorsqu'il y avait des femmes étalant leur gorge nue. Ces nudités brutalement étendues, tachées de sang, trouées par endroits, l'attiraient et le retenaient. Il vit, une fois, une jeune femme de vingt ans, une fille du peuple, large et forte, qui semblait dormir sur la pierre ; son corps frais et gras blanchissait avec des douceurs de teinte d'une grande délicatesse ; elle souriait à demi, la tête un peu penchée, et tendait la poitrine d'une façon provocante ; on aurait dit une courtisane vautrée, si elle n'avait eu au cou une raie noire qui lui mettait comme un collier d'ombre ; c'était une fille qui venait de se pendre par désespoir d'amour. Laurent la regarda longtemps, promenant ses regards sur sa chair, absorbé dans une sorte de désir peureux.

Chaque matin, pendant qu'il était là, il entendait derrière lui le va-et-vient du public qui entrait et qui sortait.

La morgue est un spectacle à la portée de toutes les bourses, que se payent gratuitement les passants pauvres ou riches. La porte est ouverte, entre qui veut. Il y a des amateurs qui font un détour pour ne pas manquer une de ces représentations de la mort. Lorsque les dalles sont nues, les gens sortent désappointés[1], volés, murmurant entre leurs dents. Lorsque les dalles sont bien garnies, lorsqu'il y a un bel étalage de chair humaine, les visiteurs se pressent, se donnent des émotions à bon marché, s'épouvantent, plaisantent, applaudissent ou sifflent, comme au théâtre, et se retirent satisfaits, en déclarant que la morgue est réussie, ce jour-là.

Laurent connut vite le public de l'endroit, public mêlé et disparate qui s'apitoyait et ricanait en commun. Des ouvriers entraient, en allant à leur ouvrage, avec un pain et des outils sous le bras ; ils trouvaient la mort drôle. Parmi eux se rencontraient des loustics[2] d'atelier qui faisaient sourire la galerie en disant un mot plaisant sur la grimace de chaque cadavre ; ils appelaient les incendiés des charbonniers ; les pendus, les assassinés, les noyés, les cadavres troués ou broyés excitaient leur verve goguenarde[3], et leur voix, qui tremblait un peu, balbutiait des phrases comiques dans le silence frissonnant de la salle. Puis venaient de petits rentiers[4], des vieillards maigres et secs, des flâneurs qui entraient par désœuvrement et qui

1. Désappointés : déçus.

2. Loustics : individus qui manquent de sérieux, peu fiables.

3. Goguenarde : moqueuse.

4. Rentiers : qui vivent de leurs rentes, produits du capital, et non de leur travail.

regardaient les corps avec des yeux bêtes et des moues d'hommes paisibles et délicats. Les femmes étaient en grand nombre ; il y avait de jeunes ouvrières toutes roses, le linge blanc, les jupes propres, qui allaient d'un bout à l'autre du vitrage, lestement, en ouvrant de grands yeux attentifs, comme devant l'étalage d'un magasin de nouveautés ; il y avait encore des femmes du peuple, hébétées, prenant des airs lamentables, et des dames bien mises, traînant nonchalamment leur robe de soie.

Un jour, Laurent vit une de ces dernières qui se tenait plantée à quelques pas du vitrage, en appuyant un mouchoir de batiste [1] sur ses narines. Elle portait une délicieuse jupe de soie grise, avec un grand mantelet [2] de dentelle noire ; une voilette lui couvrait le visage, et ses mains gantées paraissaient toutes petites et toutes fines. Autour d'elle traînait une senteur douce de violette. Elle regardait un cadavre. Sur une pierre, à quelques pas, était allongé le corps d'un grand gaillard, d'un maçon qui venait de se tuer net en tombant d'un échafaudage ; il avait une poitrine carrée, des muscles gros et courts, une chair blanche et grasse ; la mort en avait fait un marbre. La dame l'examinait, le retournait en quelque sorte du regard, le pesait, s'absorbait dans le spectacle de cet homme. Elle leva un coin de sa voilette, regarda encore, puis s'en alla.

Par moments, arrivaient des bandes de gamins, des enfants de douze à quinze ans, qui couraient le long du vitrage, ne s'arrêtant que devant les cadavres de femmes. Ils appuyaient leurs mains aux vitres et promenaient des regards effrontés

1. **Batiste :** fine toile de lin.

2. **Mantelet :** courte cape de femme.

sur les poitrines nues. Ils se poussaient du coude, ils faisaient des remarques brutales, ils apprenaient le vice à l'école de la mort. C'est à la morgue que les jeunes voyous ont leur première maîtresse.

Au bout d'une semaine, Laurent était écœuré. La nuit, il rêvait les cadavres qu'il avait vus le matin. Cette souffrance, ce dégoût de chaque jour qu'il s'imposait, finit par le troubler à un tel point qu'il résolut de ne plus faire que deux visites. Le lendemain, comme il entrait à la morgue, il reçut un coup violent dans la poitrine : en face de lui, sur une dalle, Camille le regardait, étendu sur le dos, la tête levée, les yeux entrouverts.

Le meurtrier s'approcha lentement du vitrage, comme attiré, ne pouvant détacher ses regards de sa victime. Il ne souffrait pas ; il éprouvait seulement un grand froid intérieur et de légers picotements à fleur de peau. Il aurait cru trembler davantage. Il resta immobile, pendant cinq grandes minutes, perdu dans une contemplation inconsciente, gravant malgré lui au fond de sa mémoire toutes les lignes horribles, toutes les couleurs sales du tableau qu'il avait sous les yeux.

Camille était ignoble. Il avait séjourné quinze jours dans l'eau. Sa face paraissait encore ferme et rigide ; les traits s'étaient conservés, la peau avait seulement pris une teinte jaunâtre et boueuse. La tête, maigre, osseuse, légèrement tuméfiée[1], grimaçait ; elle se penchait un peu, les cheveux collés aux tempes, les paupières levées, montrant le globe blafard des yeux ; les lèvres tordues, tirées vers un des coins de la bouche, avaient un ricanement atroce ; un bout de langue noirâtre apparaissait dans la blancheur des dents. Cette tête, comme

1. **Tuméfiée :** gonflée.

tannée et étirée, en gardant une apparence humaine, était restée plus effrayante de douleur et d'épouvante. Le corps semblait un tas de chairs dissoutes ; il avait souffert horriblement. On sentait que les bras ne tenaient plus ; les clavicules perçaient la peau des épaules. Sur la poitrine verdâtre, les côtes faisaient des bandes noires ; le flanc gauche, crevé, ouvert, se creusait au milieu de lambeaux d'un rouge sombre. Tout le torse pourrissait. Les jambes, plus fermes, s'allongeaient, plaquées de taches immondes. Les pieds tombaient.

Laurent regardait Camille. Il n'avait pas encore vu un noyé si épouvantable. Le cadavre avait, en outre, un air étriqué, une allure maigre et pauvre ; il se ramassait dans sa pourriture ; il faisait un tout petit tas. On aurait deviné que c'était là un employé à douze cents francs, bête et maladif, que sa mère avait nourri de tisanes. Ce pauvre corps, grandi entre des couvertures chaudes, grelottait sur la dalle froide.

Quand Laurent put enfin s'arracher à la curiosité poignante qui le tenait immobile et béant, il sortit, il se mit à marcher rapidement sur le quai. Et, tout en marchant, il répétait : « Voilà ce que j'en ai fait. Il est ignoble. » Il lui semblait qu'une odeur âcre le suivait, l'odeur que devait exhaler ce corps en putréfaction[1].

Il alla chercher le vieux Michaud et lui dit qu'il venait de reconnaître Camille sur une dalle de la morgue. Les formalités furent remplies, on enterra le noyé, on dressa un acte de décès. Laurent, tranquille désormais, se jeta avec volupté dans l'oubli de son crime et des scènes fâcheuses et pénibles qui avaient suivi le meurtre

1. **Putréfaction** : processus de dégradation, décomposition du corps.

XIV

La boutique du passage du Pont-Neuf resta fermée pendant trois jours. Lorsqu'elle s'ouvrit de nouveau, elle parut plus sombre et plus humide. L'étalage, jauni par la poussière, semblait porter le deuil de la maison ; tout traînait à l'abandon dans les vitrines sales. Derrière les bonnets de linge pendus aux tringles rouillées, le visage de Thérèse avait une pâleur plus mate, plus terreuse, une immobilité d'un calme sinistre.

Dans le passage, toutes les commères s'apitoyaient. La marchande de bijoux faux montrait à chacune de ses clientes le profil amaigri de la jeune veuve comme une curiosité intéressante et lamentable.

Pendant trois jours, Mme Raquin et Thérèse étaient restées dans leur lit sans se parler, sans même se voir. La vieille mercière, assise sur son séant [1], appuyée contre des oreillers, regardait vaguement devant elle avec des yeux d'idiote. La mort de son fils lui avait donné un grand coup sur la tête, et elle était tombée comme assommée. Elle demeurait, des heures entières, tranquille et inerte, absorbée au fond du néant de son désespoir ; puis des crises la prenaient parfois, elle pleurait, elle criait, elle délirait. Thérèse, dans la chambre voisine, semblait dormir ; elle avait tourné la face contre la muraille et tiré la couverture sur ses yeux ; elle s'allongeait ainsi, roide et muette, sans qu'un sanglot de son corps soulevât le drap qui la couvrait.

1. Séant : postérieur, derrière.

On eût dit qu'elle cachait dans l'ombre de l'alcôve[1] les pensées qui la tenaient rigide. Suzanne, qui gardait les deux femmes, allait mollement de l'une à l'autre, traînant les pieds avec douceur, penchant son visage de cire sur les deux couches, sans parvenir à faire retourner Thérèse, qui avait de brusques mouvements d'impatience, ni à consoler Mme Raquin, dont les pleurs coulaient dès qu'une voix la tirait de son abattement.

Le troisième jour, Thérèse repoussa la couverture, s'assit sur le lit, rapidement, avec une sorte de décision fiévreuse. Elle écarta ses cheveux, en se prenant les tempes, et resta ainsi un moment, les mains au front, les yeux fixes, semblant réfléchir encore. Puis elle sauta sur le tapis, ses membres étaient frissonnants et rouges de fièvre ; de larges plaques livides marbraient sa peau qui se plissait par endroits comme vide de chair. Elle était vieillie.

Suzanne, qui entrait, resta toute surprise de la trouver levée ; elle lui conseilla, d'un ton placide et traînard, de se recoucher, de se reposer encore. Thérèse ne l'écoutait pas ; elle cherchait et mettait ses vêtements avec des gestes pressés et tremblants. Lorsqu'elle fut habillée, elle alla se regarder dans une glace, frotta ses yeux, passa ses mains sur son visage, comme pour effacer quelque chose. Puis, sans prononcer une parole, elle traversa vivement la salle à manger et entra chez Mme Raquin.

L'ancienne mercière était dans un moment de calme hébété. Quand Thérèse entra, elle tourna la tête et suivit du regard la jeune veuve, qui vint se placer devant elle, muette et oppressée. Les deux femmes se contemplèrent pendant quelques secondes, la nièce avec une anxiété qui grandissait, la tante avec des

1. Alcôve : enfoncement ménagé dans un mur pour y placer un lit.

efforts pénibles de mémoire. Se souvenant enfin, Mme Raquin tendit ses bras tremblants, et, prenant Thérèse par le cou, s'écria :

« Mon pauvre enfant, mon pauvre Camille ! »

Elle pleurait, et ses larmes séchaient sur la peau brûlante de la veuve, qui cachait ses yeux secs dans les plis du drap. Thérèse demeura ainsi courbée, laissant la vieille mère épuiser ses pleurs. Depuis le meurtre, elle redoutait cette première entrevue ; elle était restée couchée pour en retarder le moment, pour réfléchir à l'aise au rôle terrible qu'elle avait à jouer.

Quand elle vit Mme Raquin plus calme, elle s'agita autour d'elle, elle lui conseilla de se lever, de descendre à la boutique. La vieille mercière était presque tombée en enfance. L'apparition brusque de sa nièce avait amené en elle une crise favorable qui venait de lui rendre la mémoire et la conscience des choses et des êtres qui l'entouraient. Elle remercia Suzanne de ses soins, elle parla, affaiblie, ne délirant plus, pleine d'une tristesse qui l'étouffait par moments. Elle regardait marcher Thérèse avec des larmes soudaines ; alors, elle l'appelait auprès d'elle, l'embrassait en sanglotant encore, lui disait en suffoquant qu'elle n'avait plus qu'elle au monde.

Le soir, elle consentit à se lever, à essayer de manger. Thérèse put alors voir quel terrible coup avait reçu sa tante. Les jambes de la pauvre vieille s'étaient alourdies. Il lui fallut une canne pour se traîner dans la salle à manger, et là, il lui sembla que les murs vacillaient autour d'elle.

Dès le lendemain, elle voulut cependant qu'on ouvrît la boutique. Elle craignait de devenir folle en restant seule dans sa chambre. Elle descendit pesamment l'escalier de bois, en posant les deux pieds sur chaque marche, et vint s'asseoir derrière le comptoir. À partir de ce jour, elle y resta clouée dans une douleur sereine.

À côté d'elle, Thérèse songeait et attendait. La boutique reprit son calme noir.

XV

Laurent revint parfois, le soir, tous les deux ou trois jours. Il restait dans la boutique, causant avec Mme Raquin pendant une demi-heure. Puis il s'en allait, sans avoir regardé Thérèse en face. La vieille mercière le considérait comme le sauveur de sa nièce, comme un noble cœur qui avait tout fait pour lui rendre son fils. Elle l'accueillait avec une bonté attendrie.

Un jeudi soir, Laurent se trouvait là, lorsque le vieux Michaud et Grivet entrèrent. Huit heures sonnaient. L'employé et l'ancien commissaire avaient jugé chacun de leur côté qu'ils pouvaient reprendre leurs chères habitudes, sans se montrer importuns[1], et ils arrivaient à la même minute, comme poussés par le même ressort. Derrière eux, Olivier et Suzanne firent leur entrée.

On monta dans la salle à manger. Mme Raquin, qui n'attendait personne, se hâta d'allumer la lampe et de faire du thé. Lorsque tout le monde se fut assis autour de la table, chacun devant sa tasse, lorsque la boîte de dominos eut été vidée, la pauvre mère, subitement ramenée dans le passé, regarda ses invités et éclata en sanglots. Il y avait une place vide, la place de son fils.

1. Importuns : gênants, dérangeants.

Ce désespoir glaça et ennuya la société. Tous les visages avaient un air de béatitude[1] égoïste. Ces gens se trouvèrent gênés, n'ayant plus dans le cœur le moindre souvenir vivant de Camille.

« Voyons, chère dame, s'écria le vieux Michaud avec une légère impatience, il ne faut pas vous désespérer comme cela. Vous vous rendrez malade.

– Nous sommes tous mortels, affirma Grivet.

– Vos pleurs ne vous rendront pas votre fils, dit sentencieusement[2] Olivier.

– Je vous en prie, murmura Suzanne, ne nous faites pas de la peine. »

Et comme Mme Raquin sanglotait plus fort, ne pouvant arrêter ses larmes :

« Allons, allons, reprit Michaud, un peu de courage. Vous comprenez bien que nous venons ici pour vous distraire. Que diable ! ne nous attristons pas, tâchons d'oublier... Nous jouons à deux sous la partie. Hein ! qu'en dites-vous ? »

La mercière rentra ses pleurs[3], dans un effort suprême. Peut-être eut-elle conscience de l'égoïsme heureux de ses hôtes. Elle essuya ses yeux, encore toute secouée. Les dominos tremblaient dans ses pauvres mains, et les larmes restées sous ses paupières l'empêchaient de voir.

On joua.

Laurent et Thérèse avaient assisté à cette courte scène d'un air grave et impassible[4]. Le jeune homme était enchanté de

---

1. Béatitude : satisfaction, bonheur.

2. Sentencieusement : d'une manière solennelle, avec prétention.

3. Rentra ses pleurs : réprima ses pleurs, arrêta de pleurer.

4. Impassible : sans émotion.

voir revenir les soirées du jeudi. Il les souhaitait ardemment, sachant qu'il aurait besoin de ces réunions pour atteindre son but. Puis, sans se demander pourquoi il se sentait plus à l'aise au milieu de ces quelques personnes qu'il connaissait, il osait regarder Thérèse en face.

La jeune femme, vêtue de noir, pâle et recueillie, lui parut avoir une beauté qu'il ignorait encore. Il fut heureux de rencontrer ses regards et de les voir s'arrêter sur les siens avec une fixité courageuse. Thérèse lui appartenait toujours, chair et cœur.

XVI

Quinze mois se passèrent. Les âpretés des premières heures s'adoucirent ; chaque jour amena une tranquillité, un affaissement de plus ; la vie reprit son cours avec une langueur lasse, elle eut cette stupeur monotone qui suit les grandes crises. Et, dans les commencements, Laurent et Thérèse se laissèrent aller à l'existence nouvelle qui les transformait ; il se fit en eux un travail sourd qu'il faudrait analyser avec une délicatesse extrême, si l'on voulait en marquer toutes les phases.

Laurent revint bientôt chaque soir à la boutique, comme par le passé. Mais il n'y mangeait plus, il ne s'y établissait plus pendant des soirées entières. Il arrivait à neuf heures et demie, et s'en allait après avoir fermé le magasin. On eût dit qu'il accomplissait un devoir en venant se mettre au service des deux femmes. S'il négligeait un jour sa corvée, il s'excusait le lendemain avec des humilités de valet. Le jeudi, il aidait Mme Raquin à allumer le feu, à faire les honneurs de la maison. Il avait des prévenances[1] tranquilles qui charmaient la vieille mercière.

Thérèse le regardait paisiblement s'agiter autour d'elle. La pâleur de son visage s'en était allée ; elle paraissait mieux portante, plus souriante, plus douce. À peine si parfois sa bouche, en se pinçant dans une contraction nerveuse, creusait deux plis profonds qui donnaient à sa face une expression étrange de douleur et d'effroi.

Les deux amants ne cherchèrent plus à se voir en particulier. Jamais ils ne se demandèrent un rendez-vous, jamais ils n'échangèrent furtivement[2] un baiser. Le meurtre avait comme apaisé pour un moment les fièvres voluptueuses de leur chair ; ils étaient parvenus à contenter, en tuant Camille, ces désirs fougueux et insatiables qu'ils n'avaient pu assouvir en se brisant dans les bras l'un de l'autre. Le crime leur semblait une jouissance aiguë qui les écœurait et les dégoûtait de leurs embrassements.

Ils auraient eu cependant mille facilités pour mener cette vie libre d'amour dont le rêve les avait poussés à l'assassinat. Mme Raquin, impotente[3], hébétée, n'était pas un obstacle. La maison leur appartenait, ils pouvaient sortir, aller où bon leur semblait. Mais l'amour ne les tentait plus, leurs appétits s'en étaient allés ; ils restaient là, causant avec calme, se regardant sans rougeurs et sans frissons, paraissant avoir oublié les étreintes folles qui avaient meurtri leur chair et fait craquer leurs os. Ils évitaient même de se rencontrer seul à seul ; dans

1. **Prévenances** : capacités à prévenir les désirs d'autrui, délicatesses.
2. **Furtivement** : à la dérobée, rapidement et sans être vu.
3. **Impotente** : qui se déplace difficilement.

l'intimité, ils ne trouvaient rien à se dire, ils craignaient tous deux de montrer trop de froideur. Lorsqu'ils échangeaient une poignée de main, ils éprouvaient une sorte de malaise en sentant leur peau se toucher.

D'ailleurs, ils croyaient s'expliquer chacun ce qui les tenait ainsi indifférents et effrayés en face l'un de l'autre. Ils mettaient leur attitude froide sur le compte de la prudence. Leur calme, leur abstinence, selon eux, étaient œuvres de haute sagesse. Ils prétendaient vouloir cette tranquillité de leur chair, ce sommeil de leur cœur. D'autre part, ils regardaient la répugnance, le malaise qu'ils ressentaient comme un reste d'effroi, comme une peur sourde du châtiment. Parfois, ils se forçaient à l'espérance, ils cherchaient à reprendre les rêves brûlants d'autrefois, et ils demeuraient tout étonnés, en voyant que leur imagination était vide. Alors ils se cramponnaient à l'idée de leur prochain mariage ; arrivés à leur but, n'ayant plus aucune crainte, livrés l'un à l'autre, ils retrouveraient leur passion, ils goûteraient les délices rêvés. Cet espoir les calmait, les empêchait de descendre au fond du néant qui s'était creusé en eux. Ils se persuadaient qu'ils s'aimaient comme par le passé, ils attendaient l'heure qui devait les rendre parfaitement heureux en les liant pour toujours.

Jamais Thérèse n'avait eu l'esprit si calme. Elle devenait certainement meilleure. Toutes les volontés implacables de son être se détendaient.

La nuit, seule dans son lit, elle se trouvait heureuse ; elle ne sentait plus à son côté la face maigre, le corps chétif[1] de Camille qui exaspérait sa chair et la jetait dans des désirs inassouvis.

---

1. Chétif : faible.

Elle se croyait petite fille, vierge sous les rideaux blancs, paisible au milieu du silence et de l'ombre. Sa chambre, vaste, un peu froide, lui plaisait, avec son plafond élevé, ses coins obscurs, ses senteurs de cloître[1]. Elle finissait même par aimer la grande muraille noire qui montait devant sa fenêtre ; pendant tout un été, chaque soir, elle resta des heures entières à regarder les pierres grises de cette muraille et les nappes étroites de ciel étoilé que découpaient les cheminées et les toits. Elle ne pensait à Laurent que lorsqu'un cauchemar l'éveillait en sursaut ; alors, assise sur son séant, tremblante, les yeux agrandis, se serrant dans sa chemise, elle se disait qu'elle n'éprouverait pas ces peurs brusques, si elle avait un homme couché à côté d'elle. Elle songeait à son amant comme à un chien qui l'eût gardée et protégée ; sa peau fraîche et calme n'avait pas un frisson de désir.

Le jour, dans la boutique, elle s'intéressait aux choses extérieures ; elle sortait d'elle-même, ne vivant plus sourdement révoltée, repliée en pensées de haine et de vengeance. La rêverie l'ennuyait ; elle avait le besoin d'agir et de voir. Du matin au soir, elle regardait les gens qui traversaient le passage ; ce bruit, ce va-et-vient l'amusaient. Elle devenait curieuse et bavarde, femme en un mot, car jusque-là elle n'avait eu que des actes et des idées d'homme.

Dans l'espionnage qu'elle établit, elle remarqua un jeune homme, un étudiant, qui habitait un hôtel garni[2] du voisinage et qui passait plusieurs fois par jour devant la boutique. Ce garçon avait une beauté pâle, avec de grands cheveux de poète

1. Cloître : partie d'un couvent ou d'un monastère.

2. Hôtel garni : hôtel où l'on loue des chambres meublées à la semaine ou au mois.

et une moustache d'officier. Thérèse le trouva distingué. Elle en fut amoureuse pendant une semaine, amoureuse comme une pensionnaire. Elle lut des romans, elle compara le jeune homme à Laurent, et trouva ce dernier bien épais, bien lourd. La lecture lui ouvrit des horizons romanesques qu'elle ignorait encore ; elle n'avait aimé qu'avec son sang et ses nerfs, elle se mit à aimer avec sa tête. Puis, un jour, l'étudiant disparut ; il avait sans doute déménagé. Thérèse l'oublia en quelques heures.

Elle s'abonna à un cabinet littéraire[1] et se passionna pour tous les héros des contes qui lui passèrent sous les yeux. Ce subit amour de la lecture eut une grande influence sur son tempérament. Elle acquit une sensibilité nerveuse qui la faisait rire ou pleurer sans motif. L'équilibre, qui tendait à s'établir en elle, fut rompu. Elle tomba dans une sorte de rêverie vague. Par moments, la pensée de Camille la secouait, et elle songeait à Laurent avec de nouveaux désirs, pleins d'effroi et de défiance[2]. Elle fut ainsi rendue à ses angoisses ; tantôt elle cherchait un moyen pour épouser son amant à l'instant même, tantôt elle songeait à se sauver, à ne jamais le revoir. Les romans, en lui parlant de chasteté et d'honneur, mirent comme un obstacle entre ses instincts et sa volonté. Elle resta la bête indomptable qui voulait lutter avec la Seine et qui s'était jetée violemment dans l'adultère ; mais elle eut conscience de la bonté et de la douceur, elle comprit le visage mou et l'attitude morte de la femme d'Olivier, elle sut qu'on pouvait ne pas tuer son mari et être heureuse. Alors elle ne se vit plus bien elle-même, elle vécut dans une indécision cruelle.

1. Cabinet littéraire : bibliothèque publique.

2. Défiance : méfiance, suspicion.

De son côté, Laurent passa par différentes phases de calme et de fièvre. Il goûta d'abord une tranquillité profonde ; il était comme soulagé d'un poids énorme. Par moments, il s'interrogeait avec étonnement, il croyait avoir fait un mauvais rêve, il se demandait s'il était bien vrai qu'il eût jeté Camille à l'eau et qu'il eût revu son cadavre sur une dalle de la morgue. Le souvenir de son crime le surprenait étrangement ; jamais il ne se serait cru capable d'un assassinat ; toute sa prudence, toute sa lâcheté frissonnait, il lui montait au front des sueurs glacées, lorsqu'il songeait qu'on aurait pu découvrir son crime et le guillotiner. Alors il sentait à son cou le froid du couteau. Tant qu'il avait agi, il était allé droit devant lui, avec un entêtement et un aveuglement de brute. Maintenant il se retournait, et, à voir l'abîme qu'il venait de franchir, des défaillances d'épouvante le prenaient.

« Sûrement, j'étais ivre, pensait-il ; cette femme m'avait soûlé de caresses. Bon Dieu ! ai-je été bête et fou ! Je risquais la guillotine, avec une pareille histoire… Enfin, tout s'est bien passé. Si c'était à refaire, je ne recommencerais pas. »

Laurent s'affaissa, devint mou, plus lâche et plus prudent que jamais. Il engraissa et s'avachit. Quelqu'un qui aurait étudié ce grand corps, tassé sur lui-même, et qui ne paraissait avoir ni os ni nerfs, n'aurait jamais songé à l'accuser de violence et de cruauté.

Il reprit ses anciennes habitudes. Il fut pendant plusieurs mois un employé modèle, faisant sa besogne avec un abrutissement exemplaire. Le soir, il mangeait dans une crémerie de la rue Saint-Victor, coupant son pain par petites tranches, mâchant avec lenteur, faisant traîner son repas le plus possible ; puis il se renversait, il s'adossait au mur, et fumait sa pipe. On aurait dit un bon gros père. Le jour, il ne pensait à rien ; la nuit, il dormait d'un sommeil lourd et sans rêves. Le visage rose et gras, le ventre plein, le cerveau vide, il était heureux.

Sa chair semblait morte, il ne songeait guère à Thérèse. Il pensait parfois à elle, comme on pense à une femme qu'on doit épouser plus tard, dans un avenir indéterminé. Il attendait l'heure de son mariage avec patience, oubliant la femme, rêvant à la nouvelle position qu'il aurait alors. Il quitterait son bureau, il peindrait en amateur, il flânerait. Ces espoirs le ramenaient, chaque soir, à la boutique du passage malgré le vague malaise qu'il éprouvait en y entrant.

Un dimanche, s'ennuyant, ne sachant que faire, il alla chez son ancien ami de collège, chez le jeune peintre avec lequel il avait logé pendant longtemps. L'artiste travaillait à un tableau qu'il comptait envoyer au Salon[1], et qui représentait une Bacchante[2] nue, vautrée sur un lambeau d'étoffe.

Dans le fond de l'atelier, un modèle, une femme était couchée, la tête ployée en arrière, le torse tordu, la hanche haute. Cette femme riait par moments et tendait la poitrine, allongeant les bras, s'étirant, pour se délasser. Laurent, qui s'était assis en face d'elle, la regardait, en fumant et en causant avec son ami. Son sang battit, ses nerfs s'irritèrent dans cette contemplation. Il resta jusqu'au soir, il emmena la femme chez lui. Pendant près d'un an, il la garda pour maîtresse. La pauvre fille s'était mise à l'aimer, le trouvant bel homme. Le matin, elle partait, allait poser tout le jour, et revenait régulièrement chaque soir à la même heure ; elle se nourrissait, s'habillait, s'entretenait avec

1. **Salon** : exposition d'œuvres d'art.

2. **Bacchante** : prêtresse du culte de Bacchus, dieu latin de la vigne et du vin.

l'argent qu'elle gagnait, ne coûtant ainsi pas un sou à Laurent, qui ne s'inquiétait nullement d'où elle venait ni de ce qu'elle avait pu faire. Cette femme mit un équilibre de plus dans sa vie, comme un objet utile et nécessaire qui maintient un corps en paix et en santé ; il ne sut jamais s'il l'aimait et jamais il ne lui vint à l'idée qu'il était infidèle à Thérèse. Il se sentait plus gras et plus heureux. Voilà tout.

Cependant le deuil de Thérèse était fini. La jeune femme s'habillait de robes claires, et il arriva qu'un soir Laurent la trouva rajeunie et embellie. Mais il éprouvait toujours un certain malaise devant elle ; depuis quelque temps, elle lui paraissait fiévreuse, pleine de caprices étranges, riant et s'attristant sans raison. L'indécision où il la voyait l'effrayait, car il devinait en partie ses luttes et ses troubles. Il se mit à hésiter, ayant une peur atroce de compromettre sa tranquillité ; lui, il vivait paisible, dans un contentement sage de ses appétits, il craignait de risquer l'équilibre de sa vie en se liant à une femme nerveuse dont la passion l'avait déjà rendu fou. D'ailleurs, il ne raisonnait pas ces choses, il sentait d'instinct les angoisses que la possession de Thérèse devait mettre en lui.

Le premier choc qu'il reçut et qui le secoua dans son affaissement fut la pensée qu'il lui fallait enfin songer à son mariage. Il y avait près de quinze mois que Camille était mort. Un instant, Laurent pensa à ne pas se marier du tout, à planter là Thérèse, et à garder le modèle, dont l'amour complaisant et à bon marché lui suffisait. Puis, il se dit qu'il ne pouvait avoir tué un homme pour rien ; en se rappelant le crime, les efforts terribles qu'il avait faits pour posséder à lui seul cette femme qui le troublait maintenant, il sentit que le meurtre deviendrait inutile et atroce, s'il ne se mariait pas avec elle. Jeter un homme à l'eau afin de lui voler sa veuve, attendre quinze mois, et se décider ensuite à vivre avec une petite fille qui traînait son corps dans tous les ateliers, lui parut ridicule et le fit sourire. D'ailleurs, n'était-il pas lié à Thérèse par un lien de sang et d'horreur ? Il la sentait vaguement crier et se tordre en lui, il lui appartenait. Il avait peur de sa complice ; peut-être, s'il ne l'épousait pas, irait-elle tout dire à la justice, par vengeance et jalousie. Ces idées battaient dans sa tête. La fièvre le reprit.

Sur ces entrefaites[1], le modèle le quitta brusquement. Un dimanche, cette fille ne rentra pas ; elle avait sans doute trouvé un gîte plus chaud et plus confortable. Laurent fut médiocrement affligé ; seulement, il s'était habitué à avoir, la nuit, une femme couchée à son côté, et il éprouva un vide subit dans son existence. Huit jours après ses nerfs se révoltèrent. Il revint s'établir, pendant des soirées entières, dans la boutique du passage, regardant de nouveau Thérèse avec des yeux où luisaient des lueurs rapides. La jeune femme, qui sortait toute frissonnante des longues lectures qu'elle faisait, s'alanguissait et s'abandonnait sous ses regards.

Ils en étaient ainsi revenus tous deux à l'angoisse et au désir, après une longue année d'attente écœurée et indifférente. Un soir Laurent, en fermant la boutique, retint un instant Thérèse dans le passage.

« Veux-tu que je vienne ce soir dans ta chambre ? » lui demanda-t-il d'une voix ardente.

La jeune femme fit un geste d'effroi.

« Non, non, attendons..., dit-elle ; soyons prudents.

1. **Sur ces entrefaites** : à ce moment-là.

– J'attends depuis assez longtemps, je crois, reprit Laurent ; je suis las, je te veux. »

Thérèse le regarda follement ; des chaleurs lui brûlaient les mains et le visage. Elle sembla hésiter ; puis, d'un ton brusque :

« Marions-nous, je serai à toi. »

XVII

Laurent quitta le passage, l'esprit tendu, la chair[1] inquiète. L'haleine chaude, le consentement de Thérèse venaient de remettre en lui les âpretés d'autrefois. Il prit les quais, et marcha, son chapeau à la main, pour recevoir au visage tout l'air du ciel.

Lorsqu'il fut arrivé rue Saint-Victor, à la porte de son hôtel, il eut peur de monter, d'être seul. Un effroi d'enfant, inexplicable, imprévu, lui fit craindre de trouver un homme caché dans sa mansarde[2]. Jamais il n'avait été sujet à de pareilles poltronneries[3]. Il n'essaya même pas de raisonner le frisson étrange qui le prenait ; il entra chez un marchand de vin et y resta pendant une heure, jusqu'à minuit, immobile et muet à une table, buvant machinalement de grands verres de vin. Il songeait à Thérèse, il s'irritait contre la jeune femme, qui n'avait pas voulu le recevoir le soir même dans sa chambre, et il pensait qu'il n'aurait pas eu peur avec elle.

On ferma la boutique, on le mit à la porte. Il rentra pour demander des allumettes. Le bureau de l'hôtel se trouvait au

1. Chair : corps.

2. Mansarde : pièce sous le toit, dont un mur au moins est en pente.

3. Poltronneries : lâchetés.

premier étage. Laurent avait une longue allée à suivre et quelques marches à monter, avant de pouvoir prendre sa bougie. Cette allée, ce bout d'escalier, d'un noir terrible, l'épouvantaient. D'ordinaire, il traversait gaillardement[1] ces ténèbres. Ce soir-là, il n'osait sonner, il se disait qu'il y avait peut être, dans un certain renfoncement formé par l'entrée de la cave, des assassins qui lui sauteraient brusquement à la gorge quand il passerait. Enfin, il sonna, il alluma une allumette et se décida à s'engager dans l'allée. L'allumette s'éteignit. Il resta immobile, haletant, n'osant s'enfuir, frottant les allumettes sur le mur humide avec une anxiété qui faisait trembler sa main. Il lui semblait entendre des voix, des bruits de pas devant lui. Les allumettes se brisaient entre ses doigts. Il réussit à en allumer une. Le soufre[2] se mit à bouillir, à enflammer le bois avec une lenteur qui redoubla les angoisses de Laurent ; dans la clarté pâle et bleuâtre du soufre, dans les lueurs vacillantes qui couraient, il crut distinguer des formes monstrueuses. Puis l'allumette pétilla, la lumière devint blanche et claire. Laurent, soulagé, s'avança avec précaution, en ayant soin de ne pas manquer de lumière. Lorsqu'il lui fallut passer devant la cave, il se serra contre le mur opposé ; il y avait là une masse d'ombre qui l'effrayait. Il gravit ensuite vivement les quelques marches qui le séparaient du bureau de l'hôtel, et se crut sauvé lorsqu'il tint sa bougie. Il monta les autres étages plus doucement, en élevant la bougie, en éclairant tous les coins devant lesquels il devait passer. Les grandes ombres bizarres qui vont et viennent, lorsqu'on se trouve dans un escalier avec

1. **Gaillardement** : sans hésiter.

2. **Le soufre** pouvait être utilisé sur les allumettes pour produire une flamme.

une lumière, le remplissaient d'un vague malaise, en se dressant et en s'effaçant brusquement devant lui.

Quand il fut en haut, il ouvrit sa porte et s'enferma, rapidement. Son premier soin fut de regarder sous son lit, de faire une visite minutieuse dans la chambre, pour voir si personne ne s'y trouvait caché. Il ferma la fenêtre du toit, en pensant que quelqu'un pourrait bien descendre par là. Quand il eut pris ces dispositions, il se sentit plus calme, il se déshabilla, en s'étonnant de sa poltronnerie. Il finit par sourire, par se traiter d'enfant. Il n'avait jamais été peureux et ne pouvait s'expliquer cette crise subite de terreur.

Il se coucha. Lorsqu'il fut dans la tiédeur des draps, il songea de nouveau à Thérèse, que ses frayeurs lui avaient fait oublier. Les yeux fermés obstinément, cherchant le sommeil, il sentait malgré lui ses pensées travailler, s'imposer, se lier les unes aux autres, lui présenter toujours les avantages qu'il aurait à se marier au plus vite. Par moments, il se retournait, il se disait : « Ne pensons plus, dormons ; il faut que je me lève à huit heures demain pour aller à mon bureau. » Et il faisait effort pour se laisser glisser au sommeil. Mais les idées revenaient une à une ; le travail sourd de ses raisonnements recommençait ; il se retrouvait bientôt dans une sorte de rêverie aiguë, qui étalait au fond de son cerveau les nécessités de son mariage, les arguments que ses désirs et sa prudence donnaient tour à tour pour et contre la possession de Thérèse.

Alors, voyant qu'il ne pouvait dormir, que l'insomnie tenait sa chair irritée[1], il se mit sur le dos, il ouvrit les yeux tout grands, il laissa son cerveau s'emplir du souvenir de la jeune femme.

---

1. Chair irritée : désir en éveil.

L'équilibre était rompu, la fièvre chaude de jadis le secouait de nouveau. Il eut l'idée de se lever, de retourner au passage du Pont-Neuf. Il se ferait ouvrir la grille, il irait frapper à la petite porte de l'escalier, et Thérèse le recevrait. À cette pensée le sang montait à son cou.

Sa rêverie avait une lucidité étonnante. Il se voyait dans les rues, marchant vite, le long des maisons, et il se disait : « Je prends ce boulevard, je traverse ce carrefour pour être plus tôt arrivé. » Puis la grille du passage grinçait, il suivait l'étroite galerie, sombre et déserte, en se félicitant de pouvoir monter chez Thérèse sans être vu de la marchande de bijoux faux ; puis il s'imaginait être dans l'allée, dans le petit escalier par où il avait passé si souvent. Là, il éprouvait les joies cuisantes de jadis, il se rappelait les terreurs délicieuses, les voluptés poignantes de l'adultère. Ses souvenirs devenaient des réalités qui impressionnaient tous ses sens : il sentait l'odeur fade du couloir, il touchait les murs gluants, il voyait l'ombre sale qui traînait. Et il montait chaque marche, haletant, prêtant l'oreille, contentant déjà ses désirs dans cette approche craintive de la femme désirée. Enfin il grattait à la porte, la porte s'ouvrait, Thérèse était là qui l'attendait, en jupon, toute blanche.

Ses pensées se déroulaient devant lui en spectacles réels. Les yeux fixés sur l'ombre, il voyait. Lorsque, au bout de sa course dans les rues, après être entré dans le passage et avoir gravi le petit escalier, il crut apercevoir Thérèse, ardente et pâle, il sauta vivement de son lit, en murmurant : « Il faut que j'y aille, elle m'attend. » Le brusque mouvement qu'il venait de faire chassa l'hallucination : il sentit le froid du carreau, il eut peur. Il resta un instant immobile, les pieds nus, écoutant.

Il lui semblait entendre du bruit sur le carré. S'il allait chez Thérèse, il lui faudrait passer de nouveau devant la porte de la cave, en bas ; cette pensée lui fit courir un grand frisson froid dans le dos. L'épouvante le reprit, une épouvante bête et écrasante. Il regarda avec défiance dans sa chambre, il y vit traîner des lambeaux blanchâtres de clarté ; alors, doucement, avec des précautions pleines d'une hâte anxieuse, il remonta sur son lit, et, là, se pelotonna, se cacha, comme pour se dérober à une arme, à un couteau qui l'aurait menacé.

Le sang s'était porté violemment à son cou, et son cou le brûlait. Il y porta la main, il sentit sous ses doigts la cicatrice de la morsure de Camille. Il avait presque oublié cette morsure. Il fut terrifié en la retrouvant sur sa peau, il crut qu'elle lui mangeait la chair. Il avait vivement retiré la main pour ne plus la sentir, et il la sentait toujours, dévorante, trouant son cou. Alors, il voulut la gratter délicatement, du bout de l'ongle ; la terrible cuisson redoubla. Pour ne pas s'arracher la peau, il serra les deux mains entre ses genoux repliés. Roidi, irrité, il resta là, le cou rongé, les dents claquant de peur.

Maintenant ses idées s'attachaient à Camille, avec une fixité effrayante. Jusque-là, le noyé n'avait pas troublé les nuits de Laurent. Et voilà que la pensée de Thérèse amenait le spectre de son mari. Le meurtrier n'osait plus ouvrir les yeux ; il craignait d'apercevoir sa victime dans un coin de la chambre. À un moment, il lui sembla que sa couche était étrangement secouée ; il s'imagina que Camille se trouvait caché sous le lit, et que c'était lui qui le remuait ainsi, pour le faire tomber et le mordre. Hagard, les cheveux dressés sur la tête, il se cramponna à son matelas, croyant que les secousses devenaient de plus en plus violentes.

Puis, il s'aperçut que le lit ne remuait pas. Il y eut une réaction en lui. Il se mit sur son séant, alluma sa bougie, en se traitant d'imbécile. Pour apaiser sa fièvre, il avala un grand verre d'eau.

« J'ai eu tort de boire chez ce marchand de vin, pensait-il... Je ne sais ce que j'ai, cette nuit. C'est bête. Je serai éreinté aujourd'hui à mon bureau. J'aurais dû dormir tout de suite, en me mettant au lit, et ne pas penser à un tas de choses : c'est cela qui m'a donné l'insomnie... Dormons. »

Il souffla de nouveau la lumière, il enfonça la tête dans l'oreiller, un peu rafraîchi, bien décidé à ne plus penser, à ne plus avoir peur. La fatigue commençait à détendre ses nerfs.

Il ne s'endormit pas de son sommeil ordinaire, lourd et accablé ; il glissa lentement à une somnolence vague. Il était comme simplement engourdi, comme plongé dans un abrutissement doux et voluptueux. Il sentait son corps en sommeillant ; son intelligence restait éveillée dans sa chair morte. Il avait chassé les pensées qui venaient, il s'était défendu contre la veille. Puis, quand il fut assoupi, quand les forces lui manquèrent et que la volonté lui échappa, les pensées revinrent doucement une à une, reprenant possession de son être défaillant. Ses rêveries recommencèrent. Il refit le chemin qui le séparait de Thérèse : il descendit, passa devant la cave en courant et se trouva dehors ; il suivit toutes les rues qu'il avait déjà suivies auparavant, lorsqu'il rêvait les yeux ouverts ; il entra dans le passage du Pont-Neuf, monta le petit escalier et gratta à la porte. Mais au lieu de Thérèse, au lieu de la jeune femme en jupon, ce fut Camille qui lui ouvrit, Camille tel qu'il l'avait vu à la morgue, verdâtre, atrocement défiguré. Le cadavre lui tendait les bras, avec un rire ignoble, en montrant une langue noirâtre dans la blancheur des dents.

Laurent poussa un cri et se réveilla en sursaut. Il était trempé d'une sueur glacée. Il ramena la couverture sur ses yeux, en s'injuriant, en se mettant en colère contre lui-même. Il voulut se rendormir.

Il se rendormit comme précédemment, avec lenteur ; le même accablement le prit, et dès que la volonté lui eut de nouveau échappé dans la langueur du demi-sommeil, il se remit en marche, il retourna où le conduisait son idée fixe, il courut pour voir Thérèse, et ce fut encore le noyé qui lui ouvrit la porte.

Terrifié, le misérable se mit sur son séant. Il aurait voulu pour tout au monde chasser ce rêve implacable. Il souhaitait un sommeil de plomb qui écrasât ses pensées. Tant qu'il se tenait éveillé, il avait assez d'énergie pour chasser le fantôme de sa victime ; mais dès qu'il n'était plus maître de son esprit, son esprit le conduisait à l'épouvante en le conduisant à la volupté.

Il tenta encore le sommeil. Alors ce fut une succession d'assoupissements voluptueux et de réveils brusques et déchirants. Dans son entêtement furieux, toujours il allait vers Thérèse, toujours il se heurtait contre le corps de Camille. À plus de dix reprises, il refit le chemin, il partit la chair brûlante, suivit le même itinéraire, eut les mêmes sensations, accomplit les mêmes actes, avec une exactitude minutieuse, et, à plus de dix reprises, il vit le noyé s'offrir à son embrassement, lorsqu'il étendait les bras pour saisir et étreindre sa maîtresse. Ce même dénouement sinistre qui le réveillait chaque fois, haletant et éperdu, ne décourageait pas son désir ; quelques minutes après, dès qu'il se rendormait, son désir oubliait le cadavre ignoble qui l'attendait, et courait chercher de nouveau le corps chaud et souple d'une femme. Pendant une heure, Laurent vécut dans cette suite de cauchemars, dans ce mauvais rêve sans cesse répété et sans cesse imprévu, qui, à chaque sursaut, le brisait d'une épouvante plus aiguë.

Une des secousses, la dernière, fut si violente, si douloureuse, qu'il se décida à se lever, à ne pas lutter davantage. Le jour venait ; une lueur grise et morne entrait par la fenêtre du toit qui coupait dans le ciel un carré blanchâtre couleur de cendre.

Laurent s'habilla lentement, avec une irritation sourde. Il était exaspéré de n'avoir pas dormi, exaspéré de s'être laissé prendre par une peur qu'il traitait maintenant d'enfantillage. Tout en mettant son pantalon, il s'étirait, il se frottait les membres, il se passait les mains sur son visage battu et brouillé par une nuit de fièvre. Et il répétait :

« Je n'aurais pas dû penser à tout ça, j'aurais dormi, je serais frais et dispos, à cette heure… Ah ! si Thérèse avait bien voulu, hier soir, si Thérèse avait couché avec moi… »

Cette idée, que Thérèse l'aurait empêché d'avoir peur, le tranquillisa un peu. Au fond, il redoutait de passer d'autres nuits semblables à celle qu'il venait d'endurer.

Il se jeta de l'eau à la face, puis se donna un coup de peigne. Ce bout de toilette rafraîchit sa tête et dissipa ses dernières terreurs. Il raisonnait librement, il ne sentait plus qu'une grande fatigue dans tous ses membres.

« Je ne suis pourtant pas poltron, se disait-il en achevant de se vêtir, je me moque pas mal de Camille… C'est absurde de croire que ce pauvre diable est sous mon lit. Maintenant, je vais peut-être croire cela toutes les nuits… Décidément il faut que je me marie au plus tôt. Quand Thérèse me tiendra dans ses bras, je ne penserai guère à Camille. Elle m'embrassera sur le cou, et je ne sentirai plus l'atroce cuisson que j'ai éprouvée… Voyons donc cette morsure. »

Il s'approcha de son miroir, tendit le cou et regarda. La cicatrice était d'un rose pâle. Laurent, en distinguant la marque des dents de sa victime, éprouva une certaine émotion, le sang lui monta à la tête, et il s'aperçut alors d'un étrange phénomène. La cicatrice fut empourprée [1] par le flot qui montait, elle devint vive et sanglante, elle se détacha, toute rouge, sur le cou gras et blanc. En même temps, Laurent ressentit des picotements aigus, comme si l'on eut enfoncé des aiguilles dans la plaie. Il se hâta de relever le col de sa chemise.

« Bah ! reprit-il, Thérèse guérira cela… Quelques baisers suffiront… Que je suis bête de songer à ces choses ! »

Il mit son chapeau et descendit. Il avait besoin de prendre l'air, besoin de marcher. En passant devant la porte de la cave, il sourit. Il s'assura cependant de la solidité du crochet qui fermait cette porte. Dehors, il marcha à pas lents, dans l'air frais du matin, sur les trottoirs déserts. Il était environ cinq heures.

Laurent passa une journée atroce. Il dut lutter contre le sommeil accablant qui le saisit dans l'après-midi à son bureau. Sa tête, lourde et endolorie, se penchait malgré lui, et il la relevait brusquement, dès qu'il entendait le pas d'un de ses chefs. Cette lutte, ces secousses achevèrent de briser ses membres, en lui causant des anxiétés intolérables.

Le soir, malgré sa lassitude, il voulut aller voir Thérèse. Il la trouva fiévreuse, accablée, lasse comme lui.

« Notre pauvre Thérèse a passé une mauvaise nuit, lui dit Mme Raquin, lorsqu'il se fut assis. Il paraît qu'elle a eu des cauchemars, une insomnie terrible… À plusieurs reprises, je l'ai entendue crier. Ce matin, elle était toute malade. »

1. **Empourprée :** rougie.

Pendant que sa tante parlait, Thérèse regardait fixement Laurent. Sans doute, ils devinèrent leurs communes terreurs, car un même frisson nerveux courut sur leurs visages. Ils restèrent en face l'un de l'autre jusqu'à dix heures, parlant de banalités, se comprenant, se conjurant tous deux du regard de hâter le moment où ils pourraient s'unir contre le noyé.

XVIII

Thérèse, elle aussi, avait été visitée par le spectre de Camille, pendant cette nuit de fièvre.

La proposition brûlante de Laurent, demandant un rendez-vous, après plus d'une année d'indifférence, l'avait brusquement fouettée. La chair s'était mise à lui cuire, lorsque, seule et couchée, elle avait songé que le mariage devait avoir bientôt lieu. Alors, au milieu des secousses de l'insomnie, elle avait vu se dresser le noyé ; elle s'était, comme Laurent, tordue dans le désir et dans l'épouvante, et, comme lui, elle s'était dit qu'elle n'aurait plus peur, qu'elle n'éprouverait plus de telles souffrances, lorsqu'elle tiendrait son amant entre ses bras.

Il y avait eu, à la même heure, chez cette femme et chez cet homme, une sorte de détraquement nerveux qui les rendait, pantelants [1] et terrifiés, à leurs terribles amours. Une parenté de sang et de volupté s'était établie entre eux. Ils frissonnaient des mêmes frissons ; leurs cœurs, dans une espèce de fraternité poignante, se serraient aux mêmes angoisses. Ils eurent dès lors un seul corps et une seule âme pour jouir et pour souffrir.

1. **Pantelants :** respirant avec peine.

Cette communauté, cette pénétration mutuelle est un fait de psychologie et de physiologie qui a souvent lieu chez les êtres que de grandes secousses nerveuses heurtent violemment l'un à l'autre.

Pendant plus d'une année, Thérèse et Laurent portèrent légèrement la chaîne rivée à leurs membres, qui les unissait ; dans l'affaissement succédant à la crise aiguë du meurtre, dans les dégoûts et les besoins de calme et d'oubli qui avaient suivi, ces deux forçats[1] purent croire qu'ils étaient libres, qu'un lien de fer ne les liait plus ; la chaîne détendue traînait à terre ; eux, ils se reposaient, ils se trouvaient frappés d'une sorte de stupeur heureuse, ils cherchaient à aimer ailleurs, à vivre avec un sage équilibre. Mais le jour où, poussés par les faits, ils en étaient venus à échanger de nouveau des paroles ardentes, la chaîne se tendit violemment, ils reçurent une secousse telle, qu'ils se sentirent à jamais attachés l'un à l'autre.

Dès le lendemain, Thérèse se mit à l'œuvre, travailla sourdement à amener son mariage avec Laurent. C'était là une tâche difficile, pleine de périls. Les amants tremblaient de commettre une imprudence, d'éveiller les soupçons, de montrer trop brusquement l'intérêt qu'ils avaient eu à la mort de Camille. Comprenant qu'ils ne pouvaient parler de mariage, ils arrêtèrent un plan fort sage qui consistait à se faire offrir ce qu'ils n'osaient demander, par Mme Raquin elle-même et par les invités du jeudi. Il ne s'agissait plus que de donner l'idée de remarier Thérèse à ces braves gens, surtout de leur faire accroire[2] que cette idée venait d'eux et leur appartenait en propre.

---

1. Forçats : personnes condamnées aux travaux forcés. Ici, au sens figuré : prisonniers, attachés l'un à l'autre par le désir, le meurtre et le remords.

2. Leur faire accroire : leur faire croire (quelque chose qui n'est pas vrai).

La comédie fut longue et délicate à jouer. Thérèse et Laurent avaient pris chacun le rôle qui leur convenait ; ils avançaient avec une prudence extrême, calculant le moindre geste, la moindre parole. Au fond, ils étaient dévorés par une impatience qui roidissait et tendait leurs nerfs. Ils vivaient au milieu d'une irritation continuelle, il leur fallait toute leur lâcheté pour s'imposer des airs souriants et paisibles.

S'ils avaient hâte d'en finir, c'est qu'ils ne pouvaient plus rester séparés et solitaires. Chaque nuit, le noyé les visitait, l'insomnie les couchait sur un lit de charbons ardents et les retournait avec des pinces de feu. L'état d'énervement dans lequel ils vivaient activait encore chaque soir la fièvre de leur sang, en dressant devant eux des hallucinations atroces. Thérèse, lorsque le crépuscule était venu, n'osait plus monter dans sa chambre ; elle éprouvait des angoisses vives, quand il lui fallait s'enfermer jusqu'au matin dans cette grande pièce, qui s'éclairait de lueurs étranges et se peuplait de fantômes, dès que la lumière était éteinte. Elle finit par laisser sa bougie allumée, par ne plus vouloir dormir, afin de tenir toujours ses yeux grands ouverts. Et quand la fatigue baissait ses paupières, elle voyait Camille dans le noir, elle rouvrait les yeux en sursaut. Le matin, elle se traînait, brisée, n'ayant sommeillé que quelques heures, au jour. Quant à Laurent, il était devenu décidément poltron depuis le soir où il avait eu peur en passant devant la porte de la cave ; auparavant, il vivait avec des confiances de brute ; maintenant, au moindre bruit, il tremblait, il pâlissait, comme un petit garçon. Un frisson d'effroi avait brusquement secoué ses membres, et ne l'avait plus quitté. La nuit, il souffrait plus encore que Thérèse ; la peur, dans ce grand corps mou et lâche, amenait des déchirements profonds.

Il voyait tomber le jour avec des appréhensions cruelles. Il lui arriva, à plusieurs reprises, de ne pas vouloir rentrer, de passer des nuits entières à marcher au milieu des rues désertes. Une fois, il resta jusqu'au matin sous un pont, par une pluie battante ; là, accroupi, glacé, n'osant se lever pour remonter sur le quai, il regarda, pendant près de six heures, couler l'eau sale dans l'ombre blanchâtre ; par moments, des terreurs l'aplatissaient contre la terre humide : il lui semblait voir, sous l'arche du pont, passer de longues traînées de noyés qui descendaient au fil du courant. Lorsque la lassitude le poussait chez lui, il s'y enfermait à double tour, il s'y débattait jusqu'à l'aube, au milieu d'accès effrayants de fièvre. Le même cauchemar revenait avec persistance : il croyait tomber des bras ardents et passionnés de Thérèse entre les bras froids et gluants de Camille ; il rêvait que sa maîtresse l'étouffait dans une étreinte chaude, et il rêvait ensuite que le noyé le serrait contre sa poitrine pourrie, dans un embrassement glacial ; ces sensations brusques et alternées de volupté et de dégoût, ces contacts successifs de chair brûlante d'amour et de chair froide, amollie par la vase [1], le faisaient haleter et frissonner, râler d'angoisse.

Et, chaque jour, l'épouvante des amants grandissait, chaque jour leurs cauchemars les écrasaient, les affolaient davantage. Ils ne comptaient plus que sur leurs baisers pour tuer l'insomnie. Par prudence, ils n'osaient se donner des rendez-vous, ils attendaient le jour du mariage comme un jour de salut qui serait suivi d'une nuit heureuse.

C'est ainsi qu'ils voulaient leur union de tout le désir qu'ils éprouvaient de dormir un sommeil calme. Pendant les heures

1. Vase : boue.

d'indifférence, ils avaient hésité, oubliant chacun les raisons égoïstes et passionnées qui s'étaient comme évanouies, après les avoir tous deux poussés au meurtre. La fièvre les brûlant de nouveau, ils retrouvaient, au fond de leur passion et de leur égoïsme, ces raisons premières qui les avaient décidés à tuer Camille, pour goûter ensuite les joies que, selon eux, leur assurait un mariage légitime. D'ailleurs, c'était avec un vague désespoir qu'ils prenaient la résolution suprême de s'unir ouvertement. Tout au fond d'eux, il y avait de la crainte. Leurs désirs frissonnaient. Ils étaient penchés, en quelque sorte, l'un sur l'autre, comme sur un abîme dont l'horreur les attirait ; ils se courbaient mutuellement, au-dessus de leur être, cramponnés, muets, tandis que des vertiges, d'une volupté cuisante, alanguissaient[1] leurs membres, leur donnaient la folie de la chute. Mais en face du moment présent, de leur attente anxieuse et de leurs désirs peureux, ils sentaient l'impérieuse[2] nécessité de s'aveugler, de rêver un avenir de félicités amoureuses et de jouissances paisibles. Plus ils tremblaient l'un devant l'autre, plus ils devinaient l'horreur du gouffre au fond duquel ils allaient se jeter, et plus ils cherchaient à se faire à eux-mêmes des promesses de bonheur, à étaler devant eux les faits invincibles qui les amenaient fatalement au mariage.

Thérèse désirait uniquement se marier parce qu'elle avait peur et que son organisme réclamait les caresses violentes de Laurent. Elle était en proie à une crise nerveuse qui la rendait comme folle. À vrai dire, elle ne raisonnait guère, elle se jetait dans la passion, l'esprit détraqué par les romans qu'elle venait

1. Alanguissaient : affaiblissaient.

2. Impérieuse : irrésistible, à laquelle on doit obéir.

de lire, la chair irritée par les insomnies cruelles qui la tenaient éveillée depuis plusieurs semaines.

Laurent, d'un tempérament plus épais, tout en cédant à ses terreurs et à ses désirs, entendait raisonner sa décision. Pour se bien prouver que son mariage était nécessaire et qu'il allait enfin être parfaitement heureux, pour dissiper les craintes vagues qui le prenaient, il refaisait tous ses calculs d'autrefois. Son père, le paysan de Jeufosse, s'entêtant à ne pas mourir, il se disait que l'héritage pouvait se faire longtemps attendre ; il craignait même que cet héritage ne lui échappât et n'allât dans les poches d'un de ses cousins, grand gaillard qui piochait la terre à la vive satisfaction du vieux Laurent. Et lui, il serait toujours pauvre, il vivrait sans femme, dans un grenier, dormant mal, mangeant plus mal encore. D'ailleurs, il comptait ne pas travailler toute sa vie ; il commençait à s'ennuyer singulièrement à son bureau ; la légère besogne qui lui était confiée devenait accablante pour sa paresse. Le résultat de ses réflexions était toujours que le suprême bonheur consiste à ne rien faire. Alors il se rappelait qu'il avait noyé Camille pour épouser Thérèse et ne plus rien faire ensuite. Certes, le désir de posséder à lui seul sa maîtresse était entré pour beaucoup dans la pensée de son crime, mais il avait été conduit au meurtre peut-être plus encore par l'espérance de se mettre à la place de Camille, de se faire soigner comme lui, de goûter une béatitude de toutes les heures ; si la passion seule l'eût poussé, il n'aurait pas montré tant de lâcheté, tant de prudence ; la vérité était qu'il avait cherché à assurer, par un assassinat, le calme et l'oisiveté de sa vie, le contentement durable de ses appétits. Toutes ces pensées, avouées ou inconscientes, lui revenaient. Il se répétait, pour s'encourager, qu'il était temps de tirer le profit attendu de la mort de Camille. Et il étalait devant lui les avantages, les bonheurs de son existence future : il quitterait son bureau, il vivrait dans une paresse délicieuse ; il mangerait, il boirait, il dormirait son soûl ; il aurait sans cesse sous la main une femme ardente qui rétablirait l'équilibre de son sang et de ses nerfs ; bientôt il hériterait des quarante et quelques mille francs de Mme Raquin, car la pauvre vieille se mourait un peu chaque jour ; enfin, il se créerait une vie de brute heureuse, il oublierait tout. À chaque heure, depuis que leur mariage était décidé entre Thérèse et lui, Laurent se disait ces choses ; il cherchait encore d'autres avantages, et il était tout joyeux, lorsqu'il croyait avoir trouvé un nouvel argument, puisé dans son égoïsme, qui l'obligeait à épouser la veuve du noyé. Mais il avait beau se forcer à l'espérance, il avait beau rêver un avenir gras de paresse et de volupté, il sentait toujours de brusques frissons lui glacer la peau, il éprouvait toujours, par moments, une anxiété qui étouffait la joie dans sa gorge.

XIX

Cependant, le travail sourd de Thérèse et de Laurent amenait des résultats. Thérèse avait pris une attitude morne et désespérée, qui, au bout de quelques jours, inquiéta Mme Raquin. La vieille mercière voulut savoir ce qui attristait ainsi sa nièce. Alors, la jeune femme joua son rôle de veuve inconsolée avec une habileté exquise ; elle parla d'ennui, d'affaissement, de douleurs nerveuses, vaguement, sans rien préciser. Lorsque sa tante la pressait de questions, elle répondait qu'elle se portait bien, qu'elle ignorait ce qui l'accablait ainsi, qu'elle pleurait sans savoir pourquoi. Et c'étaient des étouffements continus, des sourires pâles et navrants, des silences écrasants de vide et de désespérance. Devant cette jeune femme, pliée sur elle-même, qui semblait mourir lentement d'un mal inconnu, Mme Raquin finit par s'alarmer sérieusement ; elle n'avait plus au monde que sa nièce, elle priait Dieu chaque soir de lui conserver cette enfant pour lui fermer les yeux. Un peu d'égoïsme se mêlait à ce dernier amour de sa vieillesse. Elle se sentit frappée dans les faibles consolations qui l'aidaient encore à vivre, lorsqu'il lui vint à la pensée qu'elle pouvait perdre Thérèse et mourir seule au fond de la boutique humide du passage. Dès lors, elle ne quitta plus sa nièce du regard, elle étudia avec épouvante les tristesses de la jeune femme, elle se demanda ce qu'elle pourrait bien faire pour la guérir de ses désespoirs muets.

En de si graves circonstances, elle crut devoir prendre l'avis de son vieil ami Michaud. Un jeudi soir, elle le retint dans la boutique et lui dit ses craintes.

« Pardieu, lui répondit le vieillard avec la brutalité franche de ses anciennes fonctions, je m'aperçois depuis longtemps que Thérèse boude, et je sais bien pourquoi elle a ainsi la figure toute jaune et toute chagrine.

– Vous savez pourquoi ? dit la mercière. Parlez vite. Si nous pouvions la guérir !

– Oh ! le traitement est facile, reprit Michaud en riant. Votre nièce s'ennuie, parce qu'elle est seule, le soir, dans sa chambre, depuis bientôt deux ans. Elle a besoin d'un mari ; cela se voit dans ses yeux. »

La franchise brutale de l'ancien commissaire frappa douloureusement Mme Raquin. Elle pensait que la blessure qui saignait toujours en elle, depuis l'affreux accident de Saint-Ouen, était tout aussi vive, tout aussi cruelle au fond du cœur de la jeune veuve. Son fils mort, il lui semblait qu'il ne pouvait plus exister de mari pour sa nièce. Et voilà que Michaud affirmait, avec un gros rire, que Thérèse était malade par besoin de mari.

« Mariez-la au plus tôt, dit-il en s'en allant, si vous ne voulez pas la voir se dessécher entièrement. Tel est mon avis, chère dame, et il est bon, croyez-moi. »

Mme Raquin ne put s'habituer tout de suite à la pensée que son fils était déjà oublié. Le vieux Michaud n'avait pas même prononcé le nom de Camille, et il s'était mis à plaisanter en parlant de la prétendue maladie de Thérèse. La pauvre mère comprit qu'elle gardait seule, au fond de son être, le souvenir vivant de son cher enfant. Elle pleura, il lui sembla que Camille venait de mourir une seconde fois. Puis, quand elle eut bien pleuré, qu'elle fut lasse de regrets, elle songea malgré elle aux paroles de Michaud, elle s'accoutuma à l'idée d'acheter un peu de bonheur au prix d'un mariage qui, dans les délicatesses de sa mémoire, tuait de nouveau son fils. Des lâchetés lui venaient, lorsqu'elle se trouvait seule en face de Thérèse, morne et accablée, au milieu du silence glacial de la boutique. Elle n'était pas un de ces esprits roides et secs qui prennent une joie âpre à vivre d'un désespoir éternel ; il y avait en elle des souplesses, des dévouements, des effusions, tout un tempérament de bonne dame, grasse et affable[1], qui la poussait à vivre dans une tendresse active. Depuis que sa nièce ne parlait plus et restait là, pâle et affaiblie, l'existence devenait

1. Affable : aimable.

intolérable pour elle, la boutique lui paraissait un tombeau ; elle aurait voulu une affection chaude autour d'elle, de la vie, des caresses, quelque chose de doux et de gai qui l'aidât à attendre paisiblement la mort. Ces désirs inconscients lui firent accepter le projet de remarier Thérèse ; elle oublia même un peu son fils ; il y eut, dans l'existence morte qu'elle menait, comme un réveil, comme des volontés et des occupations nouvelles d'esprit. Elle cherchait un mari pour sa nièce, et cela emplissait sa tête. Ce choix d'un mari était une grande affaire ; la pauvre vieille songeait encore plus à elle qu'à Thérèse ; elle voulait la marier de façon à être heureuse elle-même, car elle craignait vivement que le nouvel époux de la jeune femme ne vînt troubler les dernières heures de sa vieillesse. La pensée qu'elle allait introduire un étranger dans son existence de chaque jour l'épouvantait ; cette pensée seule l'arrêtait, l'empêchait de causer mariage avec sa nièce, ouvertement.

Pendant que Thérèse jouait, avec cette hypocrisie parfaite que son éducation lui avait donnée, la comédie de l'ennui et de l'accablement, Laurent avait pris le rôle d'homme sensible et serviable. Il était aux petits soins pour les deux femmes, surtout pour Mme Raquin, qu'il comblait d'attentions délicates. Peu à peu, il se rendit indispensable dans la boutique ; lui seul mettait un peu de gaieté au fond de ce trou noir. Quand il n'était pas là, le soir, la vieille mercière cherchait autour d'elle, mal à l'aise, comme s'il lui manquait quelque chose, ayant presque peur de se trouver en tête à tête avec les désespoirs de Thérèse. D'ailleurs, Laurent ne s'absentait une soirée que pour mieux asseoir sa puissance ; il venait tous les jours à la boutique en sortant de son bureau, il y restait jusqu'à la fermeture du passage. Il faisait les commissions, il donnait à Mme Raquin, qui ne marchait qu'avec peine, les menus objets dont elle avait besoin. Puis il s'asseyait, il causait. Il avait trouvé une voix d'acteur, douce et pénétrante, qu'il employait pour flatter les oreilles et le cœur de la bonne vieille. Surtout, il semblait s'inquiéter beaucoup de la santé de Thérèse, en ami, en homme tendre dont l'âme souffre de la souffrance d'autrui. À plusieurs reprises, il prit Mme Raquin à part, il la terrifia en paraissant très effrayé lui-même des changements, des ravages qu'il disait voir sur le visage de la jeune femme.

« Nous la perdrons bientôt, murmurait-il avec des larmes dans la voix. Nous ne pouvons nous dissimuler qu'elle est bien malade. Ah ! notre pauvre bonheur, nos bonnes et tranquilles soirées ! »

Mme Raquin l'écoutait avec angoisse. Laurent poussait même l'audace jusqu'à parler de Camille.

« Voyez-vous, disait-il encore à la mercière, la mort de mon pauvre ami a été un coup terrible pour elle. Elle se meurt depuis deux ans, depuis le jour funeste où elle a perdu Camille. Rien ne la consolera, rien ne la guérira. Il faut nous résigner. »

Ces mensonges impudents[1] faisaient pleurer la vieille dame à chaudes larmes. Le souvenir de son fils la troublait et l'aveuglait. Chaque fois qu'on prononçait le nom de Camille, elle éclatait en sanglots, elle s'abandonnait, elle aurait embrassé la personne qui nommait son pauvre enfant. Laurent avait remarqué l'effet de trouble et d'attendrissement que ce nom produisait sur elle. Il pouvait la faire pleurer à volonté, la briser

1. Impudents : effrontés, éhontés.

d'une émotion qui lui ôtait la vue nette des choses, et il abusait de son pouvoir pour la tenir toujours souple et endolorie dans sa main. Chaque soir, malgré les révoltes sourdes de ses entrailles qui tressaillaient, il mettait la conversation sur les rares qualités, sur le cœur tendre et l'esprit de Camille ; il vantait sa victime avec une impudence[1] parfaite. Par moments, lorsqu'il rencontrait les regards de Thérèse fixés étrangement sur les siens, il frissonnait, il finissait par croire lui-même tout le bien qu'il disait du noyé ; alors il se taisait, pris brusquement d'une atroce jalousie, craignant que la veuve n'aimât l'homme qu'il avait jeté à l'eau et qu'il vantait maintenant avec une conviction d'halluciné. Pendant toute la conversation, Mme Raquin était dans les larmes, ne voyant rien autour d'elle. Tout en pleurant, elle songeait que Laurent était un cœur aimant et généreux ; lui seul se souvenait de son fils, lui seul en parlait encore d'une voix tremblante et émue. Elle essuyait ses larmes, elle regardait le jeune homme avec une tendresse infinie, elle l'aimait comme son propre enfant.

Un jeudi soir, Michaud et Grivet se trouvaient déjà dans la salle à manger, lorsque Laurent entra et s'approcha de Thérèse, lui demandant avec une inquiétude douce des nouvelles de sa santé. Il s'assit un instant à côté d'elle, jouant, pour les personnes qui étaient là, son rôle d'ami affectueux et effrayé. Comme les jeunes gens étaient près l'un de l'autre, échangeant quelques mots, Michaud, qui les regardait, se pencha et dit tout bas à la vieille mercière, en lui montrant Laurent :

« Tenez, voilà le mari qu'il faut à votre nièce. Arrangez vite ce mariage. Nous vous aiderons, s'il est nécessaire. »

1. Impudence : effronterie.

Michaud souriait d'un air de gaillardise[1] ; dans sa pensée, Thérèse devait avoir besoin d'un mari vigoureux. Mme Raquin fut comme frappée d'un trait de lumière ; elle vit d'un coup tous les avantages qu'elle retirerait personnellement du mariage de Thérèse et de Laurent. Ce mariage ne ferait que resserrer les liens qui les unissaient déjà, elle et sa nièce, à l'ami de son fils, à l'excellent cœur qui venait les distraire, le soir. De cette façon elle n'introduirait pas un étranger chez elle, elle ne courrait pas le risque d'être malheureuse ; au contraire, tout en donnant un soutien à Thérèse, elle mettrait une joie de plus autour de sa vieillesse, elle trouverait un second fils dans ce garçon qui depuis trois ans lui témoignait une affection filiale. Puis il lui semblait que Thérèse serait moins infidèle au souvenir de Camille en épousant Laurent. Les religions du cœur ont des délicatesses étranges. Mme Raquin, qui aurait pleuré en voyant un inconnu embrasser la jeune veuve, ne sentait en elle aucune révolte à la pensée de la livrer aux embrassements de l'ancien camarade de son fils. Elle pensait, comme on dit, que cela ne sortait pas de la famille.

Pendant toute la soirée, tandis que ses invités jouaient aux dominos, la vieille mercière regarda le couple avec des attendrissements qui firent deviner au jeune homme et à la jeune femme que leur comédie avait réussi et que le dénouement était proche. Michaud, avant de se retirer, eut une courte conversation à voix basse avec Mme Raquin ; puis il prit avec affectation[2] le bras de Laurent et déclara qu'il allait l'accompagner

1. Gaillardise : gaieté un peu grivoise.

2. Affectation : manque de naturel.

un bout de chemin. Laurent, en s'éloignant, échangea un rapide regard avec Thérèse, un regard plein de recommandations pressantes.

Michaud s'était chargé de tâter le terrain. Il trouva le jeune homme très dévoué pour ces dames, mais très surpris du projet d'un mariage entre Thérèse et lui. Laurent ajouta, d'une voix émue, qu'il aimait comme une sœur la veuve de son pauvre ami, et qu'il croirait commettre un véritable sacrilège en l'épousant. L'ancien commissaire de police insista ; il donna cent bonnes raisons pour obtenir un consentement, il parla même de dévouement, il alla jusqu'à dire au jeune homme que son devoir lui dictait de rendre un fils à Mme Raquin et un époux à Thérèse. Peu à peu Laurent se laissa vaincre ; il feignit de céder à l'émotion, d'accepter la pensée de mariage, comme une pensée tombée du ciel, dictée par le dévouement et le devoir, ainsi que le disait le vieux Michaud. Quand celui-ci eut obtenu un oui formel, il quitta son compagnon, en se frottant les mains ; il venait, croyait-il, de remporter une grande victoire, il s'applaudissait d'avoir eu le premier l'idée de ce mariage qui rendrait aux soirées du jeudi toute leur ancienne joie.

Pendant que Michaud causait ainsi avec Laurent, en suivant lentement les quais, Mme Raquin avait une conversation presque semblable avec Thérèse. Au moment où sa nièce, pâle et chancelante comme toujours, allait se retirer, la vieille mercière la retint un instant. Elle la questionna d'une voix tendre, elle la supplia d'être franche, de lui avouer les causes de cet ennui qui la pliait. Puis, comme elle n'obtenait que des réponses vagues, elle parla des vides du veuvage, elle en vint peu à peu à préciser l'offre d'un nouveau mariage, elle finit par demander nettement à Thérèse si elle n'avait pas le secret désir de se remarier. Thérèse se récria, dit qu'elle ne songeait pas à cela et qu'elle resterait fidèle à Camille. Mme Raquin se mit à pleurer. Elle plaida contre son cœur, elle fit entendre que le désespoir ne peut être éternel ; enfin, en réponse à un cri de la jeune femme disant que jamais elle ne remplacerait Camille, elle nomma brusquement Laurent. Alors, elle s'étendit avec un flot de paroles sur la convenance, sur les avantages d'une pareille union ; elle vida son âme, répéta tout haut ce qu'elle avait pensé durant la soirée ; elle peignit, avec un naïf égoïsme, le tableau de ses derniers bonheurs, entre ses deux chers enfants. Thérèse l'écoutait, la tête basse, résignée et docile, prête à contenter ses moindres souhaits.

« J'aime Laurent comme un frère, dit-elle douloureusement, lorsque sa tante se tut. Puisque vous le désirez, je tâcherai de l'aimer comme un époux. Je veux vous rendre heureuse… J'espérais que vous me laisseriez pleurer en paix, mais j'essuierai mes larmes, puisqu'il s'agit de votre bonheur. »

Elle embrassa la vieille dame, qui demeura surprise et effrayée d'avoir été la première à oublier son fils. En se mettant au lit, Mme Raquin sanglota amèrement en s'accusant d'être moins forte que Thérèse, de vouloir par égoïsme un mariage que la jeune veuve acceptait par simple abnégation[1].

Le lendemain matin, Michaud et sa vieille amie eurent une courte conversation dans le passage, devant la porte de la boutique. Ils se communiquèrent le résultat de leurs démarches, et convinrent de mener les choses rondement[2], en forçant les jeunes gens à se fiancer, le soir même.

---

1. **Abnégation** : résignation, sacrifice de son propre intérêt.
2. **Rondement** : rapidement.

Le soir, à cinq heures, Michaud était déjà dans le magasin, lorsque Laurent entra. Dès que le jeune homme fut assis, l'ancien commissaire de police lui dit à l'oreille :

« Elle accepte. »

Ce mot brutal fut entendu de Thérèse, qui resta pâle, les yeux impudemment[1] fixés sur Laurent. Les deux amants se regardèrent pendant quelques secondes, comprirent tous deux qu'il fallait accepter la position sans hésiter et en finir d'un coup. Laurent se levant alla prendre la main de Mme Raquin, qui faisait tous ses efforts pour retenir ses larmes.

« Chère mère, lui dit-il en souriant, j'ai causé de votre bonheur avec M. Michaud, hier soir. Vos enfants veulent vous rendre heureuse. »

La pauvre vieille, en s'entendant appeler « chère mère », laissa couler ses larmes. Elle saisit vivement la main de Thérèse et la mit dans celle de Laurent, sans pouvoir parler.

Les deux amants eurent un frisson en sentant leur peau se toucher. Ils restèrent les doigts serrés et brûlants, dans une étreinte nerveuse. Le jeune homme reprit d'une voix hésitante :

« Thérèse, voulez-vous que nous fassions à votre tante une existence gaie et paisible ?

– Oui, répondit la jeune femme faiblement, nous avons une tâche à remplir. »

Alors Laurent se tourna vers Mme Raquin et ajouta, très pâle :

« Lorsque Camille est tombé à l'eau, il m'a crié : "Sauve ma femme, je te la confie." Je crois accomplir ses derniers vœux en épousant Thérèse. »

1. Impudemment : effrontément.

Thérèse lâcha la main de Laurent, en entendant ces mots. Elle avait reçu comme un coup dans la poitrine. L'impudence de son amant l'écrasa. Elle le regarda avec des yeux hébétés, tandis que Mme Raquin, que les sanglots étouffaient, balbutiait :

« Oui, oui, mon ami, épousez-la, rendez-la heureuse, mon fils vous remerciera du fond de sa tombe. »

Laurent sentit qu'il fléchissait, il s'appuya sur le dossier d'une chaise. Michaud, qui, lui aussi, était ému aux larmes, le poussa vers Thérèse, en disant :

« Embrassez-vous, ce seront vos fiançailles. »

Le jeune homme fut pris d'un étrange malaise en posant ses lèvres sur les joues de la veuve, et celle-ci se recula brusquement, comme brûlée par les deux baisers de son amant. C'étaient les premières caresses que cet homme lui faisait devant témoins ; tout son sang lui monta à la face, elle se sentit rouge et ardente, elle qui ignorait la pudeur et qui n'avait jamais rougi dans les hontes de ses amours.

Après cette crise, les deux meurtriers respirèrent. Leur mariage était décidé, ils touchaient enfin au but qu'ils poursuivaient depuis si longtemps. Tout fut réglé le soir même. Le jeudi suivant, le mariage fut annoncé à Grivet, à Olivier et à sa femme. Michaud, en donnant cette nouvelle, était ravi ; il se frottait les mains et répétait :

« C'est moi qui ai pensé à cela, c'est moi qui les ai mariés... Vous verrez le joli couple ! »

Suzanne vint embrasser silencieusement Thérèse. Cette pauvre créature, toute morte et toute blanche, s'était prise d'amitié pour la jeune veuve, sombre et roide. Elle l'aimait en enfant, avec une sorte de terreur respectueuse. Olivier complimenta la tante et la nièce, Grivet hasarda quelques plaisanteries épicées[1] qui eurent un succès médiocre. En somme, la compagnie se montra enchantée, ravie, et déclara que tout était pour le mieux ; à vrai dire, la compagnie se voyait déjà à la noce.

L'attitude de Thérèse et de Laurent resta digne et savante. Ils se témoignaient une amitié tendre et prévenante, simplement. Ils avaient l'air d'accomplir un acte de dévouement suprême. Rien dans leur physionomie ne pouvait faire soupçonner les terreurs, les désirs qui les secouaient. Mme Raquin les regardait avec de pâles sourires, avec des bienveillances molles et reconnaissantes.

Il y avait quelques formalités à remplir. Laurent dut écrire à son père pour lui demander son consentement. Le vieux paysan de Jeufosse, qui avait presque oublié qu'il eût un fils à Paris, lui répondit, en quatre lignes, qu'il pouvait se marier et se faire pendre, s'il voulait ; il lui fit comprendre que, résolu à ne jamais lui donner un sou, il le laissait maître de son corps et l'autorisait à commettre toutes les folies du monde. Une autorisation ainsi accordée inquiéta singulièrement Laurent.

Mme Raquin, après avoir lu la lettre de ce père dénaturé[2], eut un élan de bonté qui la poussa à faire une sottise. Elle mit sur la tête de sa nièce les quarante et quelques mille francs qu'elle possédait, elle se dépouilla entièrement pour les nouveaux époux, se confiant à leur bon cœur, voulant tenir d'eux toute sa félicité. Laurent n'apportait rien à la communauté ; il fit même entendre qu'il ne garderait pas toujours son emploi et qu'il se remettrait peut-être à la peinture.

1. Épicées : grivoises.

2. Dénaturé : qui a oublié ses sentiments naturels de père.

D'ailleurs, l'avenir de la petite famille était assuré ; les rentes des quarante et quelques mille francs, jointes aux bénéfices du commerce de mercerie, devaient faire vivre aisément trois personnes. Ils auraient tout juste assez pour être heureux.

Les préparatifs de mariage furent pressés. On abrégea les formalités autant qu'il fut possible. On eût dit que chacun avait hâte de pousser Laurent dans la chambre de Thérèse. Le jour désiré vint enfin.

XX

Le matin, Laurent et Thérèse, chacun dans sa chambre, s'éveillèrent avec la même pensée de joie profonde : tous deux se dirent que leur dernière nuit de terreur était finie. Ils ne coucheraient plus seuls, ils se défendraient mutuellement contre le noyé.

Thérèse regarda autour d'elle et eut un étrange sourire en mesurant des yeux son grand lit. Elle se leva, puis s'habilla lentement, en attendant Suzanne qui devait venir l'aider à faire sa toilette de mariée.

Laurent se mit sur son séant. Il resta ainsi quelques minutes, faisant ses adieux à son grenier qu'il trouvait ignoble. Enfin, il allait quitter ce chenil[1] et avoir une femme à lui. On était en décembre. Il frissonnait. Il sauta sur le carreau, en se disant qu'il aurait chaud le soir.

1. **Chenil** : enclos dans lequel on enferme les chiens.

Mme Raquin, sachant combien il était gêné[1], lui avait glissé dans la main, huit jours auparavant, une bourse contenant cinq cents francs, toutes ses économies. Le jeune homme avait accepté carrément et s'était fait habiller de neuf. L'argent de la vieille mercière lui avait en outre permis de donner à Thérèse les cadeaux d'usage.

Le pantalon noir, l'habit, ainsi que le gilet blanc, la chemise et la cravate de fine toile, étaient étalés sur deux chaises. Laurent se savonna, se parfuma le corps avec un flacon d'eau de Cologne, puis il procéda minutieusement à sa toilette. Il voulait être beau. Comme il attachait son faux col, un faux col haut et roide, il éprouva une souffrance vive au cou ; le bouton du faux col lui échappait des doigts, il s'impatientait, et il lui semblait que l'étoffe amidonnée[2] lui coupait la chair. Il voulut voir, il leva le menton : alors, il aperçut la morsure de Camille toute rouge ; le faux col avait légèrement écorché la cicatrice. Laurent serra les lèvres et devint pâle ; la vue de cette tache, qui lui marbrait le cou, l'effraya et l'irrita, à cette heure. Il froissa le faux col, en choisit un autre qu'il mit avec mille précautions. Puis il acheva de s'habiller. Quand il descendit, ses vêtements neufs le tenaient tout roide ; il n'osait tourner la tête, le cou emprisonné dans des toiles gommées. À chaque mouvement qu'il faisait, un pli de ces toiles pinçait la plaie que les dents du noyé avaient creusée dans sa chair. Ce fut en souffrant de ces sortes de piqûres aiguës qu'il monta en voiture et alla chercher Thérèse pour la conduire à la mairie et à l'église.

1. Gêné : peu à l'aise financièrement.

2. Amidonnée : enduite d'amidon pour l'empeser.

Il prit en passant un employé du chemin de fer d'Orléans et le vieux Michaud, qui devaient lui servir de témoins. Lorsqu'ils arrivèrent à la boutique, tout le monde était prêt : il y avait là Grivet et Olivier, témoins de Thérèse, et Suzanne, qui regardaient la mariée comme les petites filles regardent les poupées qu'elles viennent d'habiller. Mme Raquin, bien que ne pouvant plus marcher, voulut accompagner partout ses enfants. On la hissa dans une voiture, et l'on partit.

Tout se passa convenablement à la mairie et à l'église. L'attitude calme et modeste des époux fut remarquée et approuvée. Ils prononcèrent le oui sacramentel[1] avec une émotion qui attendrit Grivet lui-même. Ils étaient comme dans un rêve. Tandis qu'ils restaient assis ou agenouillés côte à côte, tranquillement, des pensées furieuses les traversaient malgré eux et les déchiraient. Ils évitèrent de se regarder en face. Quand ils remontèrent en voiture, il leur sembla qu'ils étaient plus étrangers l'un à l'autre qu'auparavant.

Il avait été décidé que le repas se ferait en famille, dans un petit restaurant, sur les hauteurs de Belleville[2]. Les Michaud et Grivet étaient seuls invités. En attendant six heures, la noce se promena en voiture tout le long des boulevards ; puis elle se rendit à la gargote[3] où une table de sept couverts était dressée dans un cabinet peint en jaune, qui puait la poussière et le vin.

Le repas fut d'une gaieté médiocre. Les époux étaient graves, pensifs. Ils éprouvaient depuis le matin des sensations étranges, dont ils ne cherchaient pas eux-mêmes à se rendre compte.

1. Sacramentel : qui relève du sacrement, qui a une valeur sacrée.

2. Belleville : commune du nord-est de Paris. Aujourd'hui : quartier de Paris.

3. Gargote : restaurant bon marché.

Ils s'étaient trouvés étourdis, dès les premières heures, par la rapidité des formalités et de la cérémonie qui venaient de les lier à jamais. Puis, la longue promenade sur les boulevards les avait comme bercés et endormis ; il leur semblait que cette promenade avait duré des mois entiers ; d'ailleurs, ils s'étaient laissés aller sans impatience dans la monotonie des rues, regardant les boutiques et les passants avec des yeux morts, pris d'un engourdissement qui les hébétait et qu'ils tâchaient de secouer en essayant des éclats de rire. Quand ils étaient entrés dans le restaurant, une fatigue accablante pesait à leurs épaules, une stupeur croissante les envahissait.

Placés à table en face l'un de l'autre, ils souriaient d'un air contraint et retombaient toujours dans une rêverie lourde ; ils mangeaient, ils répondaient, ils remuaient les membres comme des machines. Au milieu de la lassitude paresseuse de leur esprit, une même série de pensées fuyantes revenaient sans cesse. Ils étaient mariés et ils n'avaient pas conscience d'un nouvel état ; cela les étonnait profondément. Ils s'imaginaient qu'un abîme les séparait encore ; par moments, ils se demandaient comment ils pourraient franchir cet abîme. Ils croyaient être avant le meurtre, lorsqu'un obstacle matériel se dressait entre eux. Puis, brusquement, ils se rappelaient qu'ils coucheraient ensemble, le soir, dans quelques heures ; alors ils se regardaient, étonnés, ne comprenant plus pourquoi cela leur serait permis. Ils ne sentaient pas leur union, ils rêvaient au contraire qu'on venait de les écarter violemment et de les jeter loin l'un de l'autre.

Les invités, qui ricanaient bêtement autour d'eux, ayant voulu les entendre se tutoyer, pour dissiper toute gêne, ils balbutièrent, ils rougirent, ils ne purent jamais se résoudre à se traiter en amants, devant le monde.

Dans l'attente leurs désirs s'étaient usés, tout le passé avait disparu. Ils perdaient leurs violents appétits de volupté, ils oubliaient même leur joie du matin, cette joie profonde qui les avait pris à la pensée qu'ils n'auraient plus peur désormais. Ils étaient simplement las et ahuris de tout ce qui se passait ; les faits de la journée tournaient dans leur tête, incompréhensibles et monstrueux. Ils restaient là, muets, souriants, n'attendant rien, n'espérant rien. Au fond de leur accablement, s'agitait une anxiété vaguement douloureuse.

Et Laurent, à chaque mouvement de son cou, éprouvait une cuisson ardente qui lui mordait la chair ; son faux col coupait et pinçait la morsure de Camille. Pendant que le maire lui lisait le code[1], pendant que le prêtre lui parlait de Dieu, à toutes les minutes de cette longue journée, il avait senti les dents du noyé qui lui entraient dans la peau. Il s'imaginait par moments qu'un filet de sang lui coulait sur la poitrine et allait tacher de rouge la blancheur de son gilet.

Mme Raquin fut intérieurement reconnaissante aux époux de leur gravité ; une joie bruyante aurait blessé la pauvre mère ; pour elle, son fils était là, invisible, remettant Thérèse entre les mains de Laurent. Grivet n'avait pas les mêmes idées ; il trouvait la noce triste, il cherchait vainement à l'égayer, malgré les regards de Michaud et d'Olivier, qui le clouaient sur sa chaise toutes les fois qu'il voulait se dresser pour dire quelque sottise. Il réussit cependant à se lever une fois. Il porta un toast.

« Je bois aux enfants de monsieur et de madame », dit-il d'un ton égrillard[2].

1. **Code** : code civil, promulgué en 1804. Il régit entre autres le statut des personnes au sein de la famille.
2. **Égrillard** : grivois, licencieux.

Il fallut trinquer. Thérèse et Laurent étaient devenus extrêmement pâles, en entendant la phrase de Grivet. Ils n'avaient jamais songé qu'ils auraient peut-être des enfants. Cette pensée les traversa comme un frisson glacial. Ils choquèrent leur verre d'un mouvement nerveux, ils s'examinèrent, surpris, effrayés d'être là, face à face.

On se leva de table de bonne heure. Les invités voulurent accompagner les époux jusqu'à la chambre nuptiale. Il n'était guère plus de neuf heures et demie lorsque la noce rentra dans la boutique du passage. La marchande de bijoux faux se trouvait encore au fond de son armoire devant la boîte garnie de velours bleu.

Elle leva curieusement la tête, regardant les nouveaux mariés avec un sourire. Ceux-ci surprirent son regard, et en furent terrifiés. Peut-être cette vieille femme avait-elle eu connaissance de leurs rendez-vous, autrefois, en voyant Laurent se glisser dans la petite allée.

Thérèse se retira presque sur-le-champ, avec Mme Raquin et Suzanne. Les hommes restèrent dans la salle à manger, tandis que la mariée faisait sa toilette de nuit. Laurent, mou et affaissé, n'éprouvait pas la moindre impatience ; il écoutait complaisamment les grosses plaisanteries du vieux Michaud et de Grivet, qui s'en donnaient à cœur joie, maintenant que les dames n'étaient plus là. Lorsque Suzanne et Mme Raquin sortirent de la chambre nuptiale, et que la vieille mercière dit d'une voix émue au jeune homme que sa femme l'attendait, il tressaillit, il resta un instant effaré ; puis il serra fiévreusement les mains qu'on lui tendait, et il entra chez Thérèse en se tenant à la porte, comme un homme ivre.

XXI

Laurent ferma soigneusement la porte derrière lui, et demeura un instant appuyé contre cette porte, regardant dans la chambre d'un air inquiet et embarrassé.

Un feu clair flambait dans la cheminée, jetant de larges clartés jaunes qui dansaient au plafond et sur les murs. La pièce était ainsi éclairée d'une lueur vive et vacillante ; la lampe, posée sur une table, pâlissait au milieu de cette lueur. Mme Raquin avait voulu arranger coquettement la chambre, qui se trouvait toute blanche et toute parfumée, comme pour servir de nid à de jeunes et fraîches amours ; elle s'était plu à ajouter au lit quelques bouts de dentelle et à garnir de gros bouquets de roses les vases de la cheminée. Une chaleur douce, des senteurs tièdes traînaient. L'air était recueilli et apaisé, pris d'une sorte d'engourdissement voluptueux. Au milieu du silence frissonnant, les pétillements du foyer jetaient de petits bruits secs. On eût dit un désert heureux, un coin ignoré, chaud et sentant bon, fermé à tous les cris du dehors, un de ces coins faits et apprêtés pour les sensualités et les besoins de mystère de la passion.

Thérèse était assise sur une chaise basse, à droite de la cheminée. Le menton dans la main, elle regardait les flammes vives, fixement. Elle ne tourna pas la tête quand Laurent entra. Vêtue d'un jupon et d'une camisole[1] bordés de dentelle, elle était d'une blancheur crue sous l'ardente clarté du foyer. Sa camisole glissait, et un bout d'épaule passait, rose, à demi caché par une mèche noire de cheveux.

---

1. Camisole : veste courte et à manches.

Laurent fit quelques pas sans parler. Il ôta son habit et son gilet. Quand il fut en manches de chemise, il regarda de nouveau Thérèse qui n'avait pas bougé. Il semblait hésiter. Puis il aperçut le bout d'épaule, et il se baissa en frémissant pour coller ses lèvres à ce morceau de peau nue. La jeune femme retira son épaule en se retournant brusquement. Elle fixa sur Laurent un regard si étrange de répugnance et d'effroi, qu'il recula, troublé et mal à l'aise, comme pris lui-même de terreur et de dégoût.

Laurent s'assit en face de Thérèse, de l'autre côté de la cheminée. Ils restèrent ainsi, muets, immobiles, pendant cinq grandes minutes. Par instants, des jets de flammes rougeâtres s'échappaient du bois, et alors des reflets sanglants couraient sur le visage des meurtriers.

Il y avait près de deux ans que les amants ne s'étaient trouvés enfermés dans la même chambre, sans témoins, pouvant se livrer l'un à l'autre. Ils n'avaient plus eu de rendez-vous d'amour depuis le jour où Thérèse était venue rue Saint-Victor, apportant à Laurent l'idée du meurtre avec elle. Une pensée de prudence avait sevré leur chair[1]. À peine s'étaient-ils permis de loin en loin un serrement de main, un baiser furtif. Après le meurtre de Camille, lorsque de nouveaux désirs les avaient brûlés, ils s'étaient contenus, attendant le soir des noces, se promettant des voluptés folles, lorsque l'impunité leur serait assurée. Et le soir des noces venait enfin d'arriver, et ils restaient face à face, anxieux, pris d'un malaise subit. Ils n'avaient qu'à allonger les bras pour se presser dans une

1. **Une pensée de prudence avait sevré leur chair** : une pensée de prudence leur avait fait oublier le désir qu'ils avaient l'un pour l'autre.

étreinte passionnée, et leurs bras semblaient mous, comme déjà las et rassasiés d'amour. L'accablement de la journée les écrasait de plus en plus. Ils se regardaient sans désir, avec un embarras peureux, souffrant de rester ainsi silencieux et froids. Leurs rêves brûlants aboutissaient à une étrange réalité : il suffisait qu'ils eussent réussi à tuer Camille et à se marier ensemble, il suffisait que la bouche de Laurent eût effleuré l'épaule de Thérèse, pour que leur luxure[1] fût contentée jusqu'à l'écœurement et à l'épouvante.

Ils se mirent à chercher désespérément en eux un peu de cette passion qui les brûlait jadis. Il leur semblait que leur peau était vide de muscles, vide de nerfs. Leur embarras, leur inquiétude croissaient ; ils avaient une mauvaise honte de rester ainsi muets et mornes en face l'un de l'autre. Ils auraient voulu avoir la force de s'étreindre et de se briser, afin de ne point passer à leurs propres yeux pour des imbéciles. Hé quoi ! ils s'appartenaient, ils avaient tué un homme et joué une atroce comédie pour pouvoir se vautrer avec impudence dans un assouvissement de toutes les heures, et ils se tenaient là, aux deux coins d'une cheminée, roides, épuisés, l'esprit troublé, la chair morte. Un tel dénouement finit par leur paraître d'un ridicule horrible et cruel. Alors Laurent essaya de parler d'amour, d'évoquer les souvenirs d'autrefois, faisant appel à son imagination pour ressusciter ses tendresses.

« Thérèse, dit-il en se penchant vers la jeune femme, te souviens-tu de nos après-midi dans cette chambre ?... je venais par cette porte... Aujourd'hui, je suis entré par

1. Luxure : recherche excessive des plaisirs de la chair.

celle-ci… Nous sommes libres, nous allons pouvoir nous aimer en paix. »

Il parlait d'une voix hésitante, mollement. La jeune femme, accroupie sur la chaise basse, regardait toujours la flamme, songeuse, n'écoutant pas. Laurent continua :

« Te rappelles-tu ? J'avais un rêve, je voulais passer une nuit entière avec toi, m'endormir dans tes bras et me réveiller le lendemain sous tes baisers. Je vais contenter ce rêve. »

Thérèse fit un mouvement, comme surprise d'entendre une voix qui balbutiait à ses oreilles ; elle se tourna vers Laurent sur le visage duquel le foyer envoyait en ce moment un large reflet rougeâtre ; elle regarda ce visage sanglant, et frissonna.

Le jeune homme reprit, plus troublé, plus inquiet :

« Nous avons réussi, Thérèse, nous avons brisé tous les obstacles, et nous nous appartenons… L'avenir est à nous, n'est-ce pas ? un avenir de bonheur tranquille, d'amour satisfait… Camille n'est plus là… »

Laurent s'arrêta, la gorge sèche, étranglant, ne pouvant continuer. Au nom de Camille, Thérèse avait reçu un choc aux entrailles. Les deux meurtriers se contemplèrent, hébétés, pâles et tremblants. Les clartés jaunes du foyer dansaient toujours au plafond et sur les murs, l'odeur tiède des roses traînait, les pétillements du bois jetaient de petits bruits secs dans le silence.

Les souvenirs étaient lâchés. Le spectre de Camille venait de s'asseoir entre les nouveaux époux, en face du feu qui flambait. Thérèse et Laurent retrouvaient la senteur froide et humide du noyé dans l'air chaud qu'ils respiraient ; ils se disaient qu'un cadavre était là, près d'eux, et ils s'examinaient l'un l'autre, sans oser bouger. Alors toute la terrible histoire de leur crime se déroula au fond de leur mémoire. Le nom de leur victime suffit pour les emplir du passé, pour les obliger à vivre de nouveau les angoisses de l'assassinat. Ils n'ouvrirent pas les lèvres, ils se regardèrent, et tous deux eurent à la fois le même cauchemar, tous deux entamèrent mutuellement des yeux la même histoire cruelle. Cet échange de regards terrifiés, ce récit muet qu'ils allaient se faire du meurtre, leur causa une appréhension aiguë, intolérable. Leurs nerfs qui se tendaient les menaçaient d'une crise ; ils pouvaient crier, se battre peut-être. Laurent, pour chasser les souvenirs, s'arracha violemment à l'extase épouvantée qui le tenait sous le regard de Thérèse ; il fit quelques pas dans la chambre ; il retira ses bottes et mit des pantoufles ; puis il revint s'asseoir au coin de la cheminée, il essaya de parler de choses indifférentes.

Thérèse comprit son désir. Elle s'efforça de répondre à ses questions. Ils causèrent de la pluie et du beau temps. Ils voulurent se forcer à une causerie banale. Laurent déclara qu'il faisait chaud dans la chambre, Thérèse dit que cependant des courants d'air passaient sous la petite porte de l'escalier. Et ils se retournèrent vers la petite porte avec un frémissement subit. Le jeune homme se hâta de parler des roses, du feu, de tout ce qu'il voyait ; la jeune femme faisait effort, trouvait des monosyllabes, pour ne pas laisser tomber la conversation. Ils s'étaient reculés l'un de l'autre ; ils prenaient des airs dégagés ; ils tâchaient d'oublier qui ils étaient et de se traiter comme des étrangers qu'un hasard quelconque aurait mis face à face.

Et malgré eux, par un étrange phénomène, tandis qu'ils prononçaient des mots vides, ils devinaient mutuellement les pensées qu'ils cachaient sous la banalité de leurs paroles. Ils songeaient invinciblement[1] à Camille. Leurs yeux se continuaient le récit du passé ; ils tenaient toujours du regard une conversation suivie et muette, sous leur conversation à haute voix qui se traînait au hasard. Les mots qu'ils jetaient çà et là ne signifiaient rien, ne se liaient pas entre eux, se démentaient ; tout leur être s'employait à l'échange silencieux de leurs souvenirs épouvantés. Lorsque Laurent parlait des roses ou du feu, d'une chose ou d'une autre, Thérèse entendait parfaitement qu'il lui rappelait la lutte dans la barque, la chute sourde de Camille ; et, lorsque Thérèse répondait un oui ou un non à une question insignifiante, Laurent comprenait qu'elle disait se souvenir ou ne pas se souvenir d'un détail du crime. Ils causaient ainsi, à cœur ouvert, sans avoir besoin de mots, parlant d'autre chose.

N'ayant d'ailleurs pas conscience des paroles qu'ils prononçaient, ils suivaient leurs pensées secrètes, phrase à phrase ; ils auraient pu brusquement continuer leurs confidences à voix haute, sans cesser de se comprendre. Cette sorte de divination, cet entêtement de leur mémoire à leur présenter sans cesse l'image de Camille les affolaient peu à peu ; ils voyaient bien qu'ils se devinaient, et que, s'ils ne se taisaient pas, les mots allaient monter d'eux-mêmes à leur bouche, nommer le noyé, décrire l'assassinat. Alors ils serrèrent fortement les lèvres, ils cessèrent leur causerie.

Et dans le silence accablant qui se fit, les deux meurtriers s'entretinrent[2] encore de leur victime. Il leur sembla que leurs

1. Invinciblement : sans pouvoir résister à cette pensée.

2. S'entretinrent : discutèrent.

regards pénétraient mutuellement leur chair et enfonçaient en eux des phrases nettes et aiguës. Par moments, ils croyaient s'entendre parler à voix haute ; leur sens se faussaient, la vue devenait une sorte d'ouïe, étrange et délicate ; ils lisaient si nettement leurs pensées sur leurs visages, que ces pensées prenaient un son étrange, éclatant, qui secouait tout leur organisme. Ils ne se seraient pas mieux entendus s'ils s'étaient crié d'une voix déchirante : « Nous avons tué Camille, et son cadavre est là, étendu entre nous, glaçant nos membres. » Et les terribles confidences allaient toujours, plus visibles, plus retentissantes, dans l'air calme et moite de la chambre.

Laurent et Thérèse avaient commencé le récit muet au jour de leur première entrevue dans la boutique. Puis les souvenirs étaient venus un à un, en ordre ; ils s'étaient conté les heures de volupté, les moments d'hésitation et de colère, le terrible instant du meurtre. C'est alors qu'ils avaient serré les lèvres, cessant de causer de ceci et de cela, par crainte de nommer tout à coup Camille sans le vouloir. Et leurs pensées, ne s'arrêtant pas, les avaient promenés ensuite dans les angoisses, dans l'attente peureuse qui avait suivi l'assassinat. Ils arrivèrent ainsi à songer au cadavre du noyé étalé sur une dalle de la morgue. Laurent, dans un regard, dit toute son épouvante à Thérèse, et Thérèse poussée à bout, obligée par une main de fer de desserrer les lèvres, continua brusquement la conversation à voix haute :

« Tu l'as vu à la morgue ? » demanda-t-elle à Laurent, sans nommer Camille.

Laurent paraissait s'attendre à cette question. Il la lisait depuis un moment sur le visage blanc de la jeune femme.

« Oui », répondit-il d'une voix étranglée.

Les meurtriers eurent un frisson. Ils se rapprochèrent du feu ; ils étendirent leurs mains devant la flamme, comme si un souffle glacé eût subitement passé dans la chambre chaude. Ils gardèrent un instant le silence, pelotonnés, accroupis. Puis Thérèse reprit sourdement :

« Paraissait-il avoir beaucoup souffert ? »

Laurent ne put répondre. Il fit un geste d'effroi, comme pour écarter une vision ignoble. Il se leva, alla vers le lit, et revint avec violence, les bras ouverts, s'avançant vers Thérèse.

« Embrasse-moi », lui dit-il en tendant le cou.

Thérèse s'était levée, toute pâle dans sa toilette de nuit ; elle se renversait à demi, le coude posé sur le marbre de la cheminée. Elle regarda le cou de Laurent. Sur la blancheur de la peau, elle venait d'apercevoir une tache rose. Le flot de sang qui montait, agrandit cette tache, qui devint d'un rouge ardent.

« Embrasse-moi, embrasse-moi », répétait Laurent, le visage et le cou en feu.

La jeune femme renversa la tête davantage, pour éviter un baiser, et, appuyant le bout de son doigt sur la morsure de Camille, elle demanda à son mari :

« Qu'as-tu là ? Je ne te connaissais pas cette blessure. »

Il sembla à Laurent que le doigt de Thérèse lui trouait la gorge. Au contact de ce doigt, il eut un brusque mouvement de recul, en poussant un léger cri de douleur.

« Ça, dit-il en balbutiant, ça… »

Il hésita, mais il ne put mentir, il dit la vérité malgré lui.

« C'est Camille qui m'a mordu, tu sais, dans la barque. Ce n'est rien, c'est guéri… Embrasse-moi, embrasse-moi. »

Et le misérable tendait son cou qui le brûlait. Il désirait que Thérèse le baisât sur la cicatrice, il comptait que le baiser de cette femme apaiserait les mille piqûres qui lui déchiraient la chair. Le menton levé, le cou en avant, il s'offrait. Thérèse, presque couchée sur le marbre de la cheminée, fit un geste de suprême dégoût et s'écria d'une voix suppliante :

« Oh ! non, pas là… Il y a du sang. »

Elle retomba sur la chaise basse, frémissante, le front entre les mains. Laurent resta stupide. Il abaissa le menton, il regarda vaguement Thérèse. Puis, tout d'un coup, avec une étreinte de bête fauve, il lui prit la tête dans ses larges mains, et, de force, lui appliqua les lèvres sur son cou, sur la morsure de Camille. Il garda, il écrasa un instant cette tête de femme contre sa peau. Thérèse s'était abandonnée, elle poussait des plaintes sourdes, elle étouffait sur le cou de Laurent. Quand elle se fut dégagée de ses doigts, elle s'essuya violemment la bouche, elle cracha dans le foyer. Elle n'avait pas prononcé une parole.

Laurent, honteux de sa brutalité, se mit à marcher lentement, allant du lit à la fenêtre. La souffrance seule, l'horrible cuisson lui avait fait exiger un baiser de Thérèse, et, quand les lèvres de Thérèse s'étaient trouvées froides sur la cicatrice brûlante, il avait souffert davantage. Ce baiser obtenu par la violence venait de le briser. Pour rien au monde, il n'aurait voulu en recevoir un second, tant le choc avait été douloureux. Et il regardait la femme avec laquelle il devait vivre et qui frissonnait, pliée devant le feu, lui tournant le dos ; il se répétait qu'il n'aimait plus cette femme et que cette femme ne l'aimait plus. Pendant près d'une heure, Thérèse resta affaissée, Laurent se promena de long en large, silencieusement. Tous deux s'avouaient avec terreur que leur passion était morte, qu'ils avaient tué leurs désirs en tuant Camille. Le feu se mourait doucement ; un grand brasier rose luisait sur les cendres. Peu à peu la chaleur était devenue étouffante dans la chambre ; les fleurs se fanaient, alanguissant[1] l'air épais de leurs senteurs lourdes.

Tout à coup Laurent crut avoir une hallucination. Comme il se tournait, revenant de la fenêtre au lit, il vit Camille dans un coin plein d'ombre, entre la cheminée et l'armoire à glace. La face de sa victime était verdâtre et convulsionnée, telle qu'il l'avait aperçue sur une dalle de la morgue. Il demeura cloué sur le tapis, défaillant, s'appuyant contre un meuble. Au râle[2] sourd qu'il poussa, Thérèse leva la tête.

« Là, là », disait Laurent d'une voix terrifiée.

Le bras tendu, il montrait le coin d'ombre dans lequel il apercevait le visage sinistre de Camille. Thérèse, gagnée par l'épouvante, vint se serrer contre lui.

« C'est son portrait, murmura-t-elle à voix basse, comme si la figure peinte de son ancien mari eût pu l'entendre.

– Son portrait, répéta Laurent dont les cheveux se dressaient.

– Oui, tu sais, la peinture que tu as faite. Ma tante devait le prendre chez elle, à partir d'aujourd'hui. Elle aura oublié de le décrocher.

– Bien sûr, c'est son portrait… »

Le meurtrier hésitait à reconnaître la toile. Dans son trouble, il oubliait qu'il avait lui-même dessiné ces traits heurtés, étalé ces teintes sales qui l'épouvantaient. L'effroi lui faisait voir le tableau tel qu'il était, ignoble, mal bâti, boueux, montrant sur un fond noir une face grimaçante de cadavre.

1. Alanguissant : alourdissant.

2. Râle : bruit produit par la respiration difficile de celui qui va mourir.

Son œuvre l'étonnait et l'écrasait par sa laideur atroce ; il y avait surtout les deux yeux blancs flottant dans les orbites molles et jaunâtres, qui lui rappelaient exactement les yeux pourris du noyé de la morgue. Il resta un moment haletant, croyant que Thérèse mentait pour le rassurer. Puis il distingua le cadre, il se calma peu à peu.

« Va le décrocher, dit-il tout bas à la jeune femme.

– Oh ! non, j'ai peur », répondit celle-ci avec un frisson.

Laurent se remit à trembler. Par instants, le cadre disparaissait, il ne voyait plus que les deux yeux blancs qui se fixaient sur lui longuement.

« Je t'en prie, reprit-il en suppliant sa compagne, va le décrocher.

– Non, non.

– Nous le tournerons contre le mur, nous n'aurons plus peur.

– Non, je ne puis pas. »

Le meurtrier, lâche et humble, poussait la jeune femme vers la toile, se cachait derrière elle, pour se dérober aux regards du noyé. Elle s'échappa, et il voulut payer d'audace[1] ; il s'approcha du tableau, levant la main, cherchant le clou. Mais le portrait eut un regard si écrasant, si ignoble, si long, que Laurent, après avoir voulu lutter de fixité avec lui, fut vaincu et recula, accablé, en murmurant :

« Non, tu as raison, Thérèse, nous ne pouvons pas... Ta tante le décrochera demain. »

Il reprit sa marche de long en large, baissant la tête, sentant que le portrait le regardait, le suivait des yeux. Il ne pouvait s'empêcher, par instants, de jeter un coup d'œil du côté de la

1. **Payer d'audace** : se tirer d'une situation difficile en jouant le tout pour le tout.

toile ; alors, au fond de l'ombre, il apercevait toujours les regards ternes et morts du noyé. La pensée que Camille était là, dans un coin, le guettant, assistant à sa nuit de noces, les examinant, Thérèse et lui, acheva de rendre Laurent fou de terreur et de désespoir.

Un fait, dont tout autre aurait souri, lui fit perdre entièrement la tête. Comme il se trouvait devant la cheminée, il entendit une sorte de grattement. Il pâlit, il s'imagina que ce grattement venait du portrait, que Camille descendait de son cadre. Puis il comprit que le bruit avait lieu à la petite porte donnant sur l'escalier. Il regarda Thérèse que la peur reprenait.

« Il y a quelqu'un dans l'escalier, murmura-t-il. Qui peut venir par-là ? »

La jeune femme ne répondit pas. Tous deux songeaient au noyé, une sueur glacée mouillait leurs tempes. Ils se réfugièrent au fond de la chambre, s'attendant à voir la porte s'ouvrir brusquement en laissant tomber sur le carreau le cadavre de Camille. Le bruit continuant plus sec, plus irrégulier, ils pensèrent que leur victime écorchait le bois avec ses ongles pour entrer. Pendant près de cinq minutes, ils n'osèrent bouger. Enfin un miaulement se fit entendre. Laurent, en s'approchant, reconnut le chat tigré de Mme Raquin, qui avait été enfermé par mégarde dans la chambre, et qui tentait d'en sortir en secouant la petite porte avec ses griffes. François eut peur de Laurent ; d'un bond, il sauta sur une chaise ; le poil hérissé, les pattes roidies, il regardait son nouveau maître en face, d'un air dur et cruel. Le jeune homme n'aimait pas les chats, François l'effrayait presque. Dans cette heure de fièvre et de crainte, il crut que le chat allait lui sauter au visage pour venger Camille. Cette bête devait tout savoir : il y avait des pensées dans ses yeux ronds, étrangement dilatés. Laurent baissa les paupières, devant la fixité de ces regards de brute. Comme il allait donner un coup de pied à François :

« Ne lui fais pas de mal », s'écria Thérèse.

Ce cri lui causa une étrange impression. Une idée absurde lui emplit la tête.

« Camille est entré dans ce chat, pensa-t-il. Il faudra que je tue cette bête… Elle a l'air d'une personne. »

Il ne donna pas le coup de pied, craignant d'entendre François lui parler avec le son de voix de Camille. Puis il se rappela les plaisanteries de Thérèse, aux temps de leurs voluptés, lorsque le chat était témoin des baisers qu'ils échangeaient. Il se dit alors que cette bête en savait trop et qu'il fallait la jeter par la fenêtre. Mais il n'eut pas le courage d'accomplir son dessein[1]. François gardait une attitude de guerre ; les griffes allongées, le dos soulevé par une irritation sourde, il suivait les moindres mouvements de son ennemi avec une tranquillité superbe. Laurent fut gêné par l'éclat métallique de ses yeux ; il se hâta de lui ouvrir la porte de la salle à manger, et le chat s'enfuit en poussant un miaulement aigu.

Thérèse s'était assise de nouveau devant le foyer éteint. Laurent reprit sa marche du lit à la fenêtre. C'est ainsi qu'ils attendirent le jour. Ils ne songèrent pas à se coucher ; leur chair et leur cœur étaient bien morts. Un seul désir les tenait, le désir de sortir de cette chambre où ils étouffaient. Ils éprouvaient un véritable malaise à être enfermés ensemble, à respirer le même air ; ils auraient voulu qu'il y eût là quelqu'un pour rompre leur tête-à-tête, pour les tirer de l'embarras cruel où ils étaient, en

1. **Dessein** : projet.

restant l'un devant l'autre sans parler, sans pouvoir ressusciter leur passion. Leurs longs silences les torturaient ; ces silences étaient lourds de plaintes amères et désespérées, de reproches muets, qu'ils entendaient distinctement dans l'air tranquille.

Le jour vint enfin, sale et blanchâtre, amenant avec lui un froid pénétrant.

Lorsqu'une clarté pâle eut empli la chambre, Laurent qui grelottait se sentit plus calme. Il regarda en face le portrait de Camille, et le vit tel qu'il était, banal et puéril ; il le décrocha en haussant les épaules, en se traitant de bête. Thérèse s'était levée et défaisait le lit pour tromper sa tante, pour faire croire à une nuit heureuse.

« Ah ça, lui dit brutalement Laurent, j'espère que nous dormirons ce soir ?... Ces enfantillages-là ne peuvent durer. »

Thérèse lui jeta un coup d'œil grave et profond.

« Tu comprends, continua-t-il, je ne me suis pas marié pour passer des nuits blanches... Nous sommes des enfants... C'est toi qui m'as troublé, avec tes airs de l'autre monde. Ce soir, tu tâcheras d'être gaie et de ne pas m'effrayer. »

Il se força à rire, sans savoir pourquoi il riait.

« Je tâcherai », reprit sourdement la jeune femme.

Telle fut la nuit de noces de Thérèse et de Laurent.

XXII

Les nuits suivantes furent encore plus cruelles. Les meurtriers avaient voulu être deux, la nuit, pour se défendre contre le noyé, et, par un étrange effet, depuis qu'ils se trouvaient ensemble, ils frissonnaient davantage. Ils s'exaspéraient, ils irritaient leurs nerfs, ils subissaient des crises atroces de souffrance et de terreur, en échangeant une simple parole, un simple regard. À la moindre conversation qui s'établissait entre eux, au moindre tête-à-tête qu'ils avaient, ils voyaient rouge, ils déliraient.

La nature sèche et nerveuse de Thérèse avait agi d'une façon bizarre sur la nature épaisse et sanguine de Laurent. Jadis, aux jours de passion, leur différence de tempérament avait fait de cet homme et de cette femme un couple puissamment lié, en établissant entre eux une sorte d'équilibre, en complétant pour ainsi dire leur organisme. L'amant donnait de son sang, l'amante de ses nerfs, et ils vivaient l'un dans l'autre, ayant besoin de leurs baisers pour régulariser le mécanisme de leur être. Mais un détraquement venait de se produire ; les nerfs surexcités de Thérèse avaient dominé. Laurent s'était trouvé tout d'un coup jeté en plein éréthisme[1] nerveux ; sous l'influence ardente de la jeune femme, son tempérament était devenu peu à peu celui d'une fille secouée par une névrose[2] aiguë. Il serait curieux d'étudier les changements qui se produisent parfois dans certains organismes, à la suite de circonstances déterminées. Ces changements, qui partent de la chair, ne tardent pas à se communiquer au cerveau, à tout l'individu.

Avant de connaître Thérèse, Laurent avait la lourdeur, le calme prudent, la vie sanguine d'un fils de paysan. Il dormait, mangeait, buvait en brute. À toute heure, dans tous les faits de l'existence journalière, il respirait d'un souffle large

1. Éréthisme : excitation violente.

2. Névrose : maladie mentale, affection nerveuse.

et épais, content de lui, un peu abêti par sa graisse. À peine, au fond de sa chair alourdie, sentait-il parfois des chatouillements. C'étaient ces chatouillements que Thérèse avait développés en horribles secousses. Elle avait fait pousser dans ce grand corps gras et mou, un système nerveux d'une sensibilité étonnante. Laurent qui, auparavant, jouissait de la vie plus par le sang que par les nerfs eut des sens moins grossiers. Une existence nerveuse, poignante et nouvelle pour lui, lui fut brusquement révélée, aux premiers baisers de sa maîtresse. Cette existence décupla[1] ses voluptés, donna un caractère si aigu à ses joies, qu'il en fut d'abord comme affolé ; il s'abandonna éperdument à ses crises d'ivresse que jamais son sang ne lui avait procurées. Alors eut lieu en lui un étrange travail ; les nerfs se développèrent, l'emportèrent sur l'élément sanguin, et ce fait seul modifia sa nature. Il perdit son calme, sa lourdeur, il ne vécut plus une vie endormie. Un moment arriva où les nerfs et le sang se tinrent en équilibre ; ce fut là un moment de jouissance profonde, d'existence parfaite. Puis les nerfs dominèrent et il tomba dans les angoisses qui secouent les corps et les esprits détraqués.

C'est ainsi que Laurent s'était mis à trembler devant un coin d'ombre, comme un enfant poltron. L'être frissonnant et hagard, le nouvel individu qui venait de se dégager en lui du paysan épais et abruti, éprouvait les peurs, les anxiétés des tempéraments nerveux. Toutes les circonstances, les caresses fauves de Thérèse, la fièvre du meurtre, l'attente épouvantée de la volupté, l'avaient rendu comme fou, en exaltant ses sens, en frappant à coups brusques et répétés sur ses nerfs. Enfin

1. Décupla : multiplia, rendit dix fois supérieures.

l'insomnie était venue fatalement, apportant avec elle l'hallucination. Dès lors, Laurent avait roulé dans la vie intolérable, dans l'effroi éternel où il se débattait.

Ses remords étaient purement physiques. Son corps, ses nerfs irrités et sa chair tremblante avaient seuls peur du noyé. Sa conscience n'entrait pour rien dans ses terreurs, il n'avait pas le moindre regret d'avoir tué Camille ; lorsqu'il était calme, lorsque le spectre ne se trouvait pas là, il aurait commis de nouveau le meurtre, s'il avait pensé que son intérêt l'exigeât. Pendant le jour, il se raillait de ses effrois, il se promettait d'être fort, il gourmandait [1] Thérèse, qu'il accusait de le troubler ; selon lui, c'était Thérèse qui frissonnait, c'était Thérèse seule qui amenait des scènes épouvantables, le soir, dans la chambre. Et, dès que la nuit tombait, dès qu'il était enfermé avec sa femme, des sueurs glacées montaient à sa peau, des effrois d'enfant le secouaient. Il subissait ainsi des crises périodiques, des crises de nerfs qui revenaient tous les soirs, qui détraquaient ses sens, en lui montrant la face verte et ignoble de sa victime. On eût dit les accès d'une effrayante maladie, d'une sorte d'hystérie du meurtre. Le nom de maladie, d'affection nerveuse était réellement le seul qui convînt aux épouvantes de Laurent. Sa face se convulsionnait, ses membres se raidissaient ; on voyait que les nerfs se nouaient en lui. Le corps souffrait horriblement, l'âme restait absente. Le misérable n'éprouvait pas un repentir ; la passion de Thérèse lui avait communiqué un mal effroyable, et c'était tout.

Thérèse se trouvait, elle aussi, en proie à des secousses profondes. Mais, chez elle, la nature première n'avait fait que

1. **Gourmandait** : réprimandait, disputait.

s'exalter outre mesure[1]. Depuis l'âge de dix ans, cette femme était troublée par des désordres nerveux, dus en partie à la façon dont elle grandissait dans l'air tiède et nauséabond de la chambre où râlait[2] le petit Camille. Il s'amassait en elle des orages, des fluides puissants qui devaient éclater plus tard en véritables tempêtes. Laurent avait été pour elle ce qu'elle avait été pour Laurent, une sorte de choc brutal. Dès la première étreinte d'amour, son tempérament sec et voluptueux s'était développé avec une énergie sauvage ; elle n'avait plus vécu que pour la passion. S'abandonnant de plus en plus aux fièvres qui la brûlaient, elle en était arrivée à une sorte de stupeur maladive. Les faits l'écrasaient, tout la poussait à la folie. Dans ses effrois, elle se montrait plus femme que son nouveau mari ; elle avait de vagues remords, des regrets inavoués ; il lui prenait des envies de se jeter à genoux et d'implorer le spectre de Camille, de lui demander grâce en lui jurant de l'apaiser par son repentir. Peut-être Laurent s'apercevait-il de ces lâchetés de Thérèse. Lorsqu'une épouvante commune les agitait, il s'en prenait à elle, il la traitait avec brutalité.

Les premières nuits, ils ne purent se coucher. Ils attendirent le jour, assis devant le feu, se promenant de long en large, comme le jour des noces. La pensée de s'étendre côte à côte sur le lit leur causait une sorte de répugnance effrayée. D'un accord tacite[3], ils évitèrent de s'embrasser, ils ne regardèrent même pas la couche que Thérèse défaisait le matin. Quand la fatigue les accablait, ils s'endormaient pendant une ou deux heures dans

---

1. Outre mesure : au-delà du raisonnable.

2. Râlait : respirait difficilement, comme s'il allait mourir.

3. Tacite : implicite, non-dit.

des fauteuils, pour s'éveiller en sursaut, sous le coup du dénouement sinistre de quelque cauchemar. Au réveil, les membres roidis et brisés, le visage marbré de taches livides, tout grelottants de malaise et de froid, ils se contemplaient avec stupeur, étonnés de se voir là, ayant vis-à-vis l'un de l'autre des pudeurs étranges, des hontes de montrer leur écœurement et leur terreur.

Ils luttaient d'ailleurs contre le sommeil autant qu'ils pouvaient. Ils s'asseyaient aux deux coins de la cheminée et causaient de mille riens, ayant grand soin de ne pas laisser tomber la conversation. Il y avait un large espace entre eux, en face du foyer. Quand ils tournaient la tête, ils s'imaginaient que Camille avait approché un siège et qu'il occupait cet espace, se chauffant les pieds d'une façon lugubrement goguenarde[1]. Cette vision qu'ils avaient eue le soir des noces revenait chaque nuit. Ce cadavre qui assistait, muet et railleur, à leurs entretiens, ce corps horriblement défiguré qui se tenait toujours là, les accablait d'une continuelle anxiété. Ils n'osaient bouger, ils s'aveuglaient à regarder les flammes ardentes, et, lorsque invinciblement[2] ils jetaient un coup d'œil craintif à côté d'eux, leurs yeux, irrités par les charbons ardents, créaient la vision et lui donnaient des reflets rougeâtres.

Laurent finit par ne plus vouloir s'asseoir, sans avouer à Thérèse la cause de ce caprice. Thérèse comprit que Laurent devait voir Camille, comme elle le voyait ; elle déclara à son tour que la chaleur lui faisait mal, qu'elle serait mieux à quelques pas de la cheminée. Elle poussa son fauteuil au pied du lit et y resta affaissée, tandis que son mari reprenait ses promenades dans la chambre. Par moments, il ouvrait la fenêtre, il

1. Goguenarde : moqueuse.

2. Invinciblement : sans pouvoir y résister.

laissait les nuits froides de janvier emplir la pièce de leur souffle glacial. Cela calmait sa fièvre.

Pendant une semaine, les nouveaux époux passèrent ainsi les nuits entières. Ils s'assoupissaient, ils se reposaient un peu dans la journée, Thérèse derrière le comptoir de la boutique, Laurent à son bureau. La nuit, ils appartenaient à la douleur et à la crainte. Et le fait le plus étrange était encore l'attitude qu'ils gardaient vis-à-vis l'un de l'autre. Ils ne prononçaient pas un mot d'amour, ils feignaient d'avoir oublié le passé ; ils semblaient s'accepter, se tolérer, comme des malades éprouvant une pitié secrète pour leurs souffrances communes.

Tous les deux avaient l'espérance de cacher leurs dégoûts et leurs peurs, et aucun des deux ne paraissait songer à l'étrangeté des nuits qu'ils passaient, et qui devaient les éclairer mutuellement sur l'état véritable de leur être. Lorsqu'ils restaient debout jusqu'au matin, se parlant à peine, pâlissant au moindre bruit, ils avaient l'air de croire que tous les nouveaux époux se conduisent ainsi, les premiers jours de leur mariage. C'était l'hypocrisie maladroite de deux fous.

La lassitude les écrasa bientôt à tel point qu'ils se décidèrent, un soir, à se coucher sur le lit. Ils ne se déshabillèrent pas, ils se jetèrent tout vêtus sur le couvre-pied, craignant que leur peau ne vînt à se toucher. Il leur semblait qu'ils recevraient une secousse douloureuse au moindre contact. Puis, lorsqu'ils eurent sommeillé ainsi, pendant deux nuits, d'un sommeil inquiet, ils se hasardèrent à quitter leurs vêtements et à se couler entre les draps. Mais ils restèrent écartés l'un de l'autre, ils prirent des précautions pour ne point se heurter. Thérèse montait la première et allait se mettre au fond, contre le mur. Laurent attendait qu'elle se fût bien étendue ; alors il se risquait à s'étendre lui-même sur le devant du lit, tout au bord. Il y avait entre eux une large place. Là couchait le cadavre de Camille.

Lorsque les deux meurtriers étaient allongés sous le même drap, et qu'ils fermaient les yeux, ils croyaient sentir le corps de leur victime, couché au milieu du lit, qui leur glaçait la chair. C'était comme un obstacle ignoble qui les séparait. La fièvre, le délire les prenait, et cet obstacle devenait matériel pour eux ; ils touchaient le corps, ils le voyaient étalé, pareil à un lambeau verdâtre et dissous, ils respiraient l'odeur infecte de ce tas de pourriture humaine ; tous leurs sens s'hallucinaient, donnant une acuité[1] intolérable à leurs sensations. La présence de cet immonde compagnon de lit les tenait immobiles, silencieux, éperdus d'angoisse. Laurent songeait parfois à prendre violemment Thérèse dans ses bras ; mais il n'osait bouger, il se disait qu'il ne pouvait allonger la main sans saisir une poignée de la chair molle de Camille. Il pensait alors que le noyé venait se coucher entre eux, pour les empêcher de s'étreindre. Il finit par comprendre que le noyé était jaloux.

Parfois, cependant, ils cherchaient à échanger un baiser timide pour voir ce qui arriverait. Le jeune homme raillait sa femme en lui ordonnant de l'embrasser. Mais leurs lèvres étaient si froides, que la mort semblait s'être placée entre leurs bouches. Des nausées leur venaient, Thérèse avait un frisson d'horreur, et Laurent, qui entendait ses dents claquer, s'emportait contre elle.

« Pourquoi trembles-tu ? lui criait-il. Aurais-tu peur de Camille ?... Va, le pauvre homme ne sent plus ses os, à cette heure. »

1. **Acuité** : intensité.

Ils évitaient tous deux de se confier la cause de leurs frissons. Quand une hallucination dressait devant l'un d'eux le masque blafard du noyé, il fermait les yeux, il se renfermait dans sa terreur, n'osant parler à l'autre de sa vision, par crainte de déterminer une crise encore plus terrible. Lorsque Laurent, poussé à bout, dans une rage de désespoir, accusait Thérèse d'avoir peur de Camille, ce nom, prononcé tout haut, amenait un redoublement d'angoisse. Le meurtrier délirait.

« Oui, oui, balbutiait-il en s'adressant à la jeune femme, tu as peur de Camille… Je le vois bien, parbleu !… Tu es une sotte, tu n'as pas pour deux sous de courage. Eh ! dors tranquillement. Crois-tu que ton premier mari va venir te tirer par les pieds, parce que je suis couché avec toi… »

Cette pensée, cette supposition que le noyé pouvait venir leur tirer les pieds, faisait dresser les cheveux de Laurent. Il continuait, avec plus de violence, en se déchirant lui-même :

« Il faudra que je te mène une nuit au cimetière… Nous ouvrirons la bière[1] de Camille, et tu verras quel tas de pourriture ! Alors tu n'auras plus peur, peut-être… Va, il ne sait pas que nous l'avons jeté à l'eau. »

Thérèse, la tête dans les draps, poussait des plaintes étouffées.

« Nous l'avons jeté à l'eau parce qu'il nous gênait, reprenait son mari… Nous l'y jetterions encore, n'est-ce pas ?… Ne fais donc pas l'enfant comme ça. Sois forte. C'est bête de troubler notre bonheur… Vois-tu, ma bonne, quand nous serons morts, nous ne nous trouverons ni plus ni moins heureux dans la terre, parce que nous avons lancé un imbécile à la Seine, et nous

1. **Bière** : cercueil.

aurons joui librement de notre amour, ce qui est un avantage... Voyons, embrasse-moi ! »

La jeune femme l'embrassait, glacée, folle, et il était tout aussi frémissant qu'elle.

Laurent, pendant plus de quinze jours, se demanda comment il pourrait bien faire pour tuer de nouveau Camille. Il l'avait jeté à l'eau, et voilà qu'il n'était pas assez mort, qu'il revenait toutes les nuits se coucher dans le lit de Thérèse. Lorsque les meurtriers croyaient avoir achevé l'assassinat et pouvoir se livrer en paix aux douceurs de leurs tendresses, leur victime ressuscitait pour glacer leur couche. Thérèse n'était pas veuve, Laurent se trouvait être l'époux d'une femme qui avait déjà pour mari un noyé.

XXIII

Peu à peu, Laurent en vint à la folie furieuse. Il résolut de chasser Camille de son lit. Il s'était d'abord couché tout habillé, puis il avait évité de toucher la peau de Thérèse. Par rage, par désespoir, il voulut enfin prendre sa femme sur sa poitrine, et l'écraser plutôt que de la laisser au spectre de sa victime. Ce fut une révolte superbe de brutalité.

En somme, l'espérance que les baisers de Thérèse le guériraient de ses insomnies l'avait seule amené dans la chambre de la jeune femme. Lorsqu'il s'était trouvé dans cette chambre, en maître, sa chair, déchirée par des crises plus atroces, n'avait même plus songé à tenter la guérison. Et il était resté comme écrasé pendant trois semaines, ne se rappelant pas qu'il avait tout fait pour posséder Thérèse, et ne pouvant la toucher sans accroître ses souffrances, maintenant qu'il la possédait.

L'excès de ses angoisses le fit sortir de cet abrutissement. Dans le premier moment de stupeur, dans l'étrange accablement de la nuit de noces, il avait pu oublier les raisons qui venaient de le pousser au mariage. Mais sous les coups répétés de ses mauvais rêves, une irritation sourde l'envahit, qui triompha de ses lâchetés et lui rendit la mémoire. Il se souvint qu'il s'était marié pour chasser ses cauchemars, en serrant sa femme étroitement. Alors il prit brusquement Thérèse entre ses bras, une nuit, au risque de passer sur le corps du noyé, et la tira à lui avec violence.

La jeune femme était poussée à bout, elle aussi ; elle se serait jetée dans la flamme, si elle eût pensé que la flamme purifiât sa chair et la délivrât de ses maux. Elle rendit à Laurent son étreinte, décidée à être brûlée par les caresses de cet homme ou à trouver en elles un soulagement.

Et ils se serrèrent dans un embrassement horrible. La douleur et l'épouvante leur tinrent lieu de désirs. Quand leurs membres se touchèrent, ils crurent qu'ils étaient tombés sur un brasier. Ils poussèrent un cri et se pressèrent davantage, afin de ne pas laisser entre leur chair de place pour le noyé. Et ils sentaient toujours des lambeaux de Camille, qui s'écrasait ignoblement entre eux, glaçant leur peau par endroits, tandis que le reste de leur corps brûlait.

Leurs baisers furent affreusement cruels. Thérèse chercha des lèvres la morsure de Camille sur le cou gonflé et roidi de Laurent, et elle y colla sa bouche avec emportement. Là était la plaie vive ; cette blessure guérie, les meurtriers dormiraient en paix. La jeune femme comprenait cela, elle tentait de cautériser[1] le mal sous le feu de ses caresses. Mais elle se brûla les lèvres, et Laurent la repoussa violemment, en jetant une plainte sourde ; il lui semblait qu'on lui appliquait un fer rouge sur le cou. Thérèse, affolée, revint, voulut baiser encore la cicatrice ; elle éprouvait une volupté âcre à poser sa bouche sur cette peau où s'étaient enfoncées les dents de Camille. Un instant, elle eut la pensée de mordre son mari à cet endroit, d'arracher un large morceau de chair, de faire une nouvelle blessure, plus profonde, qui emporterait les marques de l'ancienne. Et elle se disait qu'elle ne pâlirait plus alors en voyant l'empreinte de ses propres dents. Mais Laurent défendait son cou contre ses baisers ; il éprouvait des cuissons trop dévorantes, il la repoussait chaque fois qu'elle allongeait les lèvres. Ils luttèrent ainsi, râlant[2], se débattant dans l'horreur de leurs caresses.

Ils sentaient bien qu'ils ne faisaient qu'augmenter leurs souffrances. Ils avaient beau se briser dans des étreintes terribles, ils criaient de douleur, ils se brûlaient et se meurtrissaient, mais ils ne pouvaient apaiser leurs nerfs épouvantés. Chaque embrassement ne donnait que plus d'acuité à leurs dégoûts. Tandis qu'ils échangeaient ces baisers affreux, ils étaient en proie à d'effrayantes hallucinations ; ils s'imaginaient que le noyé les tirait par les pieds et imprimait au lit de violentes secousses.

Ils se lâchèrent un moment. Ils avaient des répugnances, des révoltes nerveuses invincibles. Puis ils ne voulurent pas être vaincus ; ils se reprirent dans une nouvelle étreinte et furent

1. Cautériser : guérir une plaie en la brûlant.

2. Râlant : respirant avec difficulté, comme s'ils étaient à l'agonie.

encore obligés de se lâcher, comme si des pointes rougies étaient entrées dans leurs membres. À plusieurs fois, ils tentèrent ainsi de triompher de leurs dégoûts, de tout oublier en lassant, en brisant leurs nerfs. Et, chaque fois, leurs nerfs s'irritèrent et se tendirent en leur causant des exaspérations telles qu'ils seraient peut-être morts d'énervement s'ils étaient restés dans les bras l'un de l'autre. Ce combat contre leur propre corps les avait exaltés jusqu'à la rage ; ils s'entêtaient, ils voulaient l'emporter. Enfin une crise plus aiguë les brisa ; ils reçurent un choc d'une violence inouïe et crurent qu'ils allaient tomber du haut mal[1].

Rejetés aux deux bords de la couche, brûlés et meurtris, ils se mirent à sangloter.

Et, dans leurs sanglots, il leur sembla entendre les rires de triomphe du noyé, qui se glissait de nouveau sous le drap avec des ricanements. Ils n'avaient pu le chasser du lit ; ils étaient vaincus. Camille s'étendit doucement entre eux, tandis que Laurent pleurait son impuissance et que Thérèse tremblait qu'il ne prît au cadavre la fantaisie de profiter de sa victoire pour la serrer à son tour entre ses bras pourris, en maître légitime. Ils avaient tenté un moyen suprême ; devant leur défaite, ils comprenaient que, désormais, ils n'oseraient plus échanger le moindre baiser. La crise de l'amour fou qu'ils avaient essayé de déterminer pour tuer leurs terreurs venait de les plonger plus profondément dans l'épouvante. En sentant le froid du cadavre, qui, maintenant, devait les séparer à jamais, ils versaient des larmes de sang, ils se demandaient avec angoisse ce qu'ils allaient devenir.

1. **Haut mal :** ancien nom pour désigner l'épilepsie, qui se traduit par de violentes crises de convulsions.

XXIV

Ainsi que l'espérait le vieux Michaud en travaillant au mariage de Thérèse et de Laurent, les soirées du jeudi reprirent leur ancienne gaieté, dès le lendemain de la noce. Ces soirées avaient couru un grand péril, lors de la mort de Camille. Les invités ne s'étaient plus présentés que craintivement dans cette maison en deuil ; chaque semaine, ils tremblaient de recevoir un congé définitif. La pensée que la porte de la boutique finirait sans doute par se fermer devant eux épouvantait Michaud et Grivet, qui tenaient à leurs habitudes avec l'instinct et l'entêtement des brutes. Ils se disaient que la vieille mère et la jeune veuve s'en iraient un beau matin pleurer leur défunt à Vernon ou ailleurs, et qu'ils se trouveraient ainsi sur le pavé, le jeudi soir, ne sachant que faire ; ils se voyaient dans le passage, errant d'une façon lamentable, rêvant à des parties de dominos gigantesques. En attendant ces mauvais jours, ils jouissaient timidement de leurs derniers bonheurs, ils venaient d'un air inquiet et doucereux à la boutique, en se répétant chaque fois qu'ils n'y reviendraient peut-être plus. Pendant plus d'un an, ils eurent ces craintes, ils n'osèrent s'étaler et rire en face des larmes de Mme Raquin et des silences de Thérèse. Ils ne se sentaient plus chez eux, comme au temps de Camille ; ils semblaient, pour ainsi dire, voler chaque soirée qu'ils passaient autour de la table de la salle à manger. C'est dans ces circonstances désespérées que l'égoïsme du vieux Michaud le poussa à faire un coup de maître en mariant la veuve du noyé.

Le jeudi qui suivit le mariage, Grivet et Michaud firent une entrée triomphale. Ils avaient vaincu. La salle à manger leur appartenait de nouveau, ils ne craignaient plus qu'on les en congédiât. Ils entrèrent en gens heureux, ils s'étalèrent, ils dirent à la file leurs anciennes plaisanteries. À leur attitude béate[1] et confiante, on voyait que, pour eux, une révolution venait de s'accomplir. Le souvenir de Camille n'était plus là ; le mari mort, ce spectre qui les glaçait, avait été chassé par le mari vivant. Le passé ressuscitait avec ses joies. Laurent remplaçait Camille, toute raison de s'attrister disparaissait, les invités pouvaient rire sans chagriner personne, et même ils devaient rire pour égayer l'excellente famille qui voulait bien les recevoir. Dès lors, Grivet et Michaud, qui depuis près de dix-huit mois venaient sous prétexte de consoler Mme Raquin, purent mettre leur petite hypocrisie de côté et venir franchement pour s'endormir l'un en face de l'autre, au bruit sec des dominos.

Et chaque semaine ramena un jeudi soir, chaque semaine réunit une fois autour de la table ces têtes mortes et grotesques[2] qui exaspéraient Thérèse jadis. La jeune femme parla de mettre ces gens à la porte ; ils l'irritaient avec leurs éclats de rire bêtes, avec leurs réflexions sottes. Mais Laurent lui fit comprendre qu'un pareil congé serait une faute ; il fallait autant que possible que le présent ressemblât au passé ; il fallait surtout conserver l'amitié de la police, de ces imbéciles qui les protégeaient contre tout soupçon. Thérèse plia ; les invités, bien reçus, virent avec béatitude[3] s'étendre une longue suite de soirées tièdes devant eux.

Ce fut vers cette époque que la vie des époux se dédoubla en quelque sorte.

1. Béate : satisfaite.
2. Grotesques : ridicules.
3. Béatitude : satisfaction.

Le matin, lorsque le jour chassait les effrois de la nuit, Laurent s'habillait en toute hâte. Il n'était à son aise, il ne reprenait son calme égoïste que dans la salle à manger, attablé devant un énorme bol de café au lait, que lui préparait Thérèse. Mme Raquin, impotente[1], pouvant à peine descendre à la boutique, le regardait manger avec des sourires maternels. Il avalait du pain grillé, il s'emplissait l'estomac, il se rassurait peu à peu. Après le café, il buvait un petit verre de cognac. Cela le remettait complètement. Il disait : « À ce soir » à Mme Raquin et à Thérèse, sans jamais les embrasser, puis il se rendait à son bureau en flânant. Le printemps venait ; les arbres des quais se couvraient de feuilles, d'une légère dentelle d'un vert pâle. En bas, la rivière coulait avec des bruits caressants ; en haut, les rayons des premiers soleils avaient des tiédeurs douces. Laurent se sentait renaître dans l'air frais ; il respirait largement ces souffles de vie jeune qui descendent des cieux d'avril et de mai ; il cherchait le soleil, s'arrêtait pour regarder les reflets d'argent qui moiraient[2] la Seine, écoutait les bruits des quais, se laissait pénétrer par les senteurs âcres du matin, jouissait par tous ses sens de la matinée claire et heureuse. Certes, il ne songeait guère à Camille ; quelquefois il lui arrivait de contempler machinalement la morgue, de l'autre côté de l'eau ; il pensait alors au noyé en homme courageux qui penserait à une peur bête qu'il aurait eue. L'estomac plein, le visage rafraîchi, il retrouvait sa tranquillité épaisse, il arrivait à son bureau et y passait la journée entière à bâiller, à attendre l'heure de la sortie. Il n'était plus qu'un employé

1. Impotente : qui a du mal à se déplacer.

2. Moiraient : produisaient des reflets changeants.

comme les autres, abruti et ennuyé, ayant la tête vide. La seule idée qu'il eût alors était l'idée de donner sa démission et de louer un atelier ; il rêvait vaguement une nouvelle existence de paresse, et cela suffisait pour l'occuper jusqu'au soir. Jamais le souvenir de la boutique du passage ne venait le troubler. Le soir, après avoir désiré l'heure de la sortie depuis le matin, il sortait avec regret, il reprenait les quais, sourdement troublé et inquiet. Il avait beau marcher lentement, il lui fallait enfin rentrer à la boutique. Là, l'épouvante l'attendait.

Thérèse éprouvait les mêmes sensations. Tant que Laurent n'était pas auprès d'elle, elle se trouvait à l'aise. Elle avait congédié la femme de ménage, disant que tout traînait, que tout était sale dans la boutique et dans l'appartement. Des idées d'ordre lui venaient. La vérité était qu'elle avait besoin de marcher, d'agir, de briser ses membres roidis. Elle tournait toute la matinée, balayant, époussetant, nettoyant les chambres, lavant la vaisselle, faisant des besognes qui l'auraient écœurée autrefois. Jusqu'à midi, ces soins de ménage la tenaient sur les jambes, active et muette, sans lui laisser le temps de songer à autre chose qu'aux toiles d'araignée qui pendaient du plafond et qu'à la graisse qui salissait les assiettes. Alors elle se mettait en cuisine, elle préparait le déjeuner. À table, Mme Raquin se désolait de la voir toujours se lever pour aller prendre les plats ; elle était émue et fâchée de l'activité que déployait sa nièce ; elle la grondait, et Thérèse répondait qu'il fallait faire des économies. Après le repas, la jeune femme s'habillait et se décidait enfin à rejoindre sa tante derrière le comptoir. Là, des somnolences la prenaient ; brisée par les veilles, elle sommeillait, elle cédait à l'engourdissement voluptueux, qui s'emparait d'elle dès qu'elle était assise. Ce n'était que de légers assoupissements, pleins d'un charme vague qui calmait ses nerfs. La pensée de Camille s'en allait ; elle goûtait ce repos profond des malades que leurs douleurs quittent tout d'un coup. Elle se sentait la chair assoupie, l'esprit libre, elle s'enfonçait dans une sorte de néant tiède et réparateur. Sans ces quelques moments de calme, son organisme aurait éclaté sous la tension de son système nerveux ; elle y puisait les forces nécessaires pour souffrir encore et s'épouvanter la nuit suivante. D'ailleurs, elle ne s'endormait point, elle baissait à peine les paupières, perdue au fond d'un rêve de paix ; lorsqu'une cliente entrait, elle ouvrait les yeux, elle servait les quelques sous de marchandise demandés, puis retombait dans sa rêverie flottante. Elle passait ainsi trois ou quatre heures, parfaitement heureuse, répondant par monosyllabes à sa tante, se laissant aller avec une véritable jouissance aux évanouissements qui lui ôtaient la pensée et qui l'affaissaient sur elle-même. Elle jetait à peine, de loin en loin, un coup d'œil dans le passage, se trouvant surtout à l'aise par les temps gris, lorsqu'il faisait noir et qu'elle cachait sa lassitude au fond de l'ombre. Le passage humide, ignoble, traversé par un peuple de pauvres diables mouillés, dont les parapluies s'égouttaient sur les dalles, lui semblait l'allée d'un mauvais lieu, une sorte de corridor sale et sinistre où personne ne viendrait la chercher et la troubler. Par moments, en voyant les lueurs terreuses qui traînaient autour d'elle, en sentant l'odeur âcre de l'humidité, elle s'imaginait qu'elle venait d'être enterrée vive ; elle croyait se trouver dans la terre, au fond d'une fosse commune[1] où grouillaient des morts. Et cette pensée la

1. Fosse commune : lieu où sont entassés les cadavres, d'une manière considérée comme dégradante.

consolait, l'apaisait ; elle se disait qu'elle était en sûreté maintenant, qu'elle allait mourir, qu'elle ne souffrirait plus. D'autres fois, il lui fallait tenir les yeux ouverts ; Suzanne lui rendait visite et restait à broder auprès du comptoir toute l'après-midi. La femme d'Olivier, avec son visage mou, avec ses gestes lents, plaisait maintenant à Thérèse, qui éprouvait un étrange soulagement à regarder cette pauvre créature toute dissoute ; elle en avait fait son amie, elle aimait à la voir à son côté, souriant d'un sourire pâle, vivant à demi, mettant dans la boutique une fade senteur de cimetière. Quand les yeux bleus de Suzanne, d'une transparence vitreuse, se fixaient sur les siens, elle éprouvait au fond de ses os un froid bienfaisant. Thérèse attendait ainsi quatre heures. À ce moment, elle se remettait en cuisine, elle cherchait de nouveau la fatigue, elle préparait le dîner de Laurent avec une hâte fébrile. Et quand son mari paraissait sur le seuil de la porte, sa gorge se serrait, l'angoisse tordait de nouveau tout son être.

Chaque jour, les sensations des époux étaient à peu près les mêmes. Pendant la journée, lorsqu'ils ne se trouvaient pas face à face, ils goûtaient des heures délicieuses de repos ; le soir, dès qu'ils étaient réunis, un malaise poignant les envahissait.

C'étaient d'ailleurs de calmes soirées. Thérèse et Laurent, qui frissonnaient à la pensée de rentrer dans leur chambre, faisaient durer la veillée le plus longtemps possible. Mme Raquin, à demi couchée au fond d'un large fauteuil, était placée entre eux et causait de sa voix placide. Elle parlait de Vernon, pensant toujours à son fils, mais évitant de le nommer, par une sorte de pudeur ; elle souriait à ses chers enfants, elle faisait pour eux des projets d'avenir. La lampe jetait sur sa face blanche des lueurs pâles ; ses paroles prenaient une douceur extraordinaire dans l'air mort et silencieux. Et, à ses côtés, les deux meurtriers, muets, immobiles, semblaient l'écouter avec recueillement ; à la vérité, ils ne cherchaient pas à suivre le sens des bavardages de la bonne vieille, ils étaient simplement heureux de ce bruit de paroles douces qui les empêchait d'entendre l'éclat de leurs pensées. Ils n'osaient se regarder, ils regardaient Mme Raquin pour avoir une contenance. Jamais ils ne parlaient de se coucher ; ils seraient restés là jusqu'au matin dans le radotage caressant de l'ancienne mercière, dans l'apaisement qu'elle mettait autour d'elle, si elle n'avait pas témoigné elle-même le désir de gagner son lit. Alors seulement ils quittaient la salle à manger et rentraient chez eux avec désespoir, comme on se jette au fond d'un gouffre.

À ces soirées intimes, ils préférèrent bientôt de beaucoup les soirées du jeudi. Quand ils étaient seuls avec Mme Raquin, ils ne pouvaient s'étourdir ; le mince filet de voix de leur tante, sa gaieté attendrie n'étouffaient pas les cris qui les déchiraient. Ils sentaient venir l'heure du coucher, ils frémissaient lorsque, par hasard, ils rencontraient du regard la porte de leur chambre ; l'attente de l'instant où ils seraient seuls devenait de plus en plus cruelle, à mesure que la soirée avançait. Le jeudi, au contraire, ils se grisaient de sottise, ils oubliaient mutuellement leur présence, ils souffraient moins. Thérèse elle-même finit par souhaiter ardemment les jours de réception. Si Michaud et Grivet n'étaient pas venus, elle serait allée les chercher. Lorsqu'il y avait des étrangers dans la salle à manger, entre elle et Laurent, elle se sentait plus calme ; elle aurait voulu qu'il y eût toujours là des invités, du bruit, quelque chose qui l'étourdît et l'isolât. Devant le monde, elle montrait une sorte de gaieté nerveuse. Laurent retrouvait, lui aussi, ses grosses plaisanteries de paysan, ses rires gras, ses farces d'ancien rapin[1]. Jamais les réceptions n'avaient été si gaies ni si bruyantes.

C'est ainsi qu'une fois par semaine, Laurent et Thérèse pouvaient rester face à face sans frissonner.

Bientôt une crainte les prit. La paralysie gagnait peu à peu Mme Raquin, et ils prévirent le jour où elle serait clouée dans son fauteuil, impotente et hébétée. La pauvre vieille commençait à balbutier des lambeaux de phrase qui se cousaient mal les uns aux autres ; sa voix faiblissait, ses membres se mouraient un à un. Elle devenait une chose. Thérèse et Laurent voyaient avec effroi s'en aller cet être qui les séparait encore et dont la voix les tirait de leurs mauvais rêves. Quand l'intelligence aurait abandonné l'ancienne mercière et qu'elle resterait muette et roidie au fond de son fauteuil, ils se trouveraient seuls ; le soir, ils ne pourraient plus échapper à un tête-à-tête redoutable. Alors leur épouvante commencerait à six heures, au lieu de commencer à minuit ; ils en deviendraient fous.

Tous leurs efforts tendirent à conserver à Mme Raquin une santé qui leur était si précieuse. Ils firent venir des médecins, ils furent aux petits soins auprès d'elle, ils trouvèrent même dans ce métier de garde-malade un oubli, un apaisement qui les engagea à redoubler de zèle. Ils ne voulaient pas perdre un tiers qui leur rendait les soirées supportables ; ils ne voulaient pas que la salle à manger, que la maison tout entière devînt un lieu cruel et sinistre comme leur chambre. Mme Raquin fut singulièrement touchée des soins empressés qu'ils lui prodiguaient ; elle s'applaudissait, avec des larmes, de les avoir unis et de leur avoir abandonné ses quarante et quelques mille

---

1. **Rapin :** élève peintre. Mais aussi : mauvais peintre.

francs. Jamais, après la mort de son fils, elle n'avait compté sur une pareille affection à ses dernières heures ; sa vieillesse était tout attiédie par la tendresse de ses chers enfants. Elle ne sentait pas la paralysie implacable qui, malgré tout, la raidissait davantage chaque jour.

Cependant Thérèse et Laurent menaient leur double existence. Il y avait en chacun d'eux comme deux êtres bien distincts : un être nerveux et épouvanté qui frissonnait dès que tombait le crépuscule, et un être engourdi et oublieux, qui respirait à l'aise dès que se levait le soleil. Ils vivaient deux vies, ils criaient d'angoisse, seul à seul, et ils souriaient paisiblement lorsqu'il y avait du monde. Jamais leur visage, en public, ne laissait deviner les souffrances qui venaient de les déchirer dans l'intimité ; ils paraissaient calmes et heureux, ils cachaient instinctivement leurs maux.

Personne n'aurait soupçonné, à les voir si tranquilles pendant le jour, que des hallucinations les torturaient chaque nuit. On les eût pris pour un ménage béni du ciel, vivant en pleine félicité. Grivet les appelait galamment « les tourtereaux ». Lorsque leurs yeux étaient cernés par des veilles prolongées, il les plaisantait, il demandait à quand le baptême. Et toute la société riait. Laurent et Thérèse pâlissaient à peine, parvenaient à sourire ; ils s'habituaient aux plaisanteries risquées du vieil employé. Tant qu'ils se trouvaient dans la salle à manger, ils étaient maîtres de leurs terreurs. L'esprit ne pouvait deviner l'effroyable changement qui se produisait en eux, lorsqu'ils s'enfermaient dans la chambre à coucher. Le jeudi soir surtout, ce changement était d'une brutalité si violente qu'il semblait s'accomplir dans un monde surnaturel. Le drame de leurs nuits, par son étrangeté, par ses emportements sauvages, dépassait toute croyance et restait profondément caché au fond de leur être endolori. Ils auraient parlé qu'on les eût crus fous.

« Sont-ils heureux, ces amoureux-là ! disait souvent le vieux Michaud. Ils ne causent guère, mais ils n'en pensent pas moins. Je parie qu'ils se dévorent de caresses, quand nous ne sommes plus là. »

Telle était l'opinion de toute la société. Il arriva que Thérèse et Laurent furent donnés comme un ménage modèle. Le passage du Pont-Neuf entier célébrait l'affection, le bonheur tranquille, la lune de miel éternelle des deux époux. Eux seuls savaient que le cadavre de Camille couchait entre eux ; eux seuls sentaient, sous la chair calme de leur visage, les contractions nerveuses qui, la nuit, tiraient horriblement leurs traits et changeaient l'expression placide de leur physionomie en un masque ignoble et douloureux.

XXV

Au bout de quatre mois, Laurent songea à retirer les bénéfices qu'il s'était promis de son mariage. Il aurait abandonné sa femme et se serait enfui devant le spectre de Camille, trois jours après la noce, si son intérêt ne l'eût pas cloué dans la boutique du passage. Il acceptait ses nuits de terreur, il restait au milieu des angoisses qui l'étouffaient, pour ne pas perdre les profits de son crime. En quittant Thérèse, il retombait dans la misère, il était forcé de conserver son emploi ; en demeurant auprès d'elle, il pouvait au contraire contenter ses appétits de paresse, vivre grassement, sans rien faire, sur les rentes[1] que Mme Raquin avait mises au nom de sa femme. Il est à croire qu'il se serait sauvé avec les quarante mille francs, s'il avait pu les réaliser[2] ; mais la vieille mercière, conseillée par Michaud, avait eu la prudence de sauvegarder dans le contrat les intérêts de sa nièce. Laurent se trouvait ainsi attaché à Thérèse par un lien puissant. En dédommagement de ses nuits atroces, il voulut au moins se faire entretenir dans une oisiveté heureuse, bien nourri, chaudement vêtu, ayant en poche l'argent nécessaire pour contenter ses caprices. À ce prix seul, il consentait à coucher avec le cadavre du noyé.

Un soir, il annonça à Mme Raquin et à sa femme qu'il avait donné sa démission et qu'il quitterait son bureau à la fin de la quinzaine. Thérèse eut un geste d'inquiétude. Il se hâta d'ajouter qu'il allait louer un petit atelier où il se remettrait à faire de la peinture. Il s'étendit longuement sur les ennuis de son emploi, sur les larges horizons que l'art lui ouvrait ; maintenant qu'il avait quelques sous et qu'il pouvait tenter le succès, il voulait voir s'il n'était pas capable de grandes choses. La tirade qu'il déclama à ce propos cachait simplement une féroce envie de reprendre son ancienne vie d'atelier. Thérèse, les lèvres pincées, ne répondit pas ; elle n'entendait point que Laurent lui dépensât la petite fortune qui assurait sa liberté. Lorsque son mari la pressa de questions, pour obtenir son consentement, elle fit quelques réponses sèches ; elle lui donna à comprendre que, s'il quittait son bureau, il ne

1. Rentes : produit du capital, par opposition au salaire, produit du travail.

2. Réaliser : convertir des valeurs, des titres, des biens en argent liquide. Laurent ne peut entrer en possession de cet argent, c'est pourquoi il ne s'enfuit pas.

gagnerait plus rien et serait complètement à sa charge. Tandis qu'elle parlait, Laurent la regardait d'une façon aiguë[1] qui la troubla et arrêta dans sa gorge le refus qu'elle allait formuler ; elle crut lire dans les yeux de son complice cette pensée menaçante : « Je dis tout, si tu ne consens pas. » Elle se mit à balbutier. Mme Raquin s'écria alors que le désir de son cher fils était trop juste, et qu'il fallait lui donner les moyens de devenir un homme de talent. La bonne dame gâtait Laurent comme elle avait gâté Camille ; elle était tout amollie par les caresses que lui prodiguait le jeune homme, elle lui appartenait et se rangeait toujours à son avis.

Il fut donc décidé que l'artiste louerait un atelier et qu'il toucherait cent francs par mois pour les divers frais qu'il aurait à faire. Le budget de la famille fut ainsi réglé : les bénéfices réalisés dans le commerce de mercerie payeraient le loyer de la boutique et de l'appartement, et suffiraient presque aux dépenses journalières du ménage ; Laurent prendrait le loyer de son atelier et ses cent francs par mois sur les deux mille et quelques cents francs de rente ; le reste de ces rentes serait appliqué aux besoins communs. De cette façon, on n'entamerait pas le capital. Thérèse se tranquillisa un peu. Elle fit jurer à son mari de ne jamais dépasser la somme qui lui était allouée. D'ailleurs, elle se disait que Laurent ne pouvait s'emparer des quarante mille francs sans avoir sa signature, et elle se promettait bien de ne signer aucun papier.

Dès le lendemain, Laurent loua, vers le bas de la rue Mazarine, un petit atelier qu'il convoitait depuis un mois. Il ne voulait pas quitter son emploi sans avoir un refuge pour passer

1. Aiguë : perçante, pénétrante.

tranquillement ses journées, loin de Thérèse. Au bout de la quinzaine, il fit ses adieux à ses collègues. Grivet fut stupéfait de son départ. Un jeune homme, disait-il, qui avait devant lui un si bel avenir, un jeune homme qui en était arrivé, en quatre années, au chiffre d'appointements[1] que lui, Grivet, avait mis vingt ans à atteindre ! Laurent le stupéfia encore davantage en lui disant qu'il allait se remettre tout entier à la peinture.

Enfin l'artiste s'installa dans son atelier. Cet atelier était une sorte de grenier carré, long et large d'environ cinq ou six mètres ; le plafond s'inclinait brusquement, en pente raide, percé d'une large fenêtre qui laissait tomber une lumière blanche et crue sur le plancher et sur les murs noirâtres. Les bruits de la rue ne montaient pas jusqu'à ces hauteurs. La pièce, silencieuse, blafarde, s'ouvrant en haut sur le ciel, ressemblait à un trou, à un caveau creusé dans une argile grise. Laurent meubla ce caveau tant bien que mal ; il y apporta deux chaises dépaillées[2], une table qu'il appuya contre un mur pour qu'elle ne se laissât pas glisser à terre, un vieux buffet de cuisine, sa boîte à couleurs et son ancien chevalet ; tout le luxe du lieu consista en un vaste divan qu'il acheta trente francs chez un brocanteur.

Il resta quinze jours sans songer seulement à toucher à ses pinceaux. Il arrivait entre huit et neuf heures, fumait, se couchait sur le divan, attendait midi, heureux d'être au matin et d'avoir encore devant lui de longues heures de jour. À midi, il allait déjeuner, puis il se hâtait de revenir, pour être seul, pour ne plus voir le visage pâle de Thérèse. Alors il digérait, il dormait, il se vautrait jusqu'au soir. Son atelier était un lieu

1. **Appointements** : salaire fixe attaché à un emploi régulier.

2. **Dépaillées** : dégarnies de leur paille.

de paix où il ne tremblait pas. Un jour sa femme lui demanda à visiter son cher refuge. Il refusa, et comme, malgré son refus, elle vint frapper à sa porte, il n'ouvrit pas ; il lui dit le soir qu'il avait passé la journée au musée du Louvre. Il craignait que Thérèse n'introduisît avec elle le spectre de Camille.

L'oisiveté finit par lui peser. Il acheta une toile et des couleurs, il se mit à l'œuvre. N'ayant pas assez d'argent pour payer des modèles, il résolut de peindre au gré de sa fantaisie, sans se soucier de la nature. Il entreprit une tête d'homme.

D'ailleurs, il ne se cloîtra plus autant ; il travailla pendant deux ou trois heures chaque matin et employa ses après-midi à flâner ici et là, dans Paris et dans la banlieue. Ce fut en rentrant d'une de ces longues promenades qu'il rencontra, devant l'Institut, son ancien ami de collège, qui avait obtenu un joli succès de camaraderie au dernier Salon[1].

« Comment, c'est toi ! s'écria le peintre. Ah ! mon pauvre Laurent, je ne t'aurais jamais reconnu. Tu as maigri.

– Je me suis marié, répondit Laurent d'un ton embarrassé.

– Marié, toi ! Ça ne m'étonne plus de te voir tout drôle... Et que fais-tu maintenant ?

– J'ai loué un petit atelier ; je peins un peu, le matin. »

Laurent conta son mariage en quelques mots ; puis il exposa ses projets d'avenir d'une voix fiévreuse. Son ami le regardait d'un air étonné qui le troublait et l'inquiétait. La vérité était que le peintre ne retrouvait pas dans le mari de Thérèse le garçon épais[2] et commun qu'il avait connu autrefois. Il lui semblait que Laurent prenait des allures distinguées ;

1. Salon : exposition temporaire d'œuvres d'art.

2. Épais : dont l'esprit manque de finesse.

le visage s'était aminci et avait des pâleurs de bon goût, le corps entier se tenait plus digne et plus souple.

« Mais tu deviens joli garçon, ne put s'empêcher de s'écrier l'artiste, tu as une tenue d'ambassadeur. C'est du dernier chic. À quelle école es-tu donc ? »

L'examen qu'il subissait pesait beaucoup à Laurent. Il n'osait s'éloigner d'une façon brusque.

« Veux-tu monter un instant à mon atelier, demanda-t-il enfin à son ami, qui ne le quittait pas.

– Volontiers », répondit celui-ci.

Le peintre, ne se rendant pas compte[1] des changements qu'il observait, était désireux de visiter l'atelier de son ancien camarade. Certes, il ne montait pas cinq étages pour voir les nouvelles œuvres de Laurent, qui allaient sûrement lui donner des nausées ; il avait la seule envie de contenter sa curiosité.

Quand il fut monté et qu'il eut jeté un coup d'œil sur les toiles accrochées aux murs, son étonnement redoubla. Il y avait là cinq études, deux têtes de femme et trois têtes d'homme, peintes avec une véritable énergie ; l'allure en était grasse et solide, chaque morceau s'enlevait par taches magnifiques sur les fonds d'un gris clair. L'artiste s'approcha vivement, et, stupéfait, ne cherchant même pas à cacher sa surprise :

« C'est toi qui as fait cela ? demanda-t-il à Laurent.

– Oui, répondit celui-ci. Ce sont des esquisses qui me serviront pour un grand tableau que je prépare.

– Voyons, pas de blague, tu es vraiment l'auteur de ces machines[2]-là ?

1. **Ne se rendant pas compte :** ne s'expliquant pas.

2. **Machines :** œuvres.

– Eh ! oui. Pourquoi n'en serais-je pas l'auteur ? »

Le peintre n'osa répondre : « Parce que ces toiles sont d'un artiste, et que tu n'as jamais été qu'un ignoble maçon[1]. » Il resta longtemps en silence devant les études. Certes, ces études étaient gauches[2], mais elles avaient une étrangeté, un caractère si puissant qu'elles annonçaient un sens artistique des plus développés. On eût dit de la peinture vécue. Jamais l'ami de Laurent n'avait vu des ébauches si pleines de hautes promesses. Quand il eut bien examiné les toiles, il se tourna vers l'auteur :

« Là, franchement, lui dit-il, je ne t'aurais pas cru capable de peindre ainsi. Où diable as-tu appris à avoir du talent ? Ça ne s'apprend pas d'ordinaire. »

Et il considérait Laurent, dont la voix lui semblait plus douce, dont chaque geste avait une sorte d'élégance. Il ne pouvait deviner l'effroyable secousse qui avait changé cet homme, en développant en lui des nerfs de femme, des sensations aiguës et délicates. Sans doute un phénomène étrange s'était accompli dans l'organisme du meurtrier de Camille. Il est difficile à l'analyse de pénétrer à de telles profondeurs. Laurent était peut-être devenu artiste comme il était devenu peureux, à la suite du grand détraquement qui avait bouleversé sa chair et son esprit. Auparavant, il étouffait sous le poids lourd de son sang, il restait aveuglé par l'épaisse vapeur de santé qui l'entourait ; maintenant, maigri, frissonnant, il avait la verve[3] inquiète, les sensations vives et poignantes des tempéraments

1. La référence au métier de *maçon* est à comprendre par opposition avec le terme *artiste.* Laurent a toujours produit un travail grossier digne de n'importe quel ouvrier, et non des œuvres de génie.

2. Gauches : maladroites.

3. Verve : inspiration.

nerveux. Dans la vie de terreur qu'il menait, sa pensée délirait et montait jusqu'à l'extase du génie ; la maladie en quelque sorte morale, la névrose[1] dont tout son être était secoué, développait en lui un sens artistique d'une lucidité étrange ; depuis qu'il avait tué, sa chair s'était comme allégée, son cerveau éperdu lui semblait immense, et, dans ce brusque agrandissement de sa pensée, il voyait passer des créations exquises, des rêveries de poète. Et c'est ainsi que ses gestes avaient pris une distinction subite, c'est ainsi que ses œuvres étaient belles, rendues tout d'un coup personnelles et vivantes.

Son ami n'essaya pas davantage de s'expliquer la naissance de cet artiste. Il s'en alla avec son étonnement. Avant de partir, il regarda encore les toiles et dit à Laurent :

« Je n'ai qu'un reproche à te faire, c'est que toutes tes études ont un air de famille. Ces cinq têtes se ressemblent. Les femmes elles-mêmes prennent je ne sais quelle allure violente qui leur donne l'air d'hommes déguisés… Tu comprends, si tu veux faire un tableau avec ces ébauches-là, il faudra changer quelques-unes des physionomies ; tes personnages ne peuvent pas être tous frères, cela ferait rire. »

Il sortit de l'atelier, et ajouta sur le carré[2], en riant :

« Vrai, mon vieux, ça me fait plaisir de t'avoir vu. Maintenant je vais croire aux miracles… Bon Dieu ! es-tu comme il faut ! »

Il descendit. Laurent rentra dans l'atelier, vivement troublé. Lorsque son ami lui avait fait l'observation que toutes ses têtes d'étude avaient un air de famille, il s'était brusquement tourné

1. Névrose : maladie mentale, affection nerveuse.

2. Sur le carré : sur le palier.

pour cacher sa pâleur. C'est que déjà cette ressemblance fatale l'avait frappé. Il revint lentement se placer devant les toiles ; à mesure qu'il les contemplait, qu'il passait de l'une à l'autre, une sueur glacée lui mouillait le dos.

« Il a raison, murmura-t-il, ils se ressemblent tous... Ils ressemblent à Camille. »

Il se recula, il s'assit sur le divan, sans pouvoir détacher les yeux des têtes d'étude. La première était une face de vieillard, avec une longue barbe blanche ; sous cette barbe blanche, l'artiste devinait le menton maigre de Camille. La seconde représentait une jeune fille blonde, et cette jeune fille le regardait avec les yeux bleus de sa victime. Les trois autres figures avaient chacune quelque trait du noyé. On eût dit Camille grimé[1] en vieillard, en jeune fille, prenant le déguisement qu'il plaisait au peintre de lui donner, mais gardant toujours le caractère général de sa physionomie. Il existait une autre ressemblance terrible entre ces têtes : elles paraissaient souffrantes et terrifiées, elles étaient comme écrasées sous le même sentiment d'horreur. Chacune avait un léger pli à gauche de la bouche, qui tirait les lèvres et les faisait grimacer. Ce pli, que Laurent se rappela avoir vu sur la face convulsionnée du noyé, les frappait d'un signe d'ignoble parenté.

Laurent comprit qu'il avait trop regardé Camille à la morgue. L'image du cadavre s'était gravée profondément en lui. Maintenant, sa main, sans qu'il en eût conscience, traçait toujours les lignes de ce visage atroce dont le souvenir le suivait partout.

Peu à peu, le peintre, qui se renversait sur le divan, crut voir les figures s'animer. Et il eut cinq Camille devant lui, cinq

1. **Grimé** : maquillé.

Camille que ses propres doigts avaient puissamment créés, et qui, par une étrangeté effrayante, prenaient tous les âges et tous les sexes. Il se leva, il lacéra les toiles et les jeta dehors. Il se disait qu'il mourrait d'effroi dans son atelier, s'il le peuplait lui-même des portraits de sa victime.

Une crainte venait de le prendre : il redoutait de ne pouvoir plus dessiner une tête, sans dessiner celle du noyé. Il voulut savoir tout de suite s'il était maître de sa main. Il posa une toile blanche sur son chevalet ; puis, avec un bout de fusain[1], il indiqua une figure en quelques traits. La figure ressemblait à Camille. Laurent effaça brusquement cette esquisse et en tenta une autre. Pendant une heure, il se débattit contre la fatalité[2] qui poussait ses doigts. À chaque nouvel essai, il revenait à la tête du noyé. Il avait beau tendre sa volonté, éviter les lignes qu'il connaissait si bien ; malgré lui, il traçait ces lignes, il obéissait à ses muscles, à ses nerfs révoltés. Il avait d'abord jeté les croquis rapidement ; il s'appliqua ensuite à conduire le fusain avec lenteur. Le résultat fut le même : Camille, grimaçant et douloureux, apparaissait sans cesse sur la toile. L'artiste esquissa successivement les têtes les plus diverses, des têtes d'anges, de vierges avec des auréoles, de guerriers romains coiffés de leur casque, d'enfants blonds et roses, de vieux bandits couturés de cicatrices ; toujours, toujours le noyé renaissait, il était tour à tour ange, vierge, guerrier, enfant et bandit. Alors Laurent se jeta dans la caricature, il exagéra les traits, il fit des profils monstrueux, il inventa des têtes grotesques[3], et il ne réussit qu'à rendre plus

1. **Fusain :** crayon servant à faire les esquisses.

2. **Fatalité :** force supérieure, à laquelle on ne peut résister.

3. **Grotesques :** déformées et ridicules.

horribles les portraits frappants de sa victime. Il finit par dessiner des animaux, des chiens et des chats ; les chiens et les chats ressemblaient vaguement à Camille.

Une rage sourde s'était emparée de Laurent. Il creva la toile d'un coup de poing, en songeant avec désespoir à son grand tableau. Maintenant il n'y fallait plus penser ; il sentait bien que, désormais, il ne dessinerait plus que la tête de Camille, et, comme le lui avait dit son ami, des figures qui se ressembleraient toutes feraient rire. Il s'imaginait ce qu'aurait été son œuvre ; il voyait sur les épaules de ses personnages, des hommes et des femmes, la face blafarde et épouvantée du noyé ; l'étrange spectacle qu'il évoquait ainsi lui parut d'un ridicule atroce et l'exaspéra.

Ainsi il n'oserait plus travailler, il redouterait toujours de ressusciter sa victime au moindre coup de pinceau. S'il voulait vivre paisible dans son atelier, il devrait ne jamais y peindre. Cette pensée que ses doigts avaient la faculté fatale et inconsciente de reproduire sans cesse le portrait de Camille lui fit regarder sa main avec terreur. Il lui semblait que cette main ne lui appartenait plus.

XXVI

La crise dont Mme Raquin était menacée se déclara. Brusquement, la paralysie, qui depuis plusieurs mois rampait le long de ses membres, toujours près de l'étreindre, la prit à la gorge et lui lia le corps. Un soir, comme elle s'entretenait paisiblement avec Thérèse et Laurent, elle resta, au milieu d'une phrase, la bouche béante[1] : il lui semblait qu'on l'étranglait. Quand elle voulut crier, appeler au secours, elle ne put balbutier que des sons rauques. Sa langue était devenue de pierre. Ses mains et ses pieds s'étaient roidis. Elle se trouvait frappée de mutisme et d'immobilité.

Thérèse et Laurent se levèrent, effrayés devant ce coup de foudre, qui tordit la vieille mercière en moins de cinq secondes. Quand elle fut roide et qu'elle fixa sur eux des regards suppliants, ils la pressèrent de questions pour connaître la cause de sa souffrance. Elle ne put répondre, elle continua à les regarder avec une angoisse profonde. Ils comprirent alors qu'ils n'avaient plus qu'un cadavre devant eux, un cadavre vivant à moitié qui les voyait et les entendait, mais qui ne pouvait leur parler. Cette crise les désespéra : au fond, ils se souciaient peu des douleurs de la paralytique, ils pleuraient sur eux, qui vivraient désormais dans un éternel tête-à-tête.

Dès ce jour, la vie des époux devint intolérable. Ils passèrent des soirées cruelles, en face de la vieille impotente[2] qui n'endormait plus leur effroi de ses doux radotages. Elle gisait dans un fauteuil, comme un paquet, comme une chose, et ils restaient seuls, aux deux bouts de la table, embarrassés et inquiets. Ce cadavre ne les séparait plus ; par moments, ils l'oubliaient, ils le confondaient avec les meubles. Alors leurs épouvantes de la nuit les prenaient, la salle à manger devenait, comme la chambre, un lieu terrible où se dressait le spectre de Camille. Ils souffrirent ainsi quatre ou cinq heures de plus par jour. Dès le crépuscule, ils

1. **Béante :** ouverte.

2. **Impotente :** qui ne parvient plus à se déplacer.

frissonnaient, baissant l'abat-jour de la lampe pour ne pas se voir, tâchant de croire que Mme Raquin allait parler et leur rappeler ainsi sa présence. S'ils la gardaient, s'ils ne se débarrassaient pas d'elle, c'est que ses yeux vivaient encore, et qu'ils éprouvaient parfois quelque soulagement à les regarder se mouvoir et briller.

Ils plaçaient toujours la vieille impotente sous la clarté crue de la lampe, afin de bien éclairer son visage et de l'avoir sans cesse devant eux. Ce visage mou et blafard eût été un spectacle insoutenable pour d'autres, mais ils éprouvaient un tel besoin de compagnie, qu'ils y reposaient leurs regards avec une véritable joie. On eût dit le masque dissous d'une morte, au milieu duquel on aurait mis deux yeux vivants ; ces yeux seuls bougeaient, roulant rapidement dans leur orbite ; les joues, la bouche étaient comme pétrifiées, elles gardaient une immobilité qui épouvantait. Lorsque Mme Raquin se laissait aller au sommeil et baissait les paupières, sa face, alors toute blanche et toute muette, était vraiment celle d'un cadavre ; Thérèse et Laurent, qui ne sentaient plus personne avec eux, faisaient du bruit jusqu'à ce que la paralytique eût relevé les paupières et les eût regardés. Ils l'obligeaient ainsi à rester éveillée.

Ils la considéraient comme une distraction qui les tirait de leurs mauvais rêves. Depuis qu'elle était infirme, il fallait la soigner ainsi qu'un enfant. Les soins qu'ils lui prodiguaient les forçaient à secouer leurs pensées. Le matin, Laurent la levait, la portait dans son fauteuil, et, le soir, il la remettait sur son lit ; elle était lourde encore, il devait user de toute sa force pour la prendre délicatement entre ses bras et la transporter. C'était également lui qui roulait son fauteuil. Les autres soins regardaient Thérèse : elle habillait l'impotente, elle la faisait manger, elle cherchait à comprendre ses moindres désirs. Mme Raquin conserva pendant quelques jours l'usage de ses mains, elle put écrire sur une ardoise et demander ainsi ce dont elle avait besoin ; puis ces mains moururent, il lui devint impossible de les soulever et de tenir un crayon ; dès lors, elle n'eut plus que le langage du regard, il fallut que sa nièce devinât ce qu'elle désirait. La jeune femme se voua au rude métier de garde-malade ; cela lui créa une occupation de corps et d'esprit qui lui fit grand bien.

Les époux, pour ne point rester face à face, roulaient dès le matin, dans la salle à manger, le fauteuil de la pauvre vieille. Ils l'apportaient entre eux, comme si elle eût été nécessaire à leur existence ; ils la faisaient assister à leur repas, à toutes leurs entrevues. Ils feignaient de ne pas comprendre, lorsqu'elle témoignait le désir de passer dans sa chambre. Elle n'était bonne qu'à rompre leur tête-à-tête, elle n'avait pas le droit de vivre à part. À huit heures, Laurent allait à son atelier, Thérèse descendait à la boutique, la paralytique demeurait seule dans la salle à manger jusqu'à midi ; puis, après le déjeuner, elle se trouvait seule à nouveau jusqu'à six heures. Souvent, pendant la journée, sa nièce montait et tournait autour d'elle, s'assurant si elle ne manquait de rien. Les amis de la famille ne savaient quels éloges inventer pour exalter les vertus de Thérèse et de Laurent.

Les réceptions du jeudi continuèrent, et l'impotente y assista, comme par le passé. On approchait son fauteuil de la table ; de huit heures à onze heures, elle tenait les yeux ouverts, regardant tour à tour les invités avec des lueurs pénétrantes. Les premiers jours, le vieux Michaud et Grivet demeurèrent un peu embarrassés en face du cadavre de leur vieille amie ; ils ne savaient quelle contenance tenir, ils n'éprouvaient qu'un chagrin médiocre, et ils se demandaient dans quelle juste mesure il était convenable de s'attrister. Fallait-il parler à cette face morte, fallait-il ne pas s'en occuper du tout ? Peu à peu, ils prirent le parti de traiter Mme Raquin comme si rien ne lui était arrivé. Ils finirent par feindre d'ignorer complètement son état. Ils causaient avec elle, faisant les demandes et les réponses, riant pour elle et pour eux, ne se laissant jamais démonter par l'expression rigide de son visage. Ce fut un étrange spectacle ; ces hommes avaient l'air de parler raisonnablement à une statue, comme les petites filles parlent à leur poupée. La paralytique se tenait roide et muette devant eux, et ils bavardaient, et ils multipliaient les gestes, ayant avec elle des conversations très animées. Michaud et Grivet s'applaudirent de leur excellente tenue. En agissant ainsi, ils croyaient faire preuve de politesse ; ils s'évitaient, en outre, l'ennui des condoléances d'usage. Mme Raquin devait être flattée de se voir traitée en personne bien portante, et, dès lors, il leur était permis de s'égayer en sa présence sans le moindre scrupule.

Grivet eut une manie. Il affirma qu'il s'entendait parfaitement avec Mme Raquin, qu'elle ne pouvait le regarder sans qu'il comprît sur-le-champ ce qu'elle désirait. C'était encore là une attention délicate. Seulement, à chaque fois, Grivet se trompait. Souvent, il interrompait la partie de dominos, il examinait la paralytique dont les yeux suivaient paisiblement le jeu, et il déclarait qu'elle demandait telle ou telle chose. Vérification faite, Mme Raquin ne demandait rien du tout ou demandait une chose toute différente. Cela ne décourageait pas Grivet, qui lançait un victorieux : « Quand je vous le disais ! » et qui recommençait quelques minutes plus tard. C'était une bien autre affaire lorsque l'impotente témoignait ouvertement un désir ; Thérèse, Laurent, les invités nommaient l'un après l'autre les objets qu'elle pouvait souhaiter. Grivet se faisait alors remarquer par la maladresse de ses offres. Il nommait tout ce qui lui passait par la tête, au hasard, offrant toujours le contraire de ce que Mme Raquin désirait. Ce qui ne lui empêchait pas de répéter :

« Moi, je lis dans ses yeux comme dans un livre. Tenez, elle me dit que j'ai raison… N'est-ce pas, chère dame… Oui, oui. »

D'ailleurs, ce n'était pas une chose facile que de saisir les souhaits de la pauvre vieille. Thérèse seule avait cette science. Elle communiquait assez aisément avec cette intelligence murée, vivante encore et enterrée au fond d'une chair morte. Que se passait-il dans cette misérable créature qui vivait juste assez pour assister à la vie sans y prendre part ? Elle voyait, elle entendait, elle raisonnait sans doute d'une façon nette et claire, et elle n'avait plus le geste, elle n'avait plus la voix pour exprimer au-dehors les pensées qui naissaient en elle. Ses idées l'étouffaient peut-être. Elle n'aurait pu lever la main, ouvrir la bouche, quand même un de ses mouvements, une de ses paroles eût décidé des destinées du monde. Son esprit était comme un de ces vivants qu'on ensevelit par mégarde et qui se réveillent dans la nuit de la terre, à deux ou trois mètres au-dessous du sol ; ils crient, ils se débattent, et l'on passe sur eux sans entendre leurs atroces lamentations. Souvent, Laurent regardait Mme Raquin, les lèvres serrées, les mains allongées sur les genoux, mettant toute sa vie dans ses yeux vifs et rapides, et il se disait :

« Qui sait à quoi elle peut penser toute seule… Il doit se passer quelque drame cruel au fond de cette morte. »

Laurent se trompait, Mme Raquin était heureuse, heureuse des soins et de l'affection de ses chers enfants. Elle avait toujours rêvé de finir comme cela, lentement, au milieu de dévouements et de caresses. Certes, elle aurait voulu conserver la parole pour remercier ses amis qui l'aidaient à mourir en paix. Mais elle acceptait son état sans révolte ; la vie paisible et retirée qu'elle avait toujours menée, les douceurs de son tempérament lui empêchaient de sentir trop rudement les souffrances du mutisme et de l'immobilité. Elle était redevenue enfant, elle passait des journées sans ennui, à regarder devant elle, à songer au passé. Elle finit même par goûter des charmes à rester bien sage dans son fauteuil, comme une petite fille.

Ses yeux prenaient chaque jour une douceur, une clarté plus pénétrantes. Elle en était arrivée à se servir de ses yeux comme d'une main, comme d'une bouche, pour demander et remercier. Elle suppléait ainsi, d'une façon étrange et charmante, aux organes qui lui faisaient défaut. Ses regards étaient beaux d'une beauté céleste, au milieu de sa face dont les chairs pendaient molles et grimaçantes. Depuis que ses lèvres tordues et inertes ne pouvaient plus sourire, elle souriait du regard, avec des tendresses adorables ; des lueurs humides passaient, et des rayons d'aurore sortaient des orbites. Rien n'était plus singulier que ces yeux qui riaient comme des lèvres dans ce visage mort ; le bas du visage restait morne et blafard, le haut s'éclairait divinement. C'était surtout pour ses chers enfants qu'elle mettait ainsi toutes ses reconnaissances, toutes les affections de son âme dans un simple coup d'œil. Lorsque, le soir et le matin, Laurent la prenait entre ses bras pour la transporter, elle le remerciait avec amour par des regards pleins d'une tendre effusion.

Elle vécut ainsi pendant plusieurs semaines, attendant la mort, se croyant à l'abri de tout nouveau malheur. Elle pensait avoir payé sa part de souffrance. Elle se trompait. Un soir, un effroyable coup l'écrasa.

Thérèse et Laurent avaient beau la mettre entre eux, en pleine lumière, elle ne vivait plus assez pour les séparer et les défendre contre leurs angoisses. Quand ils oubliaient qu'elle était là, qu'elle les voyait et les entendait, la folie les prenait, ils apercevaient Camille et cherchaient à le chasser. Alors, ils balbutiaient, ils laissaient échapper malgré eux des aveux, des phrases qui finirent par tout révéler à Mme Raquin. Laurent eut une sorte de crise pendant laquelle il parla comme un halluciné[1]. Brusquement, la paralytique comprit.

Une effrayante contraction passa sur son visage, et elle éprouva une telle secousse, que Thérèse crut qu'elle allait bondir et crier. Puis elle retomba dans une rigidité de fer. Cette espèce de choc fut d'autant plus épouvantable qu'il sembla galvaniser[2] un cadavre. La sensibilité, un instant rappelée, disparut ; l'impotente demeura plus écrasée, plus blafarde. Ses yeux, si doux d'ordinaire, étaient devenus noirs et durs, pareils à des morceaux de métal.

Jamais désespoir n'était tombé plus rudement dans un être. La sinistre vérité, comme un éclair, brûla les yeux de la paralytique et entra en elle avec le heurt suprême d'un coup de foudre. Si elle avait pu se lever, jeter le cri d'horreur qui montait à sa gorge, maudire les assassins de son fils, elle eût moins souffert. Mais, après avoir tout entendu, tout compris, il lui fallut rester

1. Halluciné : homme qui a des hallucinations, des sensations irréelles.

2. Galvaniser : électriser.

immobile et muette, gardant en elle l'éclat de sa douleur. Il lui sembla que Thérèse et Laurent l'avaient liée, clouée sur son fauteuil pour l'empêcher de s'élancer, et qu'ils prenaient un atroce plaisir à lui répéter : « Nous avons tué Camille », après avoir posé sur ses lèvres un bâillon qui étouffait ses sanglots. L'épouvante, l'angoisse couraient furieusement dans son corps sans trouver une issue. Elle faisait des efforts surhumains pour soulever le poids qui l'écrasait, pour dégager sa gorge et donner ainsi passage au flot de son désespoir. Et vainement elle tendait ses dernières énergies ; elle sentait sa langue froide contre son palais, elle ne pouvait s'arracher de la mort. Une impuissance de cadavre la tenait rigide. Ses sensations ressemblaient à celles d'un homme tombé en léthargie[1] qu'on enterrerait et qui, bâillonné par les liens de sa chair, entendrait sur sa tête le bruit sourd des pelletées de sable.

Le ravage qui se fit dans son cœur fut plus terrible encore. Elle sentit en elle un écroulement qui la brisa. Sa vie entière était désolée, toutes ses tendresses, toutes ses bontés, tous ses dévouements venaient d'être brutalement renversés et foulés aux pieds. Elle avait mené une vie d'affection et de douceur, et, à ses heures dernières, lorsqu'elle allait emporter dans la tombe la croyance aux bonheurs calmes de l'existence, une voix lui criait que tout est mensonge et que tout est crime. Le voile qui se déchirait lui montrait, au-delà des amours et des amitiés qu'elle avait cru voir, un spectacle effroyable de sang et de honte. Elle eût injurié Dieu, si elle avait pu crier un blasphème. Dieu l'avait trompée pendant plus de soixante ans, en la traitant en petite fille douce et bonne, en amusant ses yeux par des tableaux mensongers de joie

1. **Léthargie** : sommeil profond qui donne l'impression que l'individu est mort.

tranquille. Et elle était demeurée enfant, croyant sottement à mille choses niaises, ne voyant pas la vie réelle se traîner dans la boue sanglante des passions. Dieu était mauvais ; il aurait dû lui dire la vérité plus tôt, ou la laisser s'en aller avec ses innocences et son aveuglement. Maintenant, il ne lui restait qu'à mourir en niant l'amour, en niant l'amitié, en niant le dévouement. Rien n'existait que le meurtre et la luxure[1].

Hé quoi ! Camille était mort sous les coups de Thérèse et de Laurent, et ceux-ci avaient conçu le crime au milieu des hontes de l'adultère ! Il y avait pour Mme Raquin un tel abîme dans cette pensée, qu'elle ne pouvait la raisonner ni la saisir d'une façon nette et détaillée. Elle n'éprouvait qu'une sensation, celle d'une chute horrible ; il lui semblait qu'elle tombait dans un trou noir et froid. Et elle se disait : « Je vais aller me briser au fond. »

Après la première secousse, la monstruosité du crime lui parut invraisemblable. Puis elle eut peur de devenir folle, lorsque la conviction de l'adultère et du meurtre s'établit en elle, au souvenir de petites circonstances qu'elle ne s'était pas expliquées jadis. Thérèse et Laurent étaient bien les meurtriers de Camille, Thérèse qu'elle avait élevée, Laurent qu'elle avait aimé en mère dévouée et tendre. Cela tournait dans sa tête comme une roue immense, avec un bruit assourdissant. Elle devinait des détails si ignobles, elle descendait dans une hypocrisie si grande, elle assistait en pensée à un double spectacle d'une ironie si atroce, qu'elle eût voulu mourir pour ne plus penser. Une seule idée, machinale et implacable, broyait son cerveau avec une pesanteur et un entêtement de meule.

1. **Luxure** : recherche excessive des plaisirs de la chair.

Elle se répétait : « Ce sont mes enfants qui ont tué mon enfant », et elle ne trouvait rien autre chose pour exprimer son désespoir.

Dans le brusque changement de son cœur, elle se cherchait avec égarement et ne se reconnaissait plus ; elle restait écrasée sous l'envahissement brutal des pensées de vengeance qui chassaient toute la bonté de sa vie. Quand elle eut été transformée, il fit noir en elle ; elle sentit naître dans sa chair mourante un nouvel être, impitoyable et cruel, qui aurait voulu mordre les assassins de son fils.

Lorsqu'elle eut succombé sous l'étreinte accablante de la paralysie, lorsqu'elle eut compris qu'elle ne pouvait sauter à la gorge de Thérèse et de Laurent, qu'elle rêvait d'étrangler, elle se résigna au silence et à l'immobilité, et de grosses larmes tombèrent lentement de ses yeux. Rien ne fut plus navrant que ce désespoir muet et immobile. Ces larmes qui coulaient une à une sur ce visage mort dont pas une ride ne bougeait, cette face inerte et blafarde qui ne pouvait pleurer par tous ses traits et où les yeux seuls sanglotaient, offraient un spectacle poignant.

Thérèse fut prise d'une pitié épouvantée.

« Il faut la coucher », dit-elle à Laurent en lui montrant sa tante.

Laurent se hâta de rouler la paralytique dans sa chambre. Puis il se baissa pour la prendre entre ses bras. À ce moment, Mme Raquin espéra qu'un ressort puissant allait la mettre sur ses pieds ; elle tenta un effort suprême. Dieu ne pouvait permettre que Laurent la serrât contre sa poitrine ; elle comptait que la foudre allait l'écraser s'il avait cette impudence monstrueuse. Mais aucun ressort ne la poussa, et le ciel réserva son tonnerre. Elle resta affaissée, passive, comme un paquet de linge. Elle fut saisie, soulevée, transportée par l'assassin ; elle éprouva l'angoisse de se sentir, molle et abandonnée, entre les bras du meurtrier de Camille. Sa tête roula sur l'épaule de Laurent, qu'elle regarda avec des yeux agrandis par l'horreur.

« Va, va, regarde-moi bien, murmura-t-il, tes yeux ne me mangeront pas… »

Et il la jeta brutalement sur le lit. L'impotente y tomba évanouie. Sa dernière pensée avait été une pensée de terreur et de dégoût. Désormais, il lui faudrait, matin et soir, subir l'étreinte immonde des bras de Laurent.

XXVII

Une crise d'épouvante avait seule pu amener les époux à parler, à faire des aveux en présence de Mme Raquin. Ils n'étaient cruels ni l'un ni l'autre ; ils auraient évité une semblable révélation par humanité, si leur sûreté ne leur eût pas déjà fait une loi de garder le silence.

Le jeudi suivant, ils furent singulièrement inquiets. Le matin, Thérèse demanda à Laurent s'il croyait prudent de laisser la paralytique dans la salle à manger pendant la soirée. Elle savait tout, elle pourrait donner l'éveil.

« Bah ! répondit Laurent, il lui est impossible de remuer le petit doigt. Comment veux-tu qu'elle bavarde ?

– Elle trouvera peut-être un moyen, répondit Thérèse. Depuis l'autre soir, je lis dans ses yeux une pensée implacable.

– Non, vois-tu, le médecin m'a dit que tout était bien fini

pour elle. Si elle parle encore une fois, elle parlera dans le dernier hoquet de l'agonie… Elle n'en a pas pour longtemps, va. Ce serait bête de charger encore notre conscience en l'empêchant d'assister à cette soirée… »

Thérèse frissonna.

« Tu ne m'as pas comprise, cria-t-elle. Oh ! tu as raison, il y a assez de sang… Je voulais te dire que nous pourrions enfermer ma tante dans sa chambre et prétendre qu'elle est plus souffrante, qu'elle dort.

– C'est cela, reprit Laurent, et cet imbécile de Michaud entrerait carrément dans la chambre pour voir quand même sa vieille amie… Ce serait une excellente façon pour nous perdre. »

Il hésitait, il voulait paraître tranquille, et l'anxiété le faisait balbutier.

« Il vaut mieux laisser aller les événements, continua-t-il. Ces gens-là sont bêtes comme des oies ; ils n'entendront certainement rien aux désespoirs muets de la vieille. Jamais ils ne se douteront de la chose, car ils sont trop loin de la vérité. Une fois l'épreuve faite, nous serons tranquilles sur les suites de notre imprudence… Tu verras, tout ira bien. »

Le soir, quand les invités arrivèrent, Mme Raquin occupait sa place ordinaire, entre le poêle et la table. Laurent et Thérèse jouaient la belle humeur[1], cachant leurs frissons, attendant avec angoisse l'incident qui ne pouvait manquer de se produire. Ils avaient baissé très bas l'abat-jour de la lampe ; la toile cirée seule était éclairée.

Les invités eurent ce bout de causerie banale et bruyante qui précédait toujours la première partie de dominos. Grivet

1. **Jouaient la belle humeur :** feignaient d'être de bonne humeur.

et Michaud ne manquèrent pas d'adresser à la paralytique les questions d'usage sur sa santé, questions auxquelles ils firent eux-mêmes des réponses excellentes, comme ils en avaient l'habitude. Après quoi, sans plus s'occuper de la pauvre vieille, la compagnie se plongea dans le jeu avec délices.

Mme Raquin, depuis qu'elle connaissait l'horrible secret, attendait fiévreusement cette soirée. Elle avait réuni ses dernières forces pour dénoncer les coupables. Jusqu'au dernier moment, elle craignit de ne pas assister à la réunion ; elle pensait que Laurent la ferait disparaître, la tuerait peut-être, ou tout au moins l'enfermerait dans sa chambre. Quand elle vit qu'on la laissait là, quand elle fut en présence des invités, elle goûta une joie chaude en songeant qu'elle allait tenter de venger son fils. Comprenant que sa langue était bien morte, elle essaya un nouveau langage. Par une puissance de volonté étonnante, elle parvint à galvaniser[1] en quelque sorte sa main droite, à la soulever légèrement de son genou où elle était toujours étendue, inerte ; elle la fit ensuite ramper peu à peu le long d'un des pieds de la table, qui se trouvait devant elle, et parvint à la poser sur la toile cirée. Là, elle agita faiblement les doigts comme pour attirer l'attention.

Quand les joueurs aperçurent au milieu d'eux cette main de morte, blanche et molle, ils furent très surpris. Grivet s'arrêta, le bras en l'air, au moment où il allait poser victorieusement le double-six. Depuis son attaque, l'impotente n'avait plus remué les mains.

« Hé ! voyez donc, Thérèse, cria Michaud, voilà Mme Raquin qui agite les doigts… Elle désire sans doute quelque chose. »

1. **Galvaniser :** animer, donner de l'énergie.

Thérèse ne put répondre ; elle avait suivi, ainsi que Laurent, le labeur de la paralytique, elle regardait la main de sa tante, blafarde sous la lumière crue de la lampe, comme une main vengeresse qui allait parler. Les deux meurtriers attendaient, haletants.

« Pardieu ! oui, dit Grivet, elle désire quelque chose… Oh ! nous nous comprenons bien tous les deux… Elle veut jouer aux dominos… Hein ! n'est-ce pas, chère dame ? »

Mme Raquin fit un signe violent de dénégation. Elle allongea un doigt, replia les autres, avec des peines infinies, et se mit à tracer péniblement des lettres sur la table. Elle n'avait pas indiqué quelques traits, que Grivet s'écria de nouveau avec triomphe :

« Je comprends : elle dit que je fais bien de poser le double-six. »

L'impotente jeta sur le vieil employé un regard terrible et reprit le mot qu'elle voulait écrire. Mais, à chaque instant, Grivet l'interrompait en déclarant que c'était inutile, qu'il avait compris, et il avançait une sottise. Michaud finit par le faire taire.

« Que diable ! laissez parler Mme Raquin, dit-il. Parlez, ma vieille amie. »

Et il regarda sur la toile cirée, comme il aurait prêté l'oreille. Mais les doigts de la paralytique se lassaient, ils avaient recommencé un mot à plus de dix reprises, et ils ne traçaient plus ce mot qu'en s'égarant à droite et à gauche. Michaud et Olivier se penchaient, ne pouvant lire, forçant l'impotente à toujours reprendre les premières lettres.

« Ah ! bien, s'écria tout à coup Olivier, j'ai lu, cette fois… Elle vient d'écrire votre nom, Thérèse… Voyons "Thérèse et…" Achevez, chère dame. »

Thérèse faillit crier d'angoisse. Elle regardait les doigts de sa tante glisser sur la toile cirée, et il lui semblait que ces doigts traçaient son nom et l'aveu de son crime en caractères de feu. Laurent s'était levé violemment, se demandant s'il n'allait pas se précipiter sur la paralytique et lui briser le bras. Il crut que tout était perdu, il sentit sur son être la pesanteur et le froid du châtiment, en voyant cette main revivre pour révéler l'assassinat de Camille.

Mme Raquin écrivait toujours, d'une façon de plus en plus hésitante.

« C'est parfait, je lis très bien, reprit Olivier au bout d'un instant, en regardant les époux. Votre tante écrit vos deux noms : « Thérèse et Laurent » »

La vieille dame fit coup sur coup des signes d'affirmation, en jetant sur les meurtriers des regards qui les écrasèrent. Puis elle voulut achever. Mais ses doigts s'étaient roidis, la volonté suprême qui les galvanisait[1] lui échappait ; elle sentait la paralysie remonter lentement le long de son bras, et de nouveau s'emparer de son poignet. Elle se hâta, elle traça encore un mot.

Le vieux Michaud lut à haute voix :

« Thérèse et Laurent ont... »

Et Olivier demanda :

« Qu'est-ce qu'ils ont, vos chers enfants ? »

Les meurtriers, pris d'une terreur folle, furent sur le point d'achever la phrase tout haut. Ils contemplaient la main vengeresse avec des yeux fixes et troubles, lorsque, tout d'un coup, cette main fut prise d'une convulsion et s'aplatit sur la table ;

1. **Galvanisait** : animait.

elle glissa et retomba le long du genou de l'impotente, comme une masse de chair inanimée. La paralysie était revenue et avait arrêté le châtiment. Michaud et Olivier se rassirent, désappointés[1], tandis que Thérèse et Laurent goûtaient une joie si âcre, qu'ils se sentaient défaillir sous le flux brusque du sang qui battait dans leur poitrine.

Grivet était vexé de ne pas avoir été cru sur parole. Il pensa que le moment était venu de reconquérir son infaillibilité[2] en complétant la phrase inachevée de Mme Raquin. Comme on cherchait le sens de cette phrase :

« C'est très clair, dit-il, je devine la phrase entière dans les yeux de madame. Je n'ai pas besoin qu'elle écrive sur une table, moi ; un de ses regards me suffit... Elle a voulu dire : "Thérèse et Laurent ont bien soin de moi." »

Grivet dut s'applaudir de son imagination, car toute la société fut de son avis. Les invités se mirent à faire l'éloge des époux, qui se montraient si bons pour la pauvre dame.

« Il est certain, dit gravement le vieux Michaud, que Mme Raquin a voulu rendre hommage aux tendres attentions que lui prodiguent ses enfants. Cela honore toute la famille. »

Et il ajouta en reprenant ses dominos :

« Allons, continuons. Où en étions-nous ?... Grivet allait poser le double-six, je crois. »

Grivet posa le double-six. La partie continua, stupide et monotone.

La paralytique regardait sa main, abîmée dans un affreux désespoir. Sa main venait de la trahir. Elle la sentait lourde

1. Désappointés : déçus.

2. Infaillibilité : qualité de celui qui ne peut se tromper.

comme du plomb, maintenant ; jamais plus elle ne pourrait la soulever. Le ciel ne voulait pas que Camille fût vengé, il retirait à sa mère le seul moyen de faire connaître aux hommes le meurtre dont il avait été la victime. Et la malheureuse se disait qu'elle n'était plus bonne qu'à aller rejoindre son enfant dans la terre. Elle baissa les paupières, se sentant inutile désormais, voulant se croire déjà dans la nuit du tombeau.

XXVIII

Depuis deux mois, Thérèse et Laurent se débattaient dans les angoisses de leur union. Ils souffraient l'un par l'autre. Alors la haine monta lentement en eux, ils finirent par se jeter des regards de colère, pleins de menaces sourdes.

La haine devait forcément venir. Ils s'étaient aimés comme des brutes, avec une passion chaude, toute de sang ; puis, au milieu des énervements du crime, leur amour était devenu de la peur, et ils avaient éprouvé une sorte d'effroi physique de leurs baisers ; aujourd'hui, sous la souffrance que le mariage, que la vie en commun leur imposait, ils se révoltaient et s'emportaient.

Ce fut une haine atroce, aux éclats terribles. Ils sentaient bien qu'ils se gênaient l'un l'autre ; ils se disaient qu'ils mèneraient une existence tranquille, s'ils n'étaient pas toujours là face à face. Quand ils étaient en présence, il leur semblait qu'un poids énorme les étouffait, et ils auraient voulu écarter ce poids, l'anéantir ; leurs lèvres se pinçaient, des pensées de violence passaient dans leurs yeux clairs, il leur prenait des envies de s'entre-dévorer.

Au fond, une pensée unique les rongeait : ils s'irritaient contre leur crime, ils se désespéraient d'avoir à jamais troublé leur vie. De là venaient toute leur colère et toute leur haine. Ils sentaient que le mal était incurable, qu'ils souffriraient jusqu'à leur mort du meurtre de Camille, et cette idée de perpétuité dans la souffrance les exaspérait. Ne sachant sur qui frapper, ils s'en prenaient à eux-mêmes, ils s'exécraient [1].

Ils ne voulaient pas reconnaître tout haut que leur mariage était le châtiment fatal du meurtre ; ils se refusaient à entendre la voix intérieure qui leur criait la vérité, en étalant devant eux l'histoire de leur vie. Et pourtant, dans les crises d'emportement qui les secouaient, ils lisaient chacun nettement au fond de leur colère, ils devinaient les fureurs de leur être égoïste qui les avait poussés à l'assassinat pour contenter ses appétits, et qui ne trouvait dans l'assassinat qu'une existence désolée et intolérable. Ils se souvenaient du passé, ils savaient que leur espérance trompée de luxure [2] et de bonheur paisible les amenait seule aux remords ; s'ils avaient pu s'embrasser en paix et vivre en joie, ils n'auraient point pleuré Camille, ils se seraient engraissés de leur crime. Mais leur corps s'était révolté, refusant le mariage, et ils se demandaient avec terreur où allaient les conduire l'épouvante et le dégoût. Ils n'apercevaient qu'un avenir effroyable de douleur, qu'un dénouement sinistre et violent. Alors, comme deux ennemis qu'on aurait attachés ensemble et qui feraient de vains efforts pour se soustraire à cet embrassement forcé, ils tendaient leurs muscles et leurs nerfs, ils se raidissaient sans parvenir à se délivrer.

1. **S'exécraient :** se détestaient.

2. **Luxure :** recherche excessive des plaisirs de la chair.

Puis, comprenant que jamais ils n'échapperaient à leur étreinte, irrités par les cordes qui leur coupaient la chair, écœurés de leur contact, sentant à chaque heure croître leur malaise, oubliant qu'ils s'étaient eux-mêmes liés l'un à l'autre, et ne pouvant supporter leurs liens un instant de plus, ils s'adressaient des reproches sanglants, ils essayaient de souffrir moins, de panser les blessures qu'ils se faisaient, en s'injuriant, en s'étourdissant de leurs cris et de leurs accusations.

Chaque soir une querelle éclatait. On eût dit que les meurtriers cherchaient des occasions pour s'exaspérer, pour détendre leurs nerfs roidis. Ils s'épiaient, se tâtaient du regard, fouillant leurs blessures, trouvant le vif[1] de chaque plaie, et prenant une âcre volupté à se faire crier de douleur. Ils vivaient ainsi au milieu d'une irritation continuelle, las d'eux-mêmes, ne pouvant plus supporter un mot, un geste, un regard, sans souffrir et sans délirer. Leur être entier se trouvait préparé pour la violence ; la plus légère impatience, la contrariété la plus ordinaire grandissaient d'une façon étrange dans leur organisme détraqué, et devenaient tout d'un coup grosses de brutalité. Un rien soulevait un orage qui durait jusqu'au lendemain. Un plat trop chaud, une fenêtre ouverte, un démenti, une simple observation suffisaient pour les pousser à de véritables crises de folie. Et toujours, à un moment de la dispute, ils se jetaient le noyé à la face. De parole en parole, ils en arrivaient à se reprocher la noyade de Saint-Ouen ; alors ils voyaient rouge, ils s'exaltaient jusqu'à la rage. C'étaient des scènes atroces, des étouffements, des coups, des cris ignobles, des brutalités honteuses. D'ordinaire, Thérèse et Laurent s'exaspéraient ainsi

1. **Vif** : chair à nu.

après le repas ; ils s'enfermaient dans la salle à manger pour que le bruit de leur désespoir ne fût pas entendu. Là, ils pouvaient se dévorer à l'aise, au fond de cette pièce humide, de cette sorte de caveau que la lampe éclairait de lueurs jaunâtres. Leurs voix, au milieu du silence et de la tranquillité de l'air, prenaient des sécheresses déchirantes. Et ils ne cessaient que lorsqu'ils étaient brisés de fatigue ; alors seulement ils pouvaient aller goûter quelques heures de repos. Leurs querelles devinrent comme un besoin pour eux, comme un moyen de gagner le sommeil en hébétant leurs nerfs.

Mme Raquin les écoutait. Elle était là sans cesse, dans son fauteuil, les mains pendantes sur les genoux, la tête droite, la face muette. Elle entendait tout, et sa chair morte n'avait pas un frisson. Ses yeux s'attachaient sur les meurtriers avec une fixité aiguë. Son martyre devait être atroce. Elle sut ainsi, détail par détail, les faits qui avaient précédé et suivi le meurtre de Camille, elle descendit peu à peu dans les saletés et les crimes de ceux qu'elle avait appelés ses chers enfants.

Les querelles des époux la mirent au courant des moindres circonstances, étalèrent devant son esprit terrifié, un à un, les épisodes de l'horrible aventure. Et à mesure qu'elle pénétrait plus avant dans cette boue sanglante, elle criait grâce, elle croyait toucher le fond de l'infamie, et il lui fallait descendre encore. Chaque soir elle apprenait quelque nouveau détail. Toujours l'affreuse histoire s'allongeait devant elle ; il lui semblait qu'elle était perdue dans un rêve d'horreur qui n'aurait pas de fin. Le premier aveu avait été brutal et écrasant, mais elle souffrait davantage de ces coups répétés, de ces petits faits que les époux laissaient échapper au milieu de leur emportement et qui éclairaient le crime de lueurs sinistres.

Une fois par jour, cette mère entendait le récit de l'assassinat de son fils, et, chaque jour, ce récit devenait plus épouvantable, plus circonstancié, et était crié à ses oreilles avec plus de cruauté et d'éclat.

Parfois, Thérèse était prise de remords, en face de ce masque blafard sur lequel coulaient silencieusement de grosses larmes. Elle montrait sa tante à Laurent, le conjurant du regard de se taire.

« Eh ! laisse donc ! criait celui-ci avec brutalité, tu sais bien qu'elle ne peut pas nous livrer... Est-ce que je suis plus heureux qu'elle, moi ?... Nous avons son argent, je n'ai pas besoin de me gêner. »

Et la querelle continuait, âpre, éclatante, tuant de nouveau Camille. Ni Thérèse ni Laurent n'osaient céder à la pensée de pitié qui leur venait parfois, d'enfermer la paralytique dans sa chambre, lorsqu'ils se disputaient, et de lui éviter ainsi le récit du crime. Ils redoutaient de s'assommer l'un l'autre, s'ils n'avaient plus entre eux ce cadavre à demi vivant. Leur pitié cédait devant leur lâcheté, ils imposaient à Mme Raquin des souffrances indicibles, parce qu'ils avaient besoin de sa présence pour se protéger contre leurs hallucinations.

Toutes leurs disputes se ressemblaient et les amenaient aux mêmes accusations. Dès que le nom de Camille était prononcé, dès que l'un d'eux accusait l'autre d'avoir tué cet homme, il y avait un choc effrayant.

Un soir, à dîner, Laurent, qui cherchait un prétexte pour s'irriter, trouva que l'eau de la carafe était tiède ; il déclara que l'eau tiède lui donnait des nausées, et qu'il en voulait de la fraîche.

« Je n'ai pu me procurer de la glace, répondit sèchement Thérèse.

– C'est bien, je ne boirai pas, reprit Laurent.

– Cette eau est excellente.

– Elle est chaude et a un goût de bourbe[1]. On dirait de l'eau de rivière. »

Thérèse répéta :

« De l'eau de rivière… »

Et elle éclata en sanglots. Un rapprochement d'idées venait d'avoir lieu dans son esprit.

« Pourquoi pleures-tu ? demanda Laurent, qui prévoyait la réponse et qui pâlissait.

– Je pleure, sanglota la jeune femme, je pleure parce que… tu le sais bien… Oh ! mon Dieu ! mon Dieu ! c'est toi qui l'as tué.

– Tu mens ! cria l'assassin avec véhémence, avoue que tu mens… Si je l'ai jeté à la Seine, c'est que tu m'as poussé à ce meurtre.

– Moi ! moi !

– Oui, toi !… Ne fais pas l'ignorante, ne m'oblige pas à te faire avouer de force la vérité. J'ai besoin que tu confesses ton crime, que tu acceptes ta part dans l'assassinat. Cela me tranquillise et me soulage.

– Mais ce n'est pas moi qui ai noyé Camille.

– Si, mille fois si, c'est toi !… Oh ! tu feins l'étonnement et l'oubli. Attends, je vais rappeler tes souvenirs. »

Il se leva de table, se pencha vers la jeune femme, et, le visage en feu, lui cria dans la face :

« Tu étais au bord de l'eau, tu te souviens, et je t'ai dit tout bas : "Je vais le jeter à la rivière." Alors tu as accepté, tu es

1. **Bourbe** : boue.

entrée dans la barque… Tu vois bien que tu l'as assassiné avec moi.

– Ce n'est pas vrai… J'étais folle, je ne sais plus ce que j'ai fait, mais je n'ai jamais voulu le tuer. Toi seul as commis le crime. »

Ces dénégations torturaient Laurent. Comme il le disait, l'idée d'avoir une complice le soulageait, il aurait tenté, s'il l'avait osé, de se prouver à lui-même que toute l'horreur du meurtre retombait sur Thérèse. Il lui venait des envies de battre la jeune femme pour lui faire confesser qu'elle était la plus coupable.

Il se mit à marcher de long en large, criant, délirant, suivi par les regards fixes de Mme Raquin.

« Ah ! la misérable ! la misérable ! balbutiait-il d'une voix étranglée, elle veut me rendre fou… Eh ! n'es-tu pas montée un soir dans ma chambre comme une prostituée, ne m'as-tu pas soûlé de tes caresses pour me décider à te débarrasser de ton mari ? Il te déplaisait, il sentait l'enfant malade, me disais-tu lorsque je venais te voir ici… Il y a trois ans, est-ce que je pensais à tout cela, moi ? Est-ce que j'étais un coquin ? Je vivais tranquille, en honnête homme, ne faisant de mal à personne. Je n'aurais pas écrasé une mouche.

– C'est toi qui as tué Camille, répéta Thérèse avec une obstination désespérée qui faisait perdre la tête à Laurent.

– Non, c'est toi, je te dis que c'est toi, reprit-il avec un éclat terrible… Vois-tu, ne m'exaspère pas, cela pourrait mal finir… Comment, malheureuse, tu ne te rappelles rien ! Tu t'es livrée à moi comme une fille[1], là, dans la chambre de ton mari ; tu m'y as fait connaître des voluptés qui m'ont affolé. Avoue que tu avais calculé tout cela, que tu haïssais Camille, et que depuis

1. **Fille** : prostituée.

longtemps tu voulais le tuer. Tu m'as sans doute pris pour amant afin de me heurter contre lui et de le briser.

– Ce n'est pas vrai… C'est monstrueux ce que tu dis là… Tu n'as pas le droit de me reprocher ma faiblesse. Je puis dire, comme toi, qu'avant de te connaître, j'étais une honnête femme qui n'avait jamais fait de mal à personne. Si je t'ai rendu fou, tu m'as rendue plus folle encore. Ne nous disputons pas, entends-tu, Laurent… J'aurais trop de choses à te reprocher.

– Qu'aurais-tu donc à me reprocher ?

– Non, rien… Tu ne m'as pas sauvée de moi-même, tu as profité de mes abandons, tu t'es plu à désoler ma vie… Je te pardonne tout cela… Mais, par grâce, ne m'accuse pas d'avoir tué Camille. Garde ton crime pour toi, ne cherche pas à m'épouvanter davantage. »

Laurent leva la main pour frapper Thérèse au visage :

« Bats-moi, j'aime mieux ça, ajouta-t-elle, je souffrirai moins. »

Et elle tendit la face. Il se retint, il prit une chaise et s'assit à côté de la jeune femme.

« Écoute, lui dit-il d'une voix qu'il s'efforçait de rendre calme, il y a de la lâcheté à refuser ta part du crime. Tu sais parfaitement que nous l'avons commis ensemble, tu sais que tu es aussi coupable que moi. Pourquoi veux-tu rendre ma charge plus lourde en te disant innocente ? Si tu étais innocente, tu n'aurais pas consenti à m'épouser. Souviens-toi des deux années qui ont suivi le meurtre. Désires-tu tenter une épreuve ? Je vais aller tout dire au procureur impérial[1], et tu verras si nous ne serons pas condamnés l'un et l'autre. »

1. **Impérial** : de l'Empire. Le récit se déroule sous le Second Empire (1851-1870).

Ils frissonnèrent, et Thérèse reprit :

« Les hommes me condamneraient peut-être, mais Camille sait bien que tu as tout fait… Il ne me tourmente pas la nuit comme il te tourmente.

– Camille me laisse en repos, dit Laurent pâle et tremblant, c'est toi qui le vois passer dans tes cauchemars, je t'ai entendue crier.

– Ne dis pas cela, s'écria la jeune femme avec colère, je n'ai pas crié, je ne veux pas que le spectre vienne. Oh, je comprends, tu cherches à le détourner de toi… je suis innocente, je suis innocente ! »

Ils se regardèrent terrifiés, brisés de fatigue, craignant d'avoir évoqué le cadavre du noyé. Leurs querelles finissaient toujours ainsi ; ils protestaient de leur innocence, ils cherchaient à se tromper eux-mêmes pour mettre en fuite les mauvais rêves. Leurs continuels efforts tendaient à rejeter à tour de rôle la responsabilité du crime, à se défendre comme devant un tribunal, en faisant mutuellement peser sur eux les charges les plus graves. Le plus étrange était qu'ils ne parvenaient pas à être dupes de leurs serments, qu'ils se rappelaient parfaitement tous deux les circonstances de l'assassinat. Ils lisaient des aveux dans leurs yeux, lorsque leurs lèvres se donnaient des démentis. C'étaient des mensonges puérils, des affirmations ridicules, la dispute toute de mots de deux misérables qui mentaient pour mentir, sans pouvoir se cacher qu'ils mentaient. Successivement, ils prenaient le rôle d'accusateur, et, bien que jamais le procès qu'ils se faisaient n'eût amené un résultat, ils le recommençaient chaque soir avec un acharnement cruel. Ils savaient qu'ils ne se prouveraient rien, qu'ils ne parviendraient pas à effacer le passé, et ils tentaient toujours cette besogne, ils revenaient toujours à la charge, aiguillonnés par la douleur et l'effroi, vaincus à l'avance par l'accablante réalité. Le bénéfice le plus net qu'ils tiraient de leurs disputes était de produire une tempête de mots et de cris dont le tapage les étourdissait un moment.

Et tant que duraient leurs emportements, tant qu'ils s'accusaient, la paralytique ne les quittait pas du regard. Une joie ardente luisait dans ses yeux, lorsque Laurent levait sa large main sur la tête de Thérèse.

XXIX

Une nouvelle phase se déclara. Thérèse, poussée à bout par la peur, ne sachant où trouver une pensée consolante, se mit à pleurer le noyé tout haut devant Laurent.

Il y eut un brusque affaissement en elle. Ses nerfs trop tendus se brisèrent, sa nature sèche et violente s'amollit. Déjà elle avait eu des attendrissements pendant les premiers jours du mariage. Ces attendrissements revinrent, comme une réaction nécessaire et fatale[1]. Lorsque la jeune femme eut lutté de toute son énergie nerveuse contre le spectre de Camille, lorsqu'elle eut vécu pendant plusieurs mois sourdement irritée, révoltée contre ses souffrances, cherchant à les guérir par les seules volontés de son être, elle éprouva tout d'un coup une telle lassitude qu'elle plia et fut vaincue. Alors, redevenue femme, petite fille même, ne se sentant plus la

1. **Fatale** : inévitable.

force de se roidir, de se tenir fiévreusement debout en face de ses épouvantes, elle se jeta dans la pitié, dans les larmes et les regrets, espérant y trouver quelque soulagement. Elle essaya de tirer parti des faiblesses de chair et d'esprit qui la prenaient ; peut-être le noyé, qui n'avait pas cédé devant ses irritations, céderait-il devant ses pleurs. Elle eut ainsi des remords par calcul, se disant que c'était sans doute le meilleur moyen d'apaiser et de contenter Camille. Comme certaines dévotes [1], qui pensent tromper Dieu et en arracher un pardon en priant des lèvres et en prenant l'attitude humble de la pénitence [2], Thérèse s'humilia, frappa sa poitrine, trouva des mots de repentir, sans avoir au fond du cœur autre chose que de la crainte et de la lâcheté. D'ailleurs, elle éprouvait une sorte de plaisir physique à s'abandonner, à se sentir molle et brisée, à s'offrir à la douleur sans résistance.

Elle accabla Mme Raquin de son désespoir larmoyant.

La paralytique lui devint d'un usage journalier ; elle lui servait en quelque sorte de prie-Dieu [3], de meuble devant lequel elle pouvait sans crainte avouer ses fautes et en demander le pardon. Dès qu'elle éprouvait le besoin de pleurer, de se distraire en sanglotant, elle s'agenouillait devant l'impotente, et là, criait, étouffait, jouait à elle seule une scène de remords qui la soulageait en l'affaiblissant.

« Je suis une misérable [4], balbutiait-elle, je ne mérite pas de grâce [5]. Je vous ai trompée, j'ai poussé votre fils à la mort. Jamais

1. **Dévotes :** femmes très attachées aux pratiques religieuses.

2. **Pénitence :** démarche de celle qui veut expier ses péchés.

3. **Prie-Dieu :** petit meuble bas sur lequel on s'agenouille pour prier.

4. **Misérable :** femme indigne et méprisable.

5. **Grâce :** pardon.

vous ne me pardonnerez… Et pourtant si vous lisiez en moi les remords qui me déchirent, si vous saviez combien je souffre, peut-être auriez-vous pitié… Non, pas de pitié pour moi. Je voudrais mourir ainsi à vos pieds, écrasée par la honte et la douleur. »

Elle parlait de la sorte pendant des heures entières, passant du désespoir à l'espérance, se condamnant, puis se pardonnant ; elle prenait une voix de petite fille malade, tantôt brève, tantôt plaintive ; elle s'aplatissait sur le carreau et se redressait ensuite, obéissant à toutes les idées d'humilité et de fierté, de repentir et de révolte qui lui passaient par la tête. Parfois même elle oubliait qu'elle était agenouillée devant Mme Raquin, elle continuait son monologue dans le rêve. Quand elle s'était bien étourdie de ses propres paroles, elle se relevait chancelante, hébétée et elle descendait à la boutique, calmée, ne craignant plus d'éclater en sanglots nerveux devant ses clientes. Lorsqu'un nouveau besoin de remords la prenait, elle se hâtait de remonter et de s'agenouiller encore aux pieds de l'impotente. Et la scène recommençait dix fois par jour.

Thérèse ne songeait jamais que ses larmes et l'étalage de son repentir devaient imposer à sa tante des angoisses indicibles. La vérité était que, si l'on avait cherché à inventer un supplice pour torturer Mme Raquin, on n'en aurait pas à coup sûr trouvé de plus effroyable que la comédie du remords jouée par sa nièce. La paralytique devinait l'égoïsme caché sous ces effusions[1] de douleur. Elle souffrait horriblement de ces longs monologues qu'elle était forcée de subir à chaque instant, et qui toujours remettaient devant elle l'assassinat de Camille.

1. **Effusions** : démonstrations, expressions.

Elle ne pouvait pardonner, elle s'enfermait dans une pensée implacable de vengeance, que son impuissance rendait plus aiguë[1], et, toute la journée, il lui fallait entendre des demandes de pardon, des prières humbles et lâches. Elle aurait voulu répondre ; certaines phrases de sa nièce faisaient monter à sa gorge des refus écrasants, mais elle devait rester muette, laissant Thérèse plaider sa cause, sans jamais l'interrompre. L'impossibilité où elle était de crier et de se boucher les oreilles l'emplissait d'un tourment inexprimable. Et, une à une, les paroles de la jeune femme entraient dans son esprit, lentes et plaintives, comme un chant irritant. Elle crut un instant que les meurtriers lui infligeaient ce genre de supplice par une pensée diabolique de cruauté. Son unique moyen de défense était de fermer les yeux, dès que sa nièce s'agenouillait devant elle ; si elle l'entendait, elle ne la voyait pas.

Thérèse finit par s'enhardir jusqu'à embrasser sa tante. Un jour, pendant un accès de repentir, elle feignit d'avoir surpris dans les yeux de la paralytique une pensée de miséricorde[2] ; elle se traîna sur les genoux, elle se souleva, en criant d'une voix éperdue : « Vous me pardonnez ! vous me pardonnez ! » puis elle baisa le front et les joues de la pauvre vieille, qui ne put rejeter la tête en arrière. La chair froide sur laquelle Thérèse posa les lèvres lui causa un violent dégoût. Elle pensa que ce dégoût serait, comme les larmes et les remords, un excellent moyen d'apaiser ses nerfs ; elle continua à embrasser chaque jour l'impotente, par pénitence[3] et pour se soulager.

---

1. Aiguë : vive, intense.

2. Miséricorde : pardon.

3. Par pénitence : pour se punir, afin d'expier ses péchés.

« Oh ! que vous êtes bonne ! s'écriait-elle parfois. Je vois bien que mes larmes vous ont touchée… Vos regards sont pleins de pitié… Je suis sauvée… »

Et elle l'accablait de caresses, elle posait sa tête sur ses genoux, lui baisait les mains, lui souriait d'une façon heureuse, la soignait avec les marques d'une affection passionnée. Au bout de quelque temps, elle crut à la réalité de cette comédie, elle s'imagina qu'elle avait obtenu le pardon de Mme Raquin, et ne l'entretint[1] plus que du bonheur qu'elle éprouvait d'avoir sa grâce.

C'en était trop pour la paralytique. Elle faillit en mourir. Sous les baisers de sa nièce, elle ressentait cette sensation âcre de répugnance et de rage qui l'emplissait matin et soir, lorsque Laurent la prenait dans ses bras pour la lever ou la coucher. Elle était obligée de subir les caresses immondes de la misérable qui avait trahi et tué son fils ; elle ne pouvait même essuyer de la main les baisers que cette femme laissait sur ses joues. Pendant de longues heures, elle sentait ces baisers qui la brûlaient. C'est ainsi qu'elle était devenue la poupée des meurtriers de Camille, poupée qu'ils habillaient, qu'ils tournaient à droite et à gauche, dont ils se servaient selon leurs besoins et leurs caprices. Elle restait inerte entre leurs mains, comme si elle n'avait eu que du son[2] dans les entrailles, et cependant ses entrailles vivaient, révoltées et déchirées, au moindre contact de Thérèse ou de Laurent. Ce qui l'exaspéra surtout, ce fut l'atroce moquerie de la jeune femme qui prétendait lire des pensées de miséricorde dans ses regards, lorsque ses regards auraient voulu foudroyer la

1. L'entretint : lui parla

2. Son : enveloppes de céréale dont on remplissait les poupées.

criminelle. Elle fit souvent des efforts suprêmes pour jeter un cri de protestation, elle mit toute sa haine dans ses yeux. Mais Thérèse, qui trouvait son compte à se répéter vingt fois par jour qu'elle était pardonnée, redoubla de caresses, ne voulant rien deviner. Il fallut que la paralytique acceptât des remerciements et des effusions que son cœur repoussait. Elle vécut, dès lors, pleine d'une irritation amère et impuissante, en face de sa nièce assouplie qui cherchait des tendresses adorables pour la récompenser de ce qu'elle nommait sa bonté céleste.

Lorsque Laurent était là et que sa femme s'agenouillait devant Mme Raquin, il la relevait avec brutalité :

« Pas de comédie, lui disait-il. Est-ce que je pleure, est-ce que je me prosterne, moi ?... Tu fais tout cela pour me troubler. »

Les remords de Thérèse l'agitaient étrangement. Il souffrait davantage depuis que sa complice se traînait autour de lui, les yeux rougis par les larmes, les lèvres suppliantes. La vue de ce regret vivant redoublait ses effrois, augmentait son malaise. C'était comme un reproche éternel qui marchait dans la maison. Puis, il craignait que le repentir ne poussât un jour sa femme à tout révéler. Il aurait préféré qu'elle restât roidie et menaçante, se défendant avec âpreté contre ses accusations. Mais elle avait changé de tactique, elle reconnaissait volontiers maintenant la part qu'elle avait prise au crime, elle s'accusait elle-même, elle se faisait molle et craintive, et partait de là pour implorer la rédemption [1] avec des humilités ardentes. Cette attitude irritait Laurent. Leurs querelles étaient, chaque soir, plus accablantes et plus sinistres.

1. **Rédemption :** rachat des péchés, salut.

« Écoute, disait Thérèse à son mari, nous sommes de grands coupables, il faut nous repentir, si nous voulons goûter quelque tranquillité... Vois, depuis que je pleure, je suis plus paisible. Imite-moi. Disons ensemble que nous sommes justement punis d'avoir commis un crime horrible.

– Bah ! répondait brusquement Laurent, dis ce que tu voudras. Je te sais diablement habile et hypocrite. Pleure, si cela peut te distraire. Mais, je t'en prie, ne me casse pas la tête avec tes larmes.

– Ah ! tu es mauvais, tu refuses le remords. Tu es lâche, cependant, tu as pris Camille en traître.

– Veux-tu dire que je suis seul coupable ?

– Non, je ne dis pas cela. Je suis coupable, plus coupable que toi. J'aurais dû sauver mon mari de tes mains. Oh ! je connais toute l'horreur de ma faute, mais je tâche de me la faire pardonner, et j'y réussirai, Laurent, tandis que toi tu continueras à mener une vie désolée... Tu n'as pas même le cœur d'éviter à ma pauvre tante la vue de tes ignobles colères, tu ne lui as jamais adressé un mot de regret. »

Et elle embrassait Mme Raquin, qui fermait les yeux. Elle tournait autour d'elle, remontant l'oreiller qui lui soutenait la tête, lui prodiguant mille amitiés. Laurent était exaspéré.

« Eh ! laisse-la, criait-il, tu ne vois pas que ta vue et tes soins lui sont odieux. Si elle pouvait lever la main, elle te souffletterait[1]. »

Les paroles lentes et plaintives de sa femme, ses atti tudes résignées le faisaient peu à peu entrer dans des colères aveugles. Il voyait bien quelle était sa tactique ; elle voulait

1. Souffletterait : giflerait.

ne plus faire cause commune avec lui, se mettre à part, au fond de ses regrets, afin de se soustraire aux étreintes du noyé. Par moments, il se disait qu'elle avait peut-être pris le bon chemin, que les larmes la guériraient de ses épouvantes, et il frissonnait à la pensée d'être seul à souffrir, seul à avoir peur. Il aurait voulu se repentir, lui aussi, jouer tout au moins la comédie du remords, pour essayer ; mais il ne pouvait trouver les sanglots et les mots nécessaires, il se rejetait dans la violence, il secouait Thérèse pour l'irriter et la ramener avec lui dans la folie furieuse. La jeune femme s'étudiait à rester inerte, à répondre par des soumissions larmoyantes aux cris de sa colère, à se faire d'autant plus humble et repentante qu'il se montrait plus rude. Laurent montait ainsi jusqu'à la rage. Pour mettre le comble à son irritation, Thérèse finissait toujours par faire le panégyrique[1] de Camille, par étaler les vertus de sa victime.

« Il était bon, disait-elle, et il a fallu que nous fussions bien cruels pour nous attaquer à cet excellent cœur qui n'avait jamais eu une mauvaise pensée.

– Il était bon, oui, je sais, ricanait Laurent, tu veux dire qu'il était bête, n'est-ce pas… Tu as donc oublié ? Tu prétendais que la moindre de ses paroles t'irritait, qu'il ne pouvait ouvrir la bouche sans laisser échapper une sottise.

– Ne raille pas… Il ne te manque plus que d'insulter l'homme que tu as assassiné… Tu ne connais rien au cœur des femmes, Laurent ; Camille m'aimait et je l'aimais.

– Tu l'aimais, ah ! vraiment, voilà qui est bien trouvé… C'est sans doute parce que tu aimais ton mari que tu m'as pris

1. Panégyrique : éloge.

pour amant… Je me souviens d'un jour où tu te traînais sur ma poitrine en me disant que Camille t'écœurait lorsque tes doigts s'enfonçaient dans sa chair comme dans de l'argile… Oh ! je sais pourquoi tu m'as aimé, moi. Il te fallait des bras autrement vigoureux que ceux de ce pauvre diable.

– Je l'aimais comme une sœur. Il était le fils de ma bienfaitrice, il avait toutes les délicatesses des natures faibles, il se montrait noble et généreux, serviable et aimant… Et nous l'avons tué, mon Dieu ! mon Dieu ! »

Elle pleurait, elle se pâmait. Mme Raquin lui jetait des regards aigus[1], indignée d'entendre l'éloge de Camille dans une pareille bouche. Laurent, ne pouvant rien contre ce débordement de larmes, se promenait à pas fiévreux, cherchant quelque moyen suprême pour étouffer les remords de Thérèse. Tout le bien qu'il entendait dire de sa victime finissait par lui causer une anxiété poignante ; il se laissait prendre parfois aux accents déchirants de sa femme, il croyait réellement aux vertus de Camille, et ses effrois redoublaient. Mais ce qui le jetait hors de lui, ce qui l'amenait à des actes de violence, c'était le parallèle que la veuve du noyé ne manquait jamais d'établir entre son premier et son second mari, tout à l'avantage du premier.

« Eh bien ! oui, criait-elle, il était meilleur que toi ; je préférerais qu'il vécût encore et que tu fusses à sa place couché dans la terre. »

Laurent haussait d'abord les épaules.

« Tu as beau dire, continuait-elle en s'animant, je ne l'ai peut-être pas aimé de son vivant, mais maintenant je me

1. **Aigus** : intenses.

souviens et je l'aime… Je l'aime et je te hais, vois-tu. Toi, tu es un assassin…

– Te tairas-tu ! hurlait Laurent.

– Et lui, il est une victime, un honnête homme qu'un coquin a tué. Oh ! tu ne me fais pas peur… Tu sais bien que tu es un misérable, un homme brutal, sans cœur, sans âme. Comment veux-tu que je t'aime, maintenant que te voilà couvert du sang de Camille ?… Camille avait toutes les tendresses pour moi, et je te tuerais, entends-tu ? si cela pouvait ressusciter Camille et me rendre son amour.

– Te tairas-tu, misérable !

– Pourquoi me tairais-je ? je dis la vérité. J'achèterais le pardon au prix de ton sang. Ah ! que je pleure et que je souffre ! C'est ma faute si ce scélérat[1] a assassiné mon mari… Il faudra que j'aille, une nuit, baiser la terre où il repose. Ce seront là mes dernières voluptés. »

Laurent, ivre, rendu furieux par les tableaux atroces que Thérèse étalait devant ses yeux, se précipitait sur elle, la renversait par terre et la serrait sous son genou, le poing haut.

« C'est cela, criait-elle, frappe-moi, tue-moi… Jamais Camille n'a levé la main sur ma tête, mais toi, tu es un monstre. »

Et Laurent, fouetté par ces paroles, la secouait avec rage, la battait, meurtrissait son corps de son poing fermé. À deux reprises, il faillit l'étrangler. Thérèse mollissait sous les coups ; elle goûtait une volupté âpre à être frappée ; elle s'abandonnait, elle s'offrait, elle provoquait son mari pour qu'il l'assommât davantage. C'était encore là un remède contre les souffrances

1. **Scélérat** : criminel.

de sa vie ; elle dormait mieux la nuit quand elle avait été bien battue le soir. Mme Raquin goûtait des délices cuisantes [1], lorsque Laurent traînait ainsi sa nièce sur le carreau, lui labourant le corps de coups de pied.

L'existence de l'assassin était effroyable, depuis le jour où Thérèse avait eu l'infernale invention d'avoir des remords et de pleurer tout haut Camille. À partir de ce moment, le misérable vécut éternellement avec sa victime ; à chaque heure, il dut entendre sa femme louant et regrettant son premier mari. La moindre circonstance devenait un prétexte : Camille faisait ceci, Camille faisait cela, Camille avait telle qualité, Camille aimait de telle manière. Toujours Camille, toujours des phrases attristées qui pleuraient sur la mort de Camille. Thérèse employait toute sa méchanceté à rendre plus cruelle cette torture qu'elle infligeait à Laurent pour se sauvegarder elle-même. Elle descendit dans les détails les plus intimes, elle conta les mille riens de sa jeunesse avec des soupirs de regrets, et mêla ainsi le souvenir du noyé à chacun des actes de la vie journalière. Le cadavre, qui hantait déjà la maison, y fut introduit ouvertement. Il s'assit sur les sièges, se mit devant la table, s'étendit dans le lit, se servit des meubles, des objets qui traînaient. Laurent ne pouvait toucher une fourchette, une brosse, n'importe quoi, sans que Thérèse lui fît sentir que Camille avait touché cela avant lui. Sans cesse heurté contre l'homme qu'il avait tué, le meurtrier finit par éprouver une sensation bizarre qui faillit le rendre fou ; il s'imagina, à force d'être comparé à Camille, de se servir des objets dont Camille s'était servi, qu'il était Camille, qu'il

1. Le nom *délice* est féminin au pluriel.

s'identifiait avec sa victime. Son cerveau éclatait, et alors il se ruait sur sa femme pour la faire taire, pour ne plus entendre les paroles qui le poussaient au délire. Toutes leurs querelles se terminaient par des coups.

XXX

Il vint une heure où Mme Raquin, pour échapper aux souffrances qu'elle endurait, eut la pensée de se laisser mourir de faim. Son courage était à bout, elle ne pouvait supporter plus longtemps le martyre que lui imposait la continuelle présence des meurtriers, elle rêvait de chercher dans la mort un soulagement suprême. Chaque jour, ses angoisses devenaient plus vives, lorsque Thérèse l'embrassait, lorsque Laurent la prenait dans ses bras et la portait comme un enfant. Elle décida qu'elle échapperait à ces caresses et à ces étreintes qui lui causaient d'horribles dégoûts. Puisqu'elle ne vivait déjà plus assez pour venger son fils, elle préférait être tout à fait morte et ne laisser entre les mains des assassins qu'un cadavre qui ne sentirait rien et dont ils feraient ce qu'ils voudraient.

Pendant deux jours, elle refusa toute nourriture, mettant ses dernières forces à serrer les dents, rejetant ce qu'on réussissait à lui introduire dans la bouche. Thérèse était désespérée ; elle se demandait au pied de quelle borne elle irait pleurer et se repentir, quand sa tante ne serait plus là. Elle lui tint d'interminables discours pour lui prouver qu'elle devait vivre ; elle pleura, elle se fâcha même, retrouvant ses anciennes colères, ouvrant les mâchoires de la paralytique comme on ouvre celles d'un animal qui résiste. Mme Raquin tenait bon. C'était une lutte odieuse.

Laurent restait parfaitement neutre et indifférent. Il s'étonnait de la rage que Thérèse mettait à empêcher le suicide de l'impotente. Maintenant que la présence de la vieille femme leur était inutile, il souhaitait sa mort. Il ne l'aurait pas tuée, mais puisqu'elle désirait mourir, il ne voyait pas la nécessité de lui en refuser les moyens.

« Eh ! laisse-la donc, criait-il à sa femme. Ce sera un bon débarras... Nous serons peut-être plus heureux, quand elle ne sera plus là. »

Cette parole, répétée à plusieurs reprises devant elle, causa à Mme Raquin une étrange émotion. Elle eut peur que l'espérance de Laurent ne se réalisât, qu'après sa mort le ménage ne goûtât des heures calmes et heureuses. Elle se dit qu'elle était lâche de mourir, qu'elle n'avait pas le droit de s'en aller avant d'avoir assisté au dénouement de la sinistre aventure. Alors seulement elle pourrait descendre dans la nuit, pour dire à Camille : « Tu es vengé. » La pensée du suicide lui devint lourde, lorsqu'elle songea tout d'un coup à l'ignorance qu'elle emporterait dans la tombe ; là, au milieu du froid et du silence de la terre, elle dormirait, éternellement tourmentée par l'incertitude où elle serait du châtiment de ses bourreaux. Pour bien dormir du sommeil de la mort, il lui fallait s'assoupir dans la joie cuisante de la vengeance, il lui fallait emporter un rêve de haine satisfaite, un rêve qu'elle ferait pendant l'éternité. Elle prit les aliments que sa nièce lui présentait, elle consentit à vivre encore.

D'ailleurs, elle voyait bien que le dénouement ne pouvait être loin. Chaque jour, la situation entre les époux devenait plus tendue, plus insoutenable. Un éclat qui devait tout briser était imminent. Thérèse et Laurent se dressaient plus menaçants l'un devant l'autre, à toute heure. Ce n'était plus seulement la nuit qu'ils souffraient de leur intimité ; leurs journées entières se passaient au milieu d'anxiétés, de crises déchirantes. Tout leur devenait effroi et souffrance. Ils vivaient dans un enfer, se meurtrissant, rendant amer et cruel ce qu'ils faisaient et ce qu'ils disaient, voulant se pousser l'un l'autre au fond du gouffre qu'ils sentaient sous leurs pieds, et tombant à la fois.

La pensée de la séparation leur était bien venue à tous deux. Ils avaient rêvé, chacun de son côté, de fuir, d'aller goûter quelque repos, loin de ce passage du Pont-Neuf dont l'humidité et la crasse semblaient faites pour leur vie désolée. Mais ils n'osaient, ils ne pouvaient se sauver. Ne point se déchirer mutuellement, ne point rester là pour souffrir et se faire souffrir, leur paraissait impossible. Ils avaient l'entêtement de la haine et de la cruauté. Une sorte de répulsion et d'attraction les écartait et les retenait à la fois ; ils éprouvaient cette sensation étrange de deux personnes qui, après s'être querellées, veulent se séparer, et qui cependant reviennent toujours pour se crier de nouvelles injures. Puis des obstacles matériels s'opposaient à leur fuite, ils ne savaient que faire de l'impotente, ni que dire aux invités du jeudi. S'ils fuyaient, peut-être se douterait-on de quelque chose ; alors ils s'imaginaient qu'on les poursuivait, qu'on les guillotinait. Et ils restaient par lâcheté, ils restaient et se traînaient misérablement dans l'horreur de leur existence.

Quand Laurent n'était pas là, pendant la matinée et l'après-midi, Thérèse allait de la salle à manger à la boutique, inquiète et troublée, ne sachant comment remplir le vide qui chaque jour se creusait davantage en elle. Elle était désœuvrée, lorsqu'elle ne pleurait pas aux pieds de Mme Raquin ou qu'elle n'était pas battue et injuriée par son mari. Dès qu'elle se trouvait seule dans la boutique, un accablement la prenait, elle regardait d'un air hébété les gens qui traversaient la galerie sale et noire, elle devenait triste à mourir au fond de ce caveau sombre, puant le cimetière. Elle finit par prier Suzanne de venir passer les journées entières avec elle, espérant que la présence de cette pauvre créature, douce et pâle, la calmerait.

Suzanne accepta son offre avec joie ; elle l'aimait toujours d'une sorte d'amitié respectueuse ; depuis longtemps elle avait le désir de venir travailler avec elle, pendant qu'Olivier était à son bureau. Elle apporta sa broderie et prit, derrière le comptoir, la place vide de Mme Raquin.

Thérèse, à partir de ce jour, délaissa un peu sa tante. Elle monta moins souvent pleurer sur ses genoux et baiser sa face morte. Elle avait une autre occupation. Elle écoutait avec des efforts d'intérêt les bavardages lents de Suzanne qui parlait de son ménage, des banalités de sa vie monotone. Cela la tirait d'elle-même. Elle se surprenait parfois à s'intéresser à des sottises, ce qui la faisait ensuite sourire amèrement.

Peu à peu, elle perdit toute la clientèle qui fréquentait la boutique. Depuis que sa tante était étendue en haut dans son fauteuil elle laissait le magasin se pourrir, elle abandonnait les marchandises à la poussière et à l'humidité. Des odeurs de moisi traînaient, des araignées descendaient du plafond, le parquet n'était presque jamais balayé. D'ailleurs, ce qui mit en fuite les clientes fut l'étrange façon dont Thérèse les recevait parfois. Lorsqu'elle était en haut, battue par Laurent ou secouée par une crise d'effroi, et que la sonnette de la porte du magasin tintait impérieusement[1], il lui fallait descendre, sans presque prendre le temps de renouer ses cheveux ni d'essuyer ses larmes ; elle servait alors avec brusquerie la cliente qui l'attendait, elle s'épargnait même souvent la peine de la servir, en répondant, du haut de l'escalier de bois, qu'elle ne tenait plus ce dont on demandait. Ces façons peu engageantes n'étaient pas faites pour retenir les gens. Les petites ouvrières du quartier, habituées aux amabilités doucereuses de Mme Raquin, se retirèrent devant les rudesses et les regards fous de Thérèse. Quand cette dernière eut pris Suzanne avec elle, la défection[2] fut complète : les deux jeunes femmes, pour ne plus être dérangées au milieu de leurs bavardages, s'arrangèrent de manière à congédier les dernières acheteuses qui se présentaient encore. Dès lors, le commerce de mercerie cessa de fournir un sou aux besoins du ménage ; il fallut attaquer le capital des quarante et quelques mille francs.

Parfois, Thérèse sortait pendant des après-midi entières. Personne ne savait où elle allait. Elle avait sans doute pris Suzanne avec elle, non seulement pour lui tenir compagnie, mais aussi pour garder la boutique, pendant ses absences. Le soir, quand elle rentrait, éreintée, les paupières noires d'épuisement, elle retrouvait la petite femme d'Olivier, derrière le comptoir, affaissée, souriant d'un sourire vague, dans la même attitude où elle l'avait laissée cinq heures auparavant.

1. Impérieusement : avec autorité.

2. Défection : abandon, désertion des clientes.

Cinq mois environ après son mariage, Thérèse eut une épouvante. Elle acquit la certitude qu'elle était enceinte. La pensée d'avoir un enfant de Laurent lui paraissait monstrueuse, sans qu'elle s'expliquât pourquoi. Elle avait vaguement peur d'accoucher d'un noyé. Il lui semblait sentir dans ses entrailles le froid d'un cadavre dissous et amolli. À tout prix, elle voulut débarrasser son sein de cet enfant qui la glaçait et qu'elle ne pouvait porter davantage. Elle ne dit rien à son mari, et, un jour, après l'avoir cruellement provoqué, comme il levait le pied contre elle, elle présenta le ventre. Elle se laissa frapper ainsi à en mourir. Le lendemain, elle faisait une fausse couche.

De son côté, Laurent menait une existence affreuse. Les journées lui semblaient d'une longueur insupportable ; chacune d'elles ramenait les mêmes angoisses, les mêmes ennuis lourds, qui l'accablaient à heures fixes avec une monotonie et une régularité écrasantes. Il se traînait dans sa vie, épouvanté chaque soir par le souvenir de la journée et par l'attente du lendemain. Il savait que, désormais, tous ses jours se ressembleraient, que tous lui apporteraient d'égales souffrances. Et il voyait les semaines, les mois, les années qui l'attendaient, sombres et implacables, venant à la file, tombant sur lui et l'étouffant peu à peu. Lorsque l'avenir est sans espoir, le présent prend une amertume ignoble. Laurent n'avait plus de révolte, il s'avachissait, il s'abandonnait au néant qui s'emparait déjà de son être. L'oisiveté le tuait. Dès le matin, il sortait, ne sachant où aller, écœuré à la pensée de faire ce qu'il avait fait la veille, et forcé malgré lui de le faire de nouveau. Il se rendait à son atelier, par habitude, par manie. Cette pièce, aux murs gris, d'où l'on ne voyait qu'un carré désert de ciel, l'emplissait d'une tristesse morne. Il se vautrait sur son divan, les bras pendants, la pensée alourdie. D'ailleurs, il n'osait plus toucher à un pinceau. Il avait fait de nouvelles tentatives, et toujours la face de Camille s'était mise à ricaner sur la toile. Pour ne pas glisser à la folie, il finit par jeter sa boîte à couleurs dans un coin, par s'imposer la paresse la plus absolue. Cette paresse forcée lui était d'une lourdeur incroyable.

L'après-midi, il se questionnait avec angoisse pour savoir ce qu'il ferait. Il restait pendant une demi-heure, sur le trottoir de la rue Mazarine, à se consulter, à hésiter sur les distractions qu'il pourrait prendre. Il repoussait l'idée de remonter à son atelier, il se décidait toujours à descendre la rue Guénégaud, puis à marcher le long des quais. Et, jusqu'au soir, il allait devant lui, hébété, pris de frissons brusques, lorsqu'il regardait la Seine. Qu'il fût dans son atelier ou dans les rues, son accablement était le même. Le lendemain, il recommençait, il passait la matinée sur son divan, il se traînait l'après-midi le long des quais. Cela durait depuis des mois, et cela pouvait durer pendant des années.

Parfois Laurent songeait qu'il avait tué Camille pour ne rien faire ensuite, et il était tout étonné, maintenant qu'il ne faisait rien, d'endurer de telles souffrances. Il aurait voulu se forcer au bonheur. Il se prouvait qu'il avait tort de souffrir, qu'il venait d'atteindre la suprême félicité[1], qui consiste à se croiser les bras, et qu'il était un imbécile de ne pas goûter en paix cette félicité. Mais ses raisonnements tombaient devant les faits. Il était obligé de s'avouer au fond de lui que son oisiveté rendait ses angoisses plus cruelles en lui laissant toutes les heures de sa vie pour songer à ses désespoirs et en

1. **Félicité** : bonheur.

approfondir l'âpreté incurable. La paresse, cette existence de brute qu'il avait rêvée, était son châtiment. Par moments, il souhaitait avec ardeur une occupation qui le tirât de ses pensées. Puis il se laissait aller, il retombait sous le poids de la fatalité sourde qui lui liait les membres pour l'écraser plus sûrement.

À la vérité, il ne goûtait quelque soulagement que lorsqu'il battait Thérèse, le soir. Cela le faisait sortir de sa douleur engourdie.

Sa souffrance la plus aiguë, souffrance physique et morale, lui venait de la morsure que Camille lui avait faite au cou. À certains moments, il s'imagina que cette cicatrice lui couvrait tout le corps. S'il venait à oublier le passé, une piqûre ardente, qu'il croyait ressentir, rappelait le meurtre à sa chair et à son esprit. Il ne pouvait se mettre devant un miroir, sans voir s'accomplir le phénomène qu'il avait si souvent remarqué et qui l'épouvantait toujours : sous l'émotion qu'il éprouvait, le sang montait à son cou, empourprait[1] la plaie, qui se mettait à lui ronger la peau. Cette sorte de blessure vivant sur lui, se réveillant, rougissant et le mordant au moindre trouble, l'effrayait et le torturait. Il finissait par croire que les dents du noyé avaient enfoncé là une bête qui le dévorait. Le morceau de son cou où se trouvait la cicatrice ne lui semblait plus appartenir à son corps ; c'était comme de la chair étrangère qu'on aurait collée en cet endroit, comme une viande empoisonnée qui pourrissait ses propres muscles. Il portait ainsi partout avec lui le souvenir vivant et dévorant de son crime. Thérèse, quand il la battait, cherchait à l'égratigner à cette

1. **Empourprait :** rougissait.

place ; elle y entrait parfois ses ongles et le faisait hurler de douleur. D'ordinaire, elle feignait de sangloter, dès qu'elle voyait la morsure, afin de la rendre plus insupportable à Laurent. Toute la vengeance qu'elle tirait de ses brutalités était de le martyriser à l'aide de cette morsure.

Il avait bien des fois été tenté, lorsqu'il se rasait, de s'entamer le cou, pour faire disparaître les marques des dents du noyé. Devant le miroir, quand il levait le menton et qu'il apercevait la tache rouge, sous la mousse blanche du savon, il lui prenait des rages soudaines, il approchait vivement le rasoir, près de couper en pleine chair. Mais le froid du rasoir sur sa peau le rappelait toujours à lui ; il avait une défaillance, il était obligé de s'asseoir et d'attendre que sa lâcheté rassurée lui permît d'achever de se faire la barbe.

Il ne sortait, le soir, de son engourdissement que pour entrer dans des colères aveugles et puériles. Lorsqu'il était las de se quereller avec Thérèse et de la battre, il donnait, comme les enfants, des coups de pied dans les murs, il cherchait quelque chose à briser. Cela le soulageait. Il avait une haine particulière pour le chat tigré François qui, dès qu'il arrivait, allait se réfugier sur les genoux de l'impotente. Si Laurent ne l'avait pas encore tué, c'est qu'à la vérité il n'osait le saisir. Le chat le regardait avec de gros yeux ronds d'une fixité diabolique. C'étaient ces yeux, toujours ouverts sur lui, qui exaspéraient le jeune homme ; il se demandait ce que lui voulaient ces yeux qui ne le quittaient pas ; il finissait par avoir de véritables épouvantes, s'imaginant des choses absurdes. Lorsque à table, à n'importe quel moment, au milieu d'une querelle ou d'un long silence, il venait tout d'un coup, en tournant la tête, à apercevoir les regards de François qui l'examinait d'un air lourd et implacable, il pâlissait, il perdait la tête, il était sur le point de crier au chat : « Hé ! parle donc, dis-moi enfin ce que tu me veux. » Quand il pouvait lui écraser une patte ou la queue, il le faisait avec une joie effrayée, et alors le miaulement de la pauvre bête le remplissait d'une vague terreur, comme s'il eût entendu le cri de douleur d'une personne. Laurent, à la lettre, avait peur de François. Depuis surtout que ce dernier vivait sur les genoux de l'impotente, comme au sein d'une forteresse inexpugnable[1], d'où il pouvait impunément braquer ses yeux verts sur son ennemi, le meurtrier de Camille établissait une vague ressemblance entre cette bête irritée et la paralytique. Il se disait que le chat, ainsi que Mme Raquin, connaissait le crime et le dénoncerait, si jamais il parlait un jour.

Un soir enfin, François regarda si fixement Laurent, que celui-ci, au comble de l'irritation, décida qu'il fallait en finir. Il ouvrit toute grande la fenêtre de la salle à manger, et vint prendre le chat par la peau du cou. Mme Raquin comprit ; deux grosses larmes coulèrent sur ses joues. Le chat se mit à jurer, à se roidir, en tâchant de se retourner pour mordre la main de Laurent. Mais celui-ci tint bon ; il lui fit faire deux ou trois tours, puis l'envoya de toute la force de son bras contre la grande muraille noire d'en face. François s'y aplatit, s'y cassa les reins, et retomba sur le vitrage du passage. Pendant toute la nuit, la misérable bête se traîna le long de la gouttière, l'échine[2] brisée, en poussant des miaulements rauques. Cette nuit-là, Mme Raquin pleura François presque autant qu'elle avait pleuré Camille ; Thérèse eut une atroce crise de

1. **Inexpugnable :** qu'on ne peut assaillir, imprenable.
2. **Échine :** dos.

nerfs. Les plaintes du chat étaient sinistres, dans l'ombre, sous les fenêtres.

Bientôt Laurent eut de nouvelles inquiétudes. Il s'effraya de certains changements qu'il remarqua dans l'attitude de sa femme.

Thérèse devint sombre, taciturne. Elle ne prodigua plus à Mme Raquin des effusions de repentir, des baisers reconnaissants. Elle reprenait devant la paralytique ses airs de cruauté froide, d'indifférence égoïste. On eût dit qu'elle avait essayé du remords, et que, le remords n'ayant pas réussi à la soulager, elle s'était tournée vers un autre remède. Sa tristesse venait sans doute de son impuissance à calmer sa vie. Elle regarda l'impotente avec une sorte de dédain, comme une chose inutile qui ne pouvait même plus servir à sa consolation. Elle ne lui accorda que les soins nécessaires pour ne pas la laisser mourir de faim. À partir de ce moment, muette, accablée, elle se traîna dans la maison. Elle multiplia ses sorties, s'absenta jusqu'à quatre et cinq fois par semaine.

Ces changements surprirent et alarmèrent Laurent. Il crut que le remords, prenant une nouvelle forme chez Thérèse, se manifestait maintenant par cet ennui morne qu'il remarquait en elle. Cet ennui lui parut bien plus inquiétant que le désespoir bavard dont elle l'accablait auparavant. Elle ne disait plus rien, elle ne le querellait plus, elle semblait tout garder au fond de son être. Il aurait mieux aimé l'entendre épuiser sa souffrance que de la voir ainsi repliée sur elle-même. Il craignit qu'un jour l'angoisse ne l'étouffât et que, pour se soulager, elle n'allât tout conter à un prêtre ou à un juge d'instruction.

Les nombreuses sorties de Thérèse prirent alors une effrayante signification à ses yeux. Il pensa qu'elle cherchait un confident au-dehors, qu'elle préparait sa trahison. À deux reprises il voulut la suivre et la perdit dans les rues. Il se mit à la guetter de nouveau. Une pensée fixe s'était emparée de lui : Thérèse allait faire des révélations, poussée à bout par la souffrance, et il lui fallait la bâillonner, arrêter les aveux dans sa gorge.

XXXI

Un matin, Laurent, au lieu de monter à son atelier, s'établit chez un marchand de vin qui occupait un des coins de la rue Guénégaud, en face du passage. De là, il se mit à examiner les personnes qui débouchaient sur le trottoir de la rue Mazarine. Il guettait Thérèse. La veille, la jeune femme avait dit qu'elle sortirait de bonne heure et qu'elle ne rentrerait sans doute que le soir.

Laurent attendit une grande demi-heure. Il savait que sa femme s'en allait toujours par la rue Mazarine ; un moment, pourtant, il craignit qu'elle ne lui eût échappé en prenant la rue de Seine. Il eut l'idée de rentrer dans la galerie, de se cacher dans l'allée même de la maison. Comme il s'impatientait, il vit Thérèse sortir vivement du passage. Elle était vêtue d'étoffes claires, et, pour la première fois, il remarqua qu'elle s'habillait comme une fille [1], avec une robe à longue traîne ; elle se dandinait sur le trottoir d'une façon provocante, regardant les hommes, relevant si haut le devant de sa jupe, en la prenant à poignée qu'elle montrait tout le devant de ses

1. Fille : prostituée.

jambes, ses bottines lacées et ses bas blancs. Elle remonta la rue Mazarine. Laurent la suivit.

Le temps était doux, la jeune femme marchait lentement, la tête un peu renversée, les cheveux dans le dos. Les hommes qui l'avaient regardée de face se retournaient pour la voir par-derrière. Elle prit la rue de l'École-de-Médecine. Laurent fut terrifié ; il savait qu'il y avait quelque part près de là un commissariat de police ; il se dit qu'il ne pouvait plus douter, que sa femme allait sûrement le livrer. Alors il se promit de s'élancer sur elle, si elle franchissait la porte du commissariat, de la supplier, de la battre, de la forcer à se taire. Au coin d'une rue, elle regarda un sergent de ville qui passait, et il trembla de lui voir aborder ce sergent de ville ; il se cacha dans le creux d'une porte, saisi de la crainte soudaine d'être arrêté sur-le-champ, s'il se montrait. Cette course fut pour lui une véritable agonie ; tandis que sa femme s'étalait au soleil sur le trottoir, traînant ses jupes, nonchalante et impudique, il venait derrière elle, pâle et frémissant, se répétant que tout était fini, qu'il ne pourrait se sauver et qu'on le guillotinerait. Chaque pas qu'il lui voyait faire lui semblait un pas de plus vers le châtiment. La peur lui donnait une sorte de conviction aveugle, les moindres mouvements de la jeune femme ajoutaient à sa certitude. Il la suivait, il allait où elle allait, comme on va au supplice.

Brusquement, en débouchant sur l'ancienne place Saint-Michel, Thérèse se dirigea vers un café qui faisait alors le coin de la rue Monsieur-le-Prince. Elle s'assit au milieu d'un groupe de femmes et d'étudiants, à une des tables posées sur le trottoir. Elle donna familièrement des poignées de main à tout ce monde. Puis elle se fit servir une absinthe[1].

1. Absinthe : liqueur faite à base d'une plante aromatique très amère.

Elle semblait à l'aise, elle causait avec un jeune homme blond, qui l'attendait sans doute là depuis quelque temps. Deux filles vinrent se pencher sur la table qu'elle occupait, et se mirent à la tutoyer de leur voix enrouée. Autour d'elle, les femmes fumaient des cigarettes, les hommes embrassaient les femmes en pleine rue, devant les passants, qui ne tournaient seulement pas la tête. Les gros mots, les rires gras arrivaient jusqu'à Laurent, demeuré immobile de l'autre côté de la place, sous une porte cochère.

Lorsque Thérèse eut achevé son absinthe, elle se leva, prit le bras du jeune homme blond et descendit la rue de la Harpe. Laurent les suivit jusqu'à la rue Saint-André-des-Arts. Là, il les vit entrer dans une maison meublée. Il resta au milieu de la chaussée, les yeux levés, regardant la façade de la maison. Sa femme se montra un instant à une fenêtre ouverte du second étage. Puis il crut distinguer les mains du jeune homme blond qui se glissaient autour de la taille de Thérèse. La fenêtre se ferma avec un bruit sec.

Laurent comprit. Sans attendre davantage, il s'en alla tranquillement, rassuré, heureux.

« Bah ! se disait-il en descendant vers les quais, cela vaut mieux. Comme ça, elle a une occupation, elle ne songe pas à mal… Elle est diablement plus fine que moi. »

Ce qui l'étonnait, c'était de ne pas avoir eu le premier l'idée de se jeter dans le vice. Il pouvait y trouver un remède contre la terreur. Il n'y avait pas pensé, parce que sa chair était morte, et qu'il ne se sentait plus le moindre appétit de débauche. L'infidélité de sa femme le laissait parfaitement froid ; il n'éprouvait aucune révolte de sang et de nerfs à la pensée qu'elle se trouvait entre les bras d'un autre homme. Au contraire, cela lui paraissait plaisant ; il lui semblait qu'il avait suivi la femme d'un camarade, et il riait du bon tour que cette femme jouait à son mari. Thérèse lui était devenue étrangère à ce point, qu'il ne l'entendait plus vivre dans sa poitrine ; il l'aurait vendue et livrée cent fois pour acheter une heure de calme.

Il se mit à flâner, jouissant de la réaction brusque et heureuse qui venait de le faire passer de l'épouvante à la paix. Il remerciait presque sa femme d'être allée chez un amant lorsqu'il croyait qu'elle se rendait chez un commissaire de police. Cette aventure avait un dénouement tout imprévu qui le surprenait d'une façon agréable. Ce qu'il vit de plus clair dans tout cela, c'est qu'il avait eu tort de trembler, et qu'il devait à son tour goûter du vice pour voir si le vice ne le soulagerait pas en étourdissant ses pensées.

Le soir, Laurent, en revenant à la boutique, décida qu'il demanderait quelques milliers de francs à sa femme et qu'il emploierait les grands moyens pour les obtenir. Il pensait que le vice coûte cher à un homme, il enviait vaguement le sort des filles qui peuvent se vendre. Il attendit patiemment Thérèse, qui n'était pas encore rentrée. Quand elle arriva, il joua la douceur, il ne lui parla pas de son espionnage du matin. Elle était un peu grise [1]; il s'échappait de ses vêtements mal rattachés cette senteur âcre de tabac et de liqueur qui traîne dans les estaminets [2]. Éreintée, la face marbrée de plaques livides, elle chancelait, tout alourdie par la fatigue honteuse de la journée.

1. **Grise** : ivre.

2. **Estaminets** : petits cafés populaires.

Le dîner fut silencieux. Thérèse ne mangea pas. Au dessert, Laurent posa les coudes sur la table et lui demanda carrément cinq mille francs.

« Non, répondit-elle avec sécheresse. Si je te laissais libre, tu nous mettrais sur la paille… Ignores-tu notre position ? Nous allons tout droit à la misère.

– C'est possible, reprit-il tranquillement, cela m'est égal, je veux de l'argent.

– Non, mille fois non !… Tu as quitté ta place, le commerce de mercerie ne marche plus du tout, et ce n'est pas avec les rentes[1] de ma dot que nous pouvons vivre. Chaque jour j'entame le capital pour te nourrir et te donner les cent francs par mois que tu m'as arrachés. Tu n'auras pas davantage, entends-tu ? C'est inutile.

– Réfléchis, ne refuse pas comme ça. Je te dis que je veux cinq mille francs, et je les aurai, tu me les donneras quand même. »

Cet entêtement tranquille irrita Thérèse et acheva de la soûler.

« Ah ! je sais, cria-t-elle, tu veux finir comme tu as commencé… Il y a quatre ans que nous t'entretenons[2]. Tu n'es venu chez nous que pour manger et pour boire, et, depuis ce temps, tu es à notre charge. Monsieur ne fait rien, monsieur s'est arrangé de façon à vivre à mes dépens, les bras croisés… Non, tu n'auras rien, pas un sou… Veux-tu que je te le dise, eh bien ! tu es un… »

1. Rentes : produits du capital, par opposition aux revenus du travail.

2. Nous t'entretenons : nous te fournissons les moyens de ta subsistance, nous te faisons vivre.

Et elle dit le mot. Laurent se mit à rire en haussant les épaules. Il se contenta de répondre :

« Tu apprends de jolis mots dans le monde où tu vis maintenant. »

Ce fut la seule allusion qu'il se permit de faire aux amours de Thérèse. Celle-ci redressa vivement la tête et dit d'un ton aigre :

« En tout cas, je ne vis pas avec des assassins. »

Laurent devint très pâle. Il garda un instant le silence, les yeux fixés sur sa femme ; puis, d'une voix tremblante :

« Écoute, ma fille, reprit-il, ne nous fâchons pas ; cela ne vaudrait rien, ni pour toi, ni pour moi. Je suis à bout de courage. Il serait prudent de nous entendre, si nous ne voulons pas qu'il nous arrive malheur… je t'ai demandé cinq mille francs, parce que j'en ai besoin ; je puis même te dire que je compte les employer à assurer notre tranquillité. »

Il eut un étrange sourire et continua :

« Voyons, réfléchis, donne-moi ton dernier mot.

– C'est tout réfléchi, répondit la jeune femme, je te l'ai dit, tu n'auras pas un sou. »

Son mari se leva avec violence. Elle eut peur d'être battue ; elle se fit toute petite, décidée à ne pas céder sous les coups. Mais Laurent ne s'approcha même pas, il se contenta de lui déclarer froidement qu'il était las de la vie et qu'il allait conter l'histoire du meurtre au commissaire de police du quartier.

« Tu me pousses à bout, dit-il, tu me rends l'existence insupportable. Je préfère en finir… Nous serons jugés et condamnés tous deux. Voilà tout.

– Crois-tu me faire peur ? lui cria sa femme. Je suis tout aussi lasse que toi. C'est moi qui vais aller chez le commissaire de police, si tu n'y vas pas. Ah ! bien, je suis prête à te suivre sur l'échafaud, je n'ai pas ta lâcheté… Allons, viens avec moi chez le commissaire. »

Elle s'était levée, elle se dirigeait déjà vers l'escalier.

« C'est cela, balbutia Laurent, allons-y ensemble. »

Quand ils furent descendus dans la boutique, ils se regardèrent, inquiets, effrayés. Il leur sembla qu'on venait de les clouer au sol. Les quelques secondes qu'ils avaient mises à franchir l'escalier de bois leur avaient suffi pour leur montrer, dans un éclair, les conséquences d'un aveu. Ils virent en même temps les gendarmes, la prison, la cour d'assises, la guillotine, tout cela brusquement et nettement. Et, au fond de leur être, ils éprouvaient des défaillances, ils étaient tentés de se jeter aux genoux l'un de l'autre, pour se supplier de rester, de ne rien révéler. La peur, l'embarras les tinrent immobiles et muets pendant deux ou trois minutes. Ce fut Thérèse qui se décida la première à parler et à céder.

– Après tout, dit-elle, je suis bien bête de te disputer cet argent. Tu arriveras toujours à me le manger un jour ou l'autre. Autant vaut-il que je te le donne tout de suite.

Elle n'essaya pas de déguiser davantage sa défaite. Elle s'assit au comptoir et signa un bon de cinq mille francs que Laurent devait toucher chez un banquier. Il ne fut plus question du commissaire, ce soir-là.

Dès que Laurent eut de l'or dans ses poches, il se grisa, fréquenta les filles, se traîna au milieu d'une vie bruyante et affolée. Il découchait, dormait le jour, courait la nuit, recherchait les émotions fortes, tâchait d'échapper au réel. Mais il ne réussit qu'à s'affaisser davantage. Lorsqu'on criait autour de lui, il entendait le grand silence terrible qui était en lui ;

lorsqu'une maîtresse l'embrassait, lorsqu'il vidait son verre, il ne trouvait au fond de l'assouvissement qu'une tristesse lourde. Il n'était plus fait pour la luxure[1] et la gloutonnerie ; son être, refroidi, comme rigide à l'intérieur, s'énervait[2] sous les baisers et dans les repas. Écœuré à l'avance, il ne parvenait point à se monter l'imagination, à exciter ses sens et son estomac. Il souffrait un peu plus en se forçant à la débauche, et c'était tout. Puis, quand il rentrait, quand il revoyait Mme Raquin et Thérèse, sa lassitude le livrait à des crises affreuses de terreur ; il jurait alors de ne plus sortir, de rester dans sa souffrance pour s'y habituer et la vaincre.

De son côté Thérèse sortit de moins en moins. Pendant un mois, elle vécut comme Laurent, sur les trottoirs, dans les cafés. Elle rentrait un instant, le soir, faisait manger Mme Raquin, la couchait, et s'absentait de nouveau jusqu'au lendemain. Elle et son mari restèrent, une fois, quatre jours sans se voir. Puis elle eut des dégoûts profonds, elle sentit que le vice ne lui réussissait pas plus que la comédie du remords. Elle s'était en vain traînée dans tous les hôtels garnis[3] du quartier Latin, elle avait en vain mené une vie sale et tapageuse. Ses nerfs étaient brisés, la débauche, les plaisirs physiques ne lui donnaient plus des secousses assez violentes pour lui procurer l'oubli. Elle était comme un de ces ivrognes dont le palais brûlé reste insensible, sous le feu des liqueurs les plus fortes. Elle restait inerte dans la luxure, elle n'allait plus chercher auprès de ses amants qu'ennui et

---

1. Luxure : recherche excessive des plaisirs de la chair.

2. S'énervait : perdait toute vigueur. Voir également note 1, p. 96.

3. Hôtels garnis : hôtels où l'on loue des chambres meublées à la semaine ou au mois.

lassitude. Alors elle les quitta, se disant qu'ils lui étaient inutiles. Elle fut prise d'une paresse désespérée qui la retint au logis, en jupon malpropre, dépeignée, la figure et les mains sales. Elle s'oublia dans la crasse.

Lorsque les deux meurtriers se retrouvèrent ainsi face à face, lassés, ayant épuisé tous les moyens de se sauver l'un de l'autre, ils comprirent qu'ils n'auraient plus la force de lutter. La débauche n'avait pas voulu d'eux et venait de les rejeter à leurs angoisses. Ils étaient de nouveau dans le logement sombre et humide du passage, ils y étaient comme emprisonnés désormais, car souvent ils avaient tenté le salut, et jamais ils n'avaient pu briser le lien sanglant qui les liait. Ils ne songèrent même plus à essayer une besogne impossible. Ils se sentirent tellement poussés, écrasés, attachés ensemble par les faits, qu'ils eurent conscience que toute révolte serait ridicule. Ils reprirent leur vie commune, mais leur haine devint de la rage furieuse.

Les querelles du soir recommencèrent. D'ailleurs les coups, les cris duraient tout le jour. À la haine vint se joindre la méfiance, et la méfiance acheva de les rendre fous.

Ils eurent peur l'un de l'autre. La scène qui avait suivi la demande des cinq mille francs se reproduisit bientôt matin et soir. Leur idée fixe était qu'ils voulaient se livrer[1] mutuellement. Ils ne sortaient pas de là. Quand l'un d'eux disait une parole, faisait un geste, l'autre s'imaginait qu'il avait le projet d'aller chez le commissaire de police. Alors, ils se battaient ou ils s'imploraient. Dans leur colère, ils criaient qu'ils couraient tout révéler, ils s'épouvantaient à en mourir ; puis ils frissonnaient,

1. **Se livrer :** sous-entendu, à la police.

ils s'humiliaient, ils se promettaient avec des larmes amères de garder le silence. Ils souffraient horriblement, mais ils ne se sentaient pas le courage de se guérir en posant un fer rouge sur la plaie. S'ils se menaçaient de confesser le crime, c'était uniquement pour se terrifier et s'en ôter la pensée, car jamais ils n'auraient eu la force de parler et de chercher la paix dans le châtiment.

À plus de vingt reprises, ils allèrent jusqu'à la porte du commissariat de police, l'un suivant l'autre. Tantôt c'était Laurent qui voulait avouer le meurtre, tantôt c'était Thérèse qui courait se livrer. Et ils se rejoignaient toujours dans la rue, et ils se décidaient toujours à attendre encore, après avoir échangé des insultes et des prières ardentes.

Chaque nouvelle crise les laissait plus soupçonneux et plus farouches.

Du matin au soir, ils s'espionnaient. Laurent ne quittait plus le logement du passage, et Thérèse ne le laissait plus sortir seul. Leurs soupçons, leur épouvante des aveux les rapprochèrent, les unirent dans une intimité atroce. Jamais, depuis leur mariage, ils n'avaient vécu si étroitement liés l'un à l'autre, et jamais ils n'avaient tant souffert. Mais, malgré les angoisses qu'ils s'imposaient, ils ne se quittaient pas des yeux, ils aimaient mieux endurer les douleurs les plus cuisantes que de se séparer pendant une heure. Si Thérèse descendait à la boutique, Laurent la suivait, par crainte qu'elle ne causât avec une cliente ; si Laurent se tenait sur la porte, regardant les gens qui traversaient le passage, Thérèse se plaçait à côté de lui, pour voir s'il ne parlait à personne. Le jeudi soir, quand les invités étaient là, les meurtriers s'adressaient des regards suppliants, ils s'écoutaient avec terreur, s'attendant chacun à quelque aveu de son complice, donnant aux phrases commencées des sens compromettants.

Un tel état de guerre ne pouvait durer davantage.

Thérèse et Laurent en arrivèrent, chacun de son côté, à rêver d'échapper par un nouveau crime aux conséquences de leur premier crime. Il fallait absolument que l'un d'eux disparût pour que l'autre goûtât quelque repos. Cette réflexion leur vint en même temps ; tous deux sentirent la nécessité pressante d'une séparation, tous deux voulurent une séparation éternelle. Le meurtre, qui se présenta à leur pensée, leur sembla naturel, fatal, forcément amené par le meurtre de Camille. Ils ne le discutèrent même pas, ils en acceptèrent le projet comme le seul moyen de salut. Laurent décida qu'il tuerait Thérèse, parce que Thérèse le gênait, qu'elle pouvait le perdre d'un mot et qu'elle lui causait des souffrances insupportables ; Thérèse décida qu'elle tuerait Laurent, pour les mêmes raisons.

La résolution bien arrêtée d'un assassinat les calma un peu. Ils firent leurs dispositions. D'ailleurs, ils agissaient dans la fièvre, sans trop de prudence ; ils ne pensaient que vaguement aux conséquences probables d'un meurtre commis, sans que la fuite et l'impunité fussent assurées. Ils sentaient invinciblement[1] le besoin de se tuer, ils obéissaient à ce besoin en brutes furieuses. Ils ne se seraient pas livrés pour leur premier crime, qu'ils avaient dissimulé avec tant d'habileté, et ils risquaient la guillotine, en en commettant un second, qu'ils ne songeaient seulement pas à cacher. Il y avait là une contradiction de conduite qu'ils ne voyaient même point. Ils se disaient simplement que s'ils parvenaient à fuir, ils iraient vivre à l'étranger,

1. **Invinciblement :** avec une force que l'on ne peut pas vaincre.

après avoir pris tout l'argent. Thérèse, depuis quinze à vingt jours, avait retiré les quelques milliers de francs qui restaient de sa dot, et les tenait enfermés dans un tiroir que Laurent connaissait. Ils ne se demandèrent pas un instant ce que deviendrait Mme Raquin.

Laurent avait rencontré, quelques semaines auparavant, un de ses anciens camarades de collège, alors préparateur chez un chimiste célèbre qui s'occupait beaucoup de toxicologie[1]. Ce camarade lui avait fait visiter le laboratoire où il travaillait, lui montrant les appareils, lui nommant les drogues. Un soir, lorsqu'il se fut décidé au meurtre, Laurent, comme Thérèse buvait devant lui un verre d'eau sucrée, se souvint d'avoir vu dans ce laboratoire un petit flacon de grès, contenant de l'acide prussique[2]. En se rappelant ce que lui avait dit le jeune préparateur sur les effets terribles de ce poison qui foudroie et laisse peu de traces, il songea que c'était là le poison qu'il lui fallait. Le lendemain, il réussit à s'échapper, il rendit visite à son ami, et, pendant que celui-ci avait le dos tourné, il vola le petit flacon de grès.

Le même jour, Thérèse profita de l'absence de Laurent pour faire repasser[3] un grand couteau de cuisine, avec lequel on cassait le sucre, et qui était tout ébréché. Elle cacha le couteau dans un coin du buffet.

1. **Toxicologie :** étude des poisons.
2. **Acide prussique :** poison très violent.
3. **Repasser :** affûter, aiguiser.

XXXII

Le jeudi qui suivit, la soirée chez les Raquin, comme les invités continuaient à appeler le ménage de leurs hôtes, fut d'une gaieté toute particulière. Elle se prolongea jusqu'à onze heures et demie. Grivet, en se retirant, déclara ne jamais avoir passé des heures plus agréables.

Suzanne, qui était enceinte, parla tout le temps à Thérèse de ses douleurs et de ses joies. Thérèse semblait l'écouter avec un grand intérêt ; les yeux fixes, les lèvres serrées, elle penchait la tête par moments ; ses paupières, qui se baissaient, couvraient d'ombre tout son visage. Laurent, de son côté, prêtait une attention soutenue aux récits du vieux Michaud et d'Olivier. Ces messieurs ne tarissaient pas, et Grivet ne parvenait qu'avec peine à placer un mot entre deux phrases du père et du fils. D'ailleurs, il avait pour eux un certain respect ; il trouvait qu'ils parlaient bien. Ce soir-là, la causerie ayant remplacé le jeu, il s'écria naïvement que la conversation de l'ancien commissaire de police l'amusait presque autant qu'une partie de dominos.

Depuis près de quatre ans que les Michaud et Grivet passaient les jeudis soir chez les Raquin, ils ne s'étaient pas fatigués une seule fois de ces soirées monotones qui revenaient avec une régularité énervante. Jamais ils n'avaient soupçonné un instant le drame qui se jouait dans cette maison, si paisible et si douce, lorsqu'ils y entraient. Olivier prétendait d'ordinaire, par une plaisanterie d'homme de police, que la salle à manger sentait l'honnête homme. Grivet, pour ne pas rester en arrière, l'avait appelée le Temple de la Paix. À deux ou trois reprises, dans les derniers temps, Thérèse expliqua les meurtrissures qui lui marbraient le visage, en disant aux invités qu'elle était tombée. Aucun d'eux, d'ailleurs, n'aurait reconnu les marques du poing de Laurent ; ils étaient convaincus que le ménage de leurs hôtes était un ménage modèle, tout de douceur et d'amour.

La paralytique n'avait plus essayé de leur révéler les infamies[1] qui se cachaient derrière la morne tranquillité des soirées du jeudi. En face des déchirements des meurtriers, devinant la crise qui devait éclater un jour ou l'autre, amenée par la succession fatale des événements, elle finit par comprendre que les faits n'avaient pas besoin d'elle. Dès lors, elle s'effaça, elle laissa agir les conséquences de l'assassinat de Camille qui devaient tuer les assassins à leur tour. Elle pria seulement le ciel de lui donner assez de vie pour assister au dénouement violent qu'elle prévoyait ; son dernier désir était de repaître ses regards du spectacle des souffrances suprêmes qui briseraient Thérèse et Laurent.

Ce soir-là Grivet vint se placer à côté d'elle et causa longtemps, faisant comme d'habitude les demandes et les réponses. Mais il ne put en tirer même un regard. Lorsque onze heures et demie sonnèrent, les invités se levèrent vivement.

« On est si bien chez vous, déclara Grivet, qu'on ne songe jamais à s'en aller.

– Le fait est, appuya Michaud, que je n'ai jamais sommeil ici, moi qui me couche à neuf heures d'habitude. »

Olivier crut devoir placer sa plaisanterie.

« Voyez-vous, dit-il, en montrant ses dents jaunes, ça sent les honnêtes gens dans cette pièce : c'est pourquoi l'on y est si bien. »

1. **Infamies** : horreurs, atrocités.

Grivet, fâché d'avoir été devancé, se mit à déclamer, en faisant un geste emphatique[1] :

« Cette pièce est le Temple de la Paix. »

Pendant ce temps, Suzanne nouait les brides de son chapeau et disait à Thérèse :

« Je viendrai demain matin à neuf heures.

– Non, se hâta de répondre la jeune femme, ne venez que l'après-midi… je sortirai sans doute pendant la matinée. »

Elle parlait d'une voix étrange, troublée. Elle accompagna les invités jusque dans le passage. Laurent descendit aussi une lampe à la main. Quand ils furent seuls, les époux poussèrent chacun un soupir de soulagement ; une impatience sourde avait dû les dévorer pendant toute la soirée. Depuis la veille, ils étaient plus sombres, plus inquiets en face l'un de l'autre. Ils évitèrent de se regarder, ils remontèrent silencieusement. Leurs mains avaient de légers tremblements convulsifs, et Laurent fut obligé de poser la lampe sur la table, pour ne pas la laisser tomber.

Avant de coucher Mme Raquin, ils avaient l'habitude de mettre en ordre la salle à manger, de préparer un verre d'eau sucrée pour la nuit, d'aller et de venir ainsi autour de la paralytique, jusqu'à ce que tout fût prêt.

Lorsqu'ils furent remontés, ce soir-là, ils s'assirent un instant, les yeux vagues, les lèvres pâles. Au bout d'un silence :

« Eh bien ! nous ne nous couchons pas ? demanda Laurent qui semblait sortir en sursaut d'un rêve.

– Si, si, nous nous couchons, répondit Thérèse en frissonnant, comme si elle avait eu grand froid. »

Elle se leva et prit la carafe.

1. **Emphatique :** exagéré, grandiloquent.

« Laisse, s'écria son mari d'une voix qu'il s'efforçait de rendre naturelle, je préparerai le verre d'eau sucrée… Occupe-toi de ta tante. »

Il enleva la carafe des mains de sa femme et remplit un verre d'eau. Puis, se tournant à demi, il y vida le petit flacon de grès, en y mettant un morceau de sucre. Pendant ce temps, Thérèse s'était accroupie devant le buffet ; elle avait pris le couteau de cuisine et cherchait à le glisser dans une des grandes poches qui pendaient à sa ceinture.

À ce moment, cette sensation étrange qui prévient de l'approche d'un danger fit tourner la tête aux époux, d'un mouvement instinctif. Ils se regardèrent. Thérèse vit le flacon dans les mains de Laurent, et Laurent aperçut l'éclair blanc du couteau qui luisait entre les plis de la jupe de Thérèse. Ils s'examinèrent ainsi pendant quelques secondes, muets et froids, le mari près de la table, la femme pliée devant le buffet. Ils comprenaient. Chacun d'eux resta glacé en retrouvant sa propre pensée chez son complice. En lisant mutuellement leur secret dessein[1] sur leur visage bouleversé, ils se firent pitié et horreur.

Mme Raquin, sentant que le dénouement était proche, les regardait avec des yeux fixes et aigus[2].

Et brusquement Thérèse et Laurent éclatèrent en sanglots. Une crise suprême les brisa, les jeta dans les bras l'un de l'autre, faibles comme des enfants. Il leur sembla que quelque chose de doux et d'attendri s'éveillait dans leur poitrine. Ils pleurèrent, sans parler, songeant à la vie de boue qu'ils avaient

1. Dessein : projet, intention.

2. Aigus : pénétrants.

menée et qu'ils mèneraient encore, s'ils étaient assez lâches pour vivre. Alors, au souvenir du passé, ils se sentirent tellement las et écœurés d'eux-mêmes, qu'ils éprouvèrent un besoin immense de repos, de néant. Ils échangèrent un dernier regard, un regard de remerciement, en face du couteau et du verre de poison. Thérèse prit le verre, le vida à moitié et le tendit à Laurent qui l'acheva d'un trait. Ce fut un éclair. Ils tombèrent l'un sur l'autre, foudroyés, trouvant enfin une consolation dans la mort. La bouche de la jeune femme alla heurter, sur le cou de son mari, la cicatrice qu'avaient laissée les dents de Camille.

Les cadavres restèrent toute la nuit sur le carreau de la salle à manger, tordus, vautrés, éclairés de lueurs jaunâtres par les clartés de la lampe que l'abat-jour jetait sur eux. Et, pendant près de douze heures, jusqu'au lendemain vers midi, Mme Raquin, froide et muette, les contempla à ses pieds, ne pouvant se rassasier les yeux, les écrasant de regards lourds.

Un mariage d'amour

Présentation

L'histoire de la publication de la nouvelle

Le 24 décembre 1866, Zola fait paraître dans *Le Figaro* une nouvelle intitulée *Un mariage d'amour*. Dans une brève introduction, il évoque la **genèse de son écriture** : il s'inspire de *La Vénus de Gordes*, roman-feuilleton d'Adolphe Belot et Ernest Daudet. Dans ce roman, Marguerite Rivarot, mariée à Pascoul, est la maîtresse du cocher Furbice. Pour avoir tué le mari, les deux amants sont arrêtés et envoyés au bagne. Furbice parvient à s'évader, contrairement à sa maîtresse, qui y meurt de la fièvre jaune. Zola reprend ce **schéma narratif** dans sa nouvelle, à l'exception du châtiment final des amants, qui ne sont pas punis par la justice, mais par eux-mêmes. *Thérèse Raquin* développe considérablement les éléments de ce récit.

Une préfiguration du roman

Un Mariage d'amour narre effectivement en « quelques mots » ce que le roman *Thérèse Raquin* présente en un « volume ». Le récit présente **la brièveté et la densité d'une nouvelle**. Il met en scène un **trio amoureux fatal** : Michel et Suzanne, les époux, ainsi que Jacques, l'amant de Suzanne. Aucun des personnages ne survit à la passion qui lie les amants. La **chute** du récit est particulièrement rapide et frappante. Le lecteur s'attend à un nouveau meurtre. En quelques mots, le narrateur lui apprend que l'histoire se conclut par deux suicides.

Un style original

La nouvelle est écrite dans un **style très concis**. Elle laisse peu de place aux paroles des amants et à l'analyse. Le narrateur rend compte du glissement des personnages vers le désespoir, voire la folie, avec un **réalisme** qui fait de leur souffrance le fruit d'une succession de symptômes de plus en plus graves. Le narrateur fait ainsi la synthèse d'événements qui se sont déroulés sur une période de plusieurs années et qui semblent s'enchaîner de manière inéluctable. Il nous raconte un fait divers, à la manière d'un **journaliste** qui décrit froidement ce dont il a pris connaissance grâce à la « confession » laissée par les amants au moment de leur suicide.

Le narrateur, malgré la brutalité des faits racontés, ne s'interdit pas quelques pointes d'**ironie**. Le titre annonce un « mariage d'amour ». Or ni celui de Michel et de Suzanne, ni celui de Jacques et de Suzanne ne semble pouvoir être qualifié de la sorte. La disparition du mari a éteint la passion des amants, enfermés dans leur silence et leurs obsessions. Michel et Suzanne prétendent vouloir s'aimer « selon la loi » : grâce au meurtre, qui leur épargne les incertitudes de l'adultère, ils cessent paradoxalement d'être hors-la-loi. Ils sont toutefois très loin de la « vie de félicité » dont ils rêvaient. Le premier acte de leur histoire est donc une « **terrible comédie** ».

Mais le récit se mue vite en un **drame intemporel**. Michel et Suzanne finissent par inspirer autant de pitié que de terreur pour l'horreur de leur crime. En cinq actes bien distincts, le lecteur les suit de la transgression que constitue le meurtre à l'inévitable châtiment, qui les délivre d'une existence devenue insupportable. La passion les a séparés, en les précipitant dans le crime. C'est finalement la mort qui les réunit.

Le roman que publie *Le Figaro*[1] et qui obtient un si légitime succès d'émotion, me rappelle une terrible histoire de passion et de souffrance. Je vais la conter en quelques mots, me réservant d'écrire un jour le volume qu'elle demanderait[2]. Si je me décide à la faire connaître aujourd'hui, c'est qu'elle renferme une haute leçon et qu'elle montre le coupable trouvant une effroyable punition dans l'impunité même de son crime.

Imaginez que Furbice ait épousé Margaï, après avoir réussi à cacher l'assassinat de Pascoul[3] à la justice des hommes. Les deux meurtriers, l'amant et la femme adultère, ont sauvé leur honneur ; ils vont maintenant vivre la vie de félicité[4] qu'ils ont rêvée ; les voilà réunis à jamais, liés par la volupté et par le sang, pouvant contenter enfin à l'aise leurs appétits de richesse et de luxure[5].

Écoutez l'histoire d'un semblable mariage d'amour.

*

Michel avait vingt-cinq ans lorsqu'il épousa Suzanne, une jeune femme de son âge, d'une maigreur nerveuse, ni laide, ni belle, mais ayant dans son visage effilé deux grands beaux yeux qui allaient largement d'une tempe à l'autre. Ils vécurent trois années sans querelles, ne recevant guère que Jacques, un ami du mari, dont la femme devint peu à peu passionnément amoureuse.

---

1. Zola fait référence à *La Vénus de Gordes* qu'Adolphe Belot (1829-1890) et Ernest Daudet (1837-1921) viennent de publier dans le journal *Le Figaro*.

2. *Thérèse Raquin*, roman qui développe *Un mariage d'amour*, est publié un an plus tard (1867).

3. Furbice, Margaï, Pascoul : personnages de *La Vénus de Gordes*.

4. Félicité : bonheur intense.

5. Luxure : recherche excessive des plaisirs de la chair.

Jacques se laissa aller à la douceur cuisante de cette passion. D'ailleurs, la paix du ménage ne fut pas troublée ; les amants étaient lâches, et reculaient devant la certitude d'un scandale. Sans en avoir conscience, ils en arrivèrent lentement au projet de se débarrasser de Michel. Un meurtre devait tout arranger, en leur permettant de s'aimer en liberté et selon la loi.

Un jour, ils décidèrent le mari à faire une partie de campagne [1]. On alla à Corbeil [2], et là, lorsque le dîner eut été commandé, Jacques proposa et fit accepter une promenade en canot sur la Seine. Il prit les rames et descendit la rivière, tandis que ses compagnons chantaient et riaient comme des enfants.

Quand la barque fut en pleine Seine, cachée derrière les hautes futaies [3] d'une île, Jacques saisit brusquement Michel et essaya de le jeter à l'eau. Suzanne cessa de chanter ; elle détourna la tête, pâle, les lèvres serrées, silencieuse et frissonnante. Les deux hommes luttèrent un instant sur le bord de la barque qui s'enfonçait en craquant. Michel, surpris, ne pouvant comprendre, se défendit, muet, avec l'instinct d'une bête qu'on attaque ; il mordit Jacques à la joue, enleva presque le morceau, et tomba dans la rivière en appelant sa femme avec rage et terreur. Il ne savait pas nager.

Alors Jacques, prenant Suzanne dans ses bras, se jeta à l'eau de façon à faire chavirer la barque. Puis il se mit à crier, à appeler au secours. Il soutenait la jeune femme, et, comme il était excellent nageur, il atteignit aisément la rive, où plusieurs personnes se trouvaient déjà rassemblées.

La terrible comédie était jouée. Suzanne, évanouie et froide, gisait sur le sable ; Jacques pleurait, se désespérait, implorant de prompts secours pour son ami. Le lendemain, les journaux racontèrent l'accident, et les amants ayant toujours été aussi prudents que

1. Partie de campagne : plaisante excursion à la campagne.

2. Corbeil : ville de la région parisienne.

3. Futaies : forêts de grands arbres.

lâches, la pensée qu'un crime avait pu être commis ne vint à personne. Jacques en fut quitte pour expliquer la large morsure de Michel, en disant qu'un clou de la barque lui avait déchiré la joue.

*

Il fallait attendre au moins treize mois. Les amants s'étaient concertés à l'avance et avaient décidé qu'ils agiraient avec la plus grande prudence. Ils évitèrent de se voir ; ils ne se rencontrèrent que devant témoins.

Le moindre empressement aurait peut-être éveillé les soupçons.

Jacques, pendant les huit premiers jours, alla régulièrement à la morgue chaque matin. Quand il eut retrouvé et reconnu sur une des dalles blanches le cadavre de Michel, il le réclama au nom de la veuve et le fit enterrer. Il avait commis froidement le crime, et il éprouva un frisson d'épouvante en face de sa victime, horriblement défigurée, toute marbrée de taches bleues et vertes. Dès lors, il eut toujours devant les yeux le visage gonflé et grimaçant du noyé.

Dix-huit mois s'écoulèrent. Les amants se virent rarement ; à chaque rencontre, ils éprouvèrent un étrange malaise. Ils attribuèrent cette sensation pénible à la peur, à l'âpre désir qu'ils avaient d'en finir avec cette funèbre histoire, en se mariant et en goûtant enfin les douceurs de leur amour. Jacques souffrait surtout de sa solitude ; les dents de Michel avaient laissé sur sa joue des traces blanches, et il semblait parfois au meurtrier que ces cicatrices brûlaient sa chair et dévoraient son visage. Il espérait que Suzanne, sous ses baisers, apaiserait la cuisson des terribles brûlures.

Quand ils crurent avoir assez attendu, ils se marièrent, et toutes leurs connaissances applaudirent. Ils goûtèrent, pendant les préparatifs de la noce, une joie nerveuse qui les trompa eux-mêmes. La vérité était que, depuis le crime, ils frissonnaient tous deux la nuit, secoués par d'effrayants cauchemars, et qu'ils avaient hâte de s'unir contre leur épouvante pour la vaincre.

*

Lorsqu'ils se trouvèrent seuls dans la chambre nuptiale, ils s'assirent, embarrassés et inquiets, devant un feu clair qui éclairait la pièce de larges clartés jaunes.

Jacques voulut parler d'amour, mais sa bouche était sèche, et il ne put trouver un mot ; Suzanne, glacée et comme morte, cherchait en elle avec désespoir sa passion qui s'en était allée de sa chair et de son cœur.

Alors, ils essayèrent d'être banals et de causer comme des gens qui se seraient vus pour la première fois. Mais les paroles leur manquèrent. Tous deux ils pensaient invinciblement au pauvre noyé, et, tandis qu'ils échangeaient des mots vides, ils se devinaient l'un l'autre. Leur causerie cessa ; dans le silence, il leur sembla qu'ils continuaient à s'entretenir de Michel. Ce terrible silence, plein de phrases épouvantées et cruelles, devenait accablant, insoutenable. Suzanne, toute blanche dans sa toilette de nuit, se leva et, tournant la tête :

« Vous l'avez vu à la morgue ? demanda-t-elle d'une voix étouffée.

– Oui, répondit Jacques en frissonnant.

– Paraissait-il avoir beaucoup souffert ? »

Jacques ne put répondre. Il fit un geste, comme pour écarter une vision ignoble et odieuse, et il s'avança vers Suzanne, les bras ouverts.

« Embrasse-moi, dit-il en tendant la joue où se montraient des marques blanches.

– Oh ! non, jamais…, pas là ! » s'écria Suzanne qui recula en frémissant.

Ils s'assirent de nouveau devant le feu, effrayés et irrités. Leurs longs silences étaient coupés par des paroles amères, par des reproches et des plaintes.

Telle fut leur nuit de noces.

*

Dès lors, un drame navrant se passa entre les deux misérables. Je ne puis en raconter tous les actes, et je me contente d'indiquer brièvement les principales péripéties.

Le cadavre de Michel se mit entre Jacques et Suzanne. Au lit, ils s'écartaient l'un de l'autre et semblaient lui faire place. Dans leurs baisers, leurs lèvres devenaient froides, comme si la mort se fût placée entre leurs bouches. Et c'étaient des terreurs continuelles, des effrois brusques qui les séparaient, des hallucinations qui leur montraient leur victime partout et à chaque heure.

Cet homme et cette femme ne pouvaient plus s'aimer. Ils étaient tout à leur épouvante. Ils ne vivaient ensemble que pour se protéger contre le noyé. Parfois encore ils se serraient avec force l'un contre l'autre, s'unissaient avec désespoir, mais c'était afin d'échapper à leurs sinistres visions.

Puis la haine vint. Ils s'irritèrent contre leur crime, ils se désespérèrent d'avoir troublé leur vie à jamais. Alors ils s'accusèrent mutuellement. Jacques reprocha amèrement à Suzanne de l'avoir poussé au meurtre, et Suzanne lui cria qu'il mentait et qu'il était le seul coupable. La colère accroissait leurs angoisses, et chaque jour, pour le moindre souvenir, la querelle recommençait, plus âpre et plus cruelle. Les deux assassins tournaient ainsi comme des bêtes fauves, dans la vie de souffrance qu'ils s'étaient faite, se déchirant eux-mêmes, haletants, obligés de se taire.

Suzanne regretta Michel, le pleura tout haut, vanta au meurtrier les vertus de sa victime, et Jacques dut vivre en entendant toujours parler de cet homme qu'il avait jeté à l'eau et dont le cadavre était si horrible sur une dalle de la morgue. Il avait souvent des heures de délire, et il accablait sa complice d'injures, la battait, lui répétait avec des cris l'histoire du meurtre, et lui prouvait que c'était elle qui avait tout fait, en lui donnant la folie de la passion.

S'il n'avait eu peur de trop souffrir, il se serait coupé la joue, pour enlever les traces des dents de Michel. Suzanne pleurait en regardant ces cicatrices, et le visage de Jacques était devenu pour elle un objet d'horreur dont la vue la secouait d'un éternel frisson.

*

Enfin se joua le dernier acte de ce drame poignant. Après la haine, vinrent la crainte et la lâcheté ; les deux assassins eurent peur l'un de l'autre.

Ils comprirent qu'ils ne pouvaient vivre plus longtemps dans la fièvre du remords ; ils voyaient avec terreur leur abattement mutuel, et ils tremblaient en pensant que l'un d'eux parlerait à coup sûr un jour ou l'autre.

Alors ils se surveillèrent ; leurs souffrances étaient intolérables, mais ils ne voulaient pas la délivrance par le châtiment. Ils se suivirent partout, ils s'étudièrent dans leurs moindres actes ; à chaque nouvelle querelle, ils se menaçaient de tout dire, puis ils se suppliaient à mains jointes de garder le silence, et ils restaient soupçonneux et farouches. Vie terrible, qui les traînait dans toutes les angoisses du remords et de l'effroi.

Ils en vinrent chacun à l'idée de se débarrasser d'un complice redoutable. Suzanne espérait vivre plus calme, lorsqu'elle ne verrait plus la joue couturée de Jacques, et Jacques pensait pouvoir tuer son premier crime en tuant Suzanne.

Un jour, ils se surprirent, versant mutuellement du poison dans leurs verres. Ils éclatèrent en sanglots, leur fièvre tomba, et ils se jetèrent dans les bras l'un de l'autre. Ils pleurèrent longtemps, demandant pardon, comprenant leur infamie, se disant que l'heure était venue de mourir. Ce fut là une dernière crise qui les soulagea.

Ils burent chacun le poison qu'ils avaient versé, et expirèrent à la même heure, liés dans la mort comme ils avaient été liés dans le crime. On trouva sur une table leur confession, et c'est après avoir lu ce testament sinistre, que j'ai pu écrire l'histoire de ce mariage d'amour.

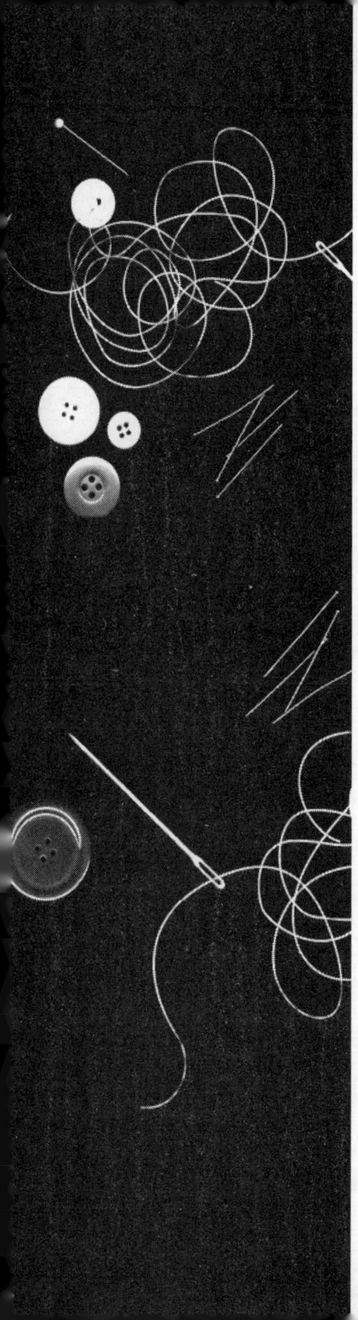

Thérèse Raquin ou l'affirmation du naturalisme

Le roman d'Émile Zola est représentatif des évolutions littéraires et artistiques de la seconde moitié du XIXe siècle. Le romantisme, né du bouleversement révolutionnaire de 1789 et des désillusions qui ont suivi, vit ses derniers feux. Il laisse place au réalisme et au naturalisme.

L'AMBITION RÉALISTE

Sous le **Second Empire** (1852-1870) instauré par Louis-Napoléon Bonaparte, après l'échec de la révolution de 1848 et l'effondrement provisoire de l'espoir républicain, des écrivains tels que Flaubert (1821-1880), Maupassant (1850-1893) ou Zola (1840-1902) développent un nouveau rapport au monde.

1 • La contestation du romantisme

- Les écrivains de la seconde moitié du XIXe siècle **refusent l'idéalisation du réel** sur laquelle repose l'esthétique romantique. L'individu n'est pas un pur esprit. Il est régi par ses désirs, voire ses obsessions et ses instincts.
- L'écriture doit **traduire cette nouvelle vision du monde**. Le lyrisme romantique leur semble dépassé. Les écrivains aspirent à davantage de **simplicité** et de **sobriété**. Les sujets qu'ils traitent sont ceux de la vie quotidienne, y compris les plus sordides.

2 • La représentation du réel : l'importance de la description

- Dans d'importants **passages descriptifs**, les écrivains prêtent une attention particulière aux **lieux** et aux **paysages**, ainsi qu'aux **portraits physiques** des personnages, dont la physionomie est parfois considérée comme révélatrice de leur tempérament.
- L'importance accordée à la description témoigne de l'**influence de la photographie**, qui se développe à la fin du XIXe siècle. Zola l'utilise pour **se documenter** sur les lieux qu'il entend évoquer dans ses romans.
- La **peinture** occupe également une place importante dans le roman réaliste. Zola est proche des **impressionnistes**, qui contestent l'esthétique académique. Comme eux, il s'intéresse à la lumière et aux couleurs, aux diverses sensations que le réel fait naître.

LE NATURALISME ET LES PROGRÈS DE LA CONNAISSANCE SCIENTIFIQUE

Le naturalisme, incarné par les frères Goncourt, auteurs de *Germinie Lacerteux* (1865), et surtout par Émile Zola, partage de nombreux points communs avec le réalisme sans être un mouvement littéraire concurrent. Pour les écrivains naturalistes, le roman doit rendre compte de la réalité à la manière de la **science**.

1 • Le roman et la science

• Les travaux de **Charles Darwin** (1809-1882), consacrés à l'**évolution** ainsi qu'à l'**hérédité** ont une influence considérable sur Zola, qui voudrait identifier les lois naturelles régissant le comportement des individus. Il se fonde également sur l'ouvrage de **Claude Bernard** (1813-1878) *Introduction à l'étude de la médecine expérimentale* (1865) pour définir sa « méthode » : l'**observation** des faits et l'**expérimentation**, qui met les personnages à l'épreuve de circonstances particulières (*Le Roman expérimental*, 1880).

• Zola se livre donc à une observation quasi clinique des phénomènes. Avant d'écrire, il accomplit un travail considérable de **documentation**, dans le souci d'éviter toute inexactitude. Il recherche également la précision dans le **vocabulaire**. Il tient compte par exemple des évolutions de la **médecine** contemporaine pour évoquer la « névrose » des personnages (chap. XXII, p. 170).

2 • L'influence du milieu

• Le roman naturaliste témoigne de l'**influence du milieu sur l'individu**, dont le comportement est considéré comme le fruit d'un certain nombre de **déterminismes**. Les personnages ne sont pas vraiment libres car ils agissent en fonction du groupe social auquel ils appartiennent, de leur histoire et du lieu où ils vivent. Dans *Thérèse Raquin*, par exemple, l'intrigue se situe essentiellement à Paris, dans l'huis-clos oppressant de la boutique et de l'appartement de Thérèse. Les personnages appartiennent au **monde des petits commerçants et des employés**.

• En décrivant les milieux, Zola entend attirer l'attention sur la pauvreté et les diverses formes de souffrance sociale sous le Second Empire. Il est un **écrivain engagé**, qui lutte pour davantage de justice.

3 • Les limites du naturalisme

• Quelles qu'aient été ses ambitions affichées, le naturalisme ne témoigne pas d'une stricte objectivité de l'écriture. Le style de l'écrivain traduit sa **vision personnelle**. Il est une recréation du réel.

• Dans les romans de Zola, les **descriptions** laissent place à l'imaginaire et prennent **une dimension épique**, symbolique, voire **mythique** : le monde voit s'affronter des forces face auxquelles l'individu semble livrer un combat héroïque et fragile. Par la force du style et presque malgré lui, Zola fait œuvre de romancier et de poète, bien plus que de scientifique.

Zola (1840-1902), le roman et l'histoire

Émile Zola est un écrivain indissociable de la seconde moitié du XIXe siècle. Avec le cycle romanesque des Rougon-Macquart, *il se fait l'historien d'une époque. Mais il est aussi un écrivain engagé qui influence les débats de son temps.*

LES DÉBUTS LITTÉRAIRES

1 • Une jeunesse difficile

• Zola naît à Paris en **1840**. Il vit d'abord à Aix-en-Provence. Après la mort de son père, en 1847, sa mère et lui sont confrontés à des **difficultés financières**. Ils doivent rejoindre Paris.

• Le jeune homme échoue au baccalauréat et renonce à poursuivre ses études. **Proche des peintres impressionnistes**, en particulier de Manet (1832-1883) et de Cézanne (1839-1906), il mène **une vie de bohême**.

2 • La découverte du milieu littéraire et journalistique

• À partir de 1862, Zola est employé aux éditions Hachette. Il y découvre le **monde du livre**. Il se met également à écrire de nombreuses **critiques littéraires** et des **articles politiques**, qui commentent l'actualité et s'attaquent au pouvoir impérial, au nom de l'idéal républicain.

3 • *Thérèse Raquin*, première grande œuvre romanesque

• Après la publication de plusieurs textes de fiction dans des genres différents, Zola semble choisir le **roman**. Il met à distance l'inspiration romantique. **Balzac** (1799-1850) et **Flaubert** (1821-1880), écrivains réalistes, sont ses modèles.

• Il fait paraître ***Thérèse Raquin*** en **1867**, dans la revue *L'Artiste*. Le titre d'origine de l'œuvre est celui de la nouvelle qui en pose les fondements narratifs : ***Un mariage d'amour*** (1866). Quand l'œuvre est publiée sous forme de livre, elle prend pour titre le nom de l'héroïne, à l'image de *Germinie Lacerteux* (1865), roman naturaliste des frères Goncourt.

• L'œuvre rencontre rapidement le **succès**. Mais elle inspire aussi de violentes **critiques**. Un journaliste du *Figaro*, sous le pseudonyme de Ferragus, dénonc le 23 janvier 1868 la « **littérature putride** » dont le roman relèverait. Il reproche à l'écrivain sa peinture brutale des instincts et l'immoralité du sujet. Zola répond dans le même journal le 31 janvier 1868. Il ajoute également une préface au roman. Cette **polémique** incite Zola à préciser et à **défendre l'esthétique naturaliste**.

L'AUTEUR DES *ROUGON-MACQUART*

1 • L'œuvre d'une vie

• **De 1871 à 1893**, Zola fait paraître les vingt volumes de son « **histoire naturelle et sociale d'une famille sous le Second Empire** ». Ce **cycle romanesque**, organisé autour d'une idée commune et marqué par le retour de certains personnages, commence avec *La Fortune des Rougon* (1871) et s'achève avec *Le Docteur Pascal* (1893).

• *L'Assommoir* (1877), *Nana* (1880), *Germinal* (1885) sont pour l'écrivain d'immenses **succès**, qui lui assurent une grande aisance financière, même si les **polémiques** esthétiques et morales se poursuivent.

2 • L'œuvre du maître du naturalisme

• Avec les *Rougon-Macquart*, Zola montre l'histoire d'une famille sur plusieurs générations. Il vérifie l'**hypothèse scientifique de l'origine héréditaire des comportements**. Adélaïde Fouque, l'aïeule de la famille, sombre dans la folie. Sa descendance est marquée par ce trait originel et par un problème général d'alcoolisme. À cette hérédité s'ajoute l'**influence du milieu** : paysans, bourgeois, commerçants, prostituées, artistes… Zola met en scène l'ensemble de la société du Second Empire, dans sa médiocrité et ses travers.

• La fresque des *Rougon-Macquart* fait de Zola le **chef de file du naturalisme**, qui réunit de nombreux écrivains, tels que Maupassant (1850-1893) ou Huysmans (1848-1907). Elle constitue la mise en pratique de ses **écrits théoriques**, en particulier *Le Roman expérimental* (1880) et *Les Romanciers naturalistes* (1881).

UN ÉCRIVAIN ENGAGÉ

1 • Derniers cycles romanesques pour une nouvelle vision du monde

• Après les *Rougon-Macquart*, Zola réfléchit à un **renouvellement de son inspiration romanesque**. Il écrit de nouveaux cycles : ***Les Trois Villes*** (1894-1898), dont les trois volumes – *Lourdes*, *Rome* et *Paris* – mettent à distance les illusions religieuses et l'Église, ainsi que ***Les Quatre Évangiles*** (1899-1903) – *Fécondité*, *Travail*, *Vérité* (publiés), *Justice*, (inachevé). Ces œuvres révèlent la proximité de Zola avec les **idées socialistes**.

2 • L'affaire Dreyfus

• Le 13 janvier 1898, Zola publie le célèbre article « **J'accuse** » dans le journal *L'Aurore*. Il y prend le parti du capitaine juif Dreyfus, accusé de haute trahison et victime de l'antisémitisme, c'est-à-dire de la haine des Juifs, très répandue à l'époque. En **humaniste**, **défenseur des droits de l'homme**, il lutte pour la justice et la vérité face aux pouvoirs militaire, judiciaire et politique. Il paie cet engagement d'un **procès** qui lui impose de s'exiler à Londres pendant quelques mois.

3 • Une mort mystérieuse

• La **mort** de Zola **par asphyxie** inspire quelques soupçons, mais on conclut à l'**accident**. Ses funérailles suscitent une grande émotion populaire. Il est transféré au **Panthéon** en 1908.

REPÈRE 3

Thérèse Raquin au cinéma et sur scène

Le roman de Zola a donné lieu à de nombreuses adaptations au cinéma, au théâtre et même à l'opéra. Les réalisateurs ou metteurs en scène s'appuient sur la dimension dramatique du récit, dont ils reprennent les éléments avec une certaine liberté.

AU CINÉMA : MARCEL CARNÉ

L'œuvre a été adaptée, entre autres, par Jacques Feyder en 1928 (film muet, en noir et blanc), ainsi qu'à la télévision. Mais l'adaptation du roman par **Marcel Carné** en 1953 est l'une des plus marquantes. Le célèbre réalisateur de classiques du cinéma (*Hôtel du Nord*, 1938 ; *Le Quai des brumes*, 1939 ; *Les Enfants du Paradis*, 1945) est considéré comme l'un des représentants du **réalisme poétique**, qui triomphe dans l'entre-deux guerres. Ce mouvement s'inspire souvent de la littérature naturaliste.

1 • Les libertés du scénario

- Pour incarner Thérèse Raquin, Marcel Carné choisit **Simone Signoret** (1921-1985) qui, dans *Casque d'Or* (1952) de Jacques Becker, s'était déjà présentée en héroïne d'une histoire d'amour impossible. **Raf Vallone**, un acteur italien, joue le rôle de Laurent, dont il fait un personnage viril, plein de vigueur et de charme. Son accent étranger le place en marge de la petite bourgeoisie à laquelle Camille prétend appartenir. Les propos xénophobes de ce dernier sont même l'un des facteurs déclenchant la colère à l'origine du meurtre. Le film évoque ainsi des problèmes sociaux contemporains.
- Le **scénario** du film n'est pas absolument fidèle au récit. Les événements se déroulent **à Lyon dans les années 1950**, et non à Paris, à la fin du XIXe siècle. Camille sait qu'il est trompé. Laurent le tue en le jetant hors d'un train. **Il ne prémédite pas son crime.** Il voulait même préserver Camille, en s'enfuyant avec Thérèse. La méchanceté de Camille, sa mesquinerie, ses propos insultants, rendent presque inévitable le geste meurtrier de Laurent. **Les amants ne sont victimes d'aucune névrose.** Ils subissent les conséquences de leur passion, et non de leur folie. Un homme, témoin de la scène, exerce sur le couple un odieux **chantage**. Jusqu'à la fin du film, le spectateur est tenu en haleine : les amants

vont-ils pouvoir vivre libres ou bien vont-ils recevoir le châtiment de leur crime ? Une lettre, postée du fait d'un tragique malentendu, décide probablement de leur destin.

2 • Des personnages sensiblement différents

Le film propose également une vision des personnages qui s'éloigne de celle du roman (→ fiche 1, p. 289).

• **Madame Raquin** est **une vieille dame acariâtre, une mère abusive**, condescendante et méchante avec Thérèse, qu'elle perçoit comme une rivale dans le couple malsain qu'elle forme avec son fils.

• **Camille** est **un personnage odieux**, maladif et faible. Il n'hésite pas, en apprenant l'adultère, à élaborer des stratégies machiavéliques pour retrouver son pouvoir sur Thérèse. C'est un tyran domestique qui s'efforce ainsi de masquer sa ridicule faiblesse. Une fois mort, il ne revient hanter le couple qu'à travers le maître-chanteur.

• **Thérèse** est une jeune femme dont l'enfance a été malheureuse et qui a ensuite été contrainte à un mariage qu'elle n'a jamais souhaité. Elle ne semble ressentir pour Camille que de la pitié, voire du mépris. Romanesque, elle rêve d'une vie meilleure. Laurent réveille en elle le désir éteint et l'aspiration à la liberté.

• **Laurent** est présenté sous un jour beaucoup plus positif que dans le roman. Cet homme séduisant, honnête et sincèrement amoureux de Thérèse, dit la vérité à Camille et tente même de venir en aide à son maître-chanteur. Il voudrait être libre. Son destin bascule dans un train, cadre du crime et symbole des passions exacerbées. Il est coupable et reste prisonnier de son geste meurtrier. Mais il est surtout victime de sa passion, trop puissante, dans un monde de bassesse et de médiocrité.

• Le **maître-chanteur** est un personnage créé pour le film. Désinvolte et impitoyable, il est lui aussi victime du destin, qui précipite sa fin au moment où il pouvait espérer une vie libre et aisée. Ce personnage incarne également, pour le couple, la fatalité du châtiment, auquel ils ne pourront échapper.

SUR SCÈNE

- Le roman a donné lieu à plusieurs **adaptations théâtrales**. Zola écrit lui-même en 1873 une adaptation en quatre actes de son œuvre pour la scène. **Philippe Faure** a présenté une mise en scène à Lyon, en **2008** (→ 3e de couverture). Le spectacle de la passion, de sa violence et des impasses dans lesquelles elle précipite les personnages fait de la pièce une tragédie moderne.

- *Thérèse Raquin* a aussi été l'objet d'une **adaptation à l'opéra** par Tobias Picker en 2001, qui donne une dimension lyrique au lent glissement des amants vers le crime et la folie.

Les personnages ou l'étude des tempéraments

À l'analyse des caractères, Zola entend substituer celle des tempéraments. Le roman montre les conséquences de la rencontre entre les tempérament nerveux de Thérèse et sanguin de Laurent. Mais, au-delà de l'étude clinique, Zola met en scène les conséquences tragiques, universelles et intemporelles, de la confrontation entre un mari, une femme et son amant.

THÉRÈSE ET LAURENT : LES AMANTS MEURTRIERS

1 • Thérèse, un tempérament nerveux

Les affres du désir

- Fille du frère de Mme Raquin et d'une Algérienne « d'une grande beauté » (chap. II, p. 25), Thérèse est censée être marquée par son **origine nord-africaine**. L'**influence de l'hérédité** expliquerait son tempérament nerveux. Pendant son enfance, elle est obligée d'étouffer son énergie dévorante, car elle doit partager le lit de Camille et les soins qui lui sont prodigués. Elle prend l'habitude du mensonge et de la **dissimulation** : son apparence calme contraste avec son existence intérieure « brûlante et emportée » (chap. II, p. 27).
- Thérèse est **une femme fatale, mue par le désir**. Elle se donne à Laurent avec fièvre et sans retenue : « on eût dit [...] que des flammes s'échappaient de sa chair » (chap. VII, p. 53). Cette rencontre la libère et lui donne une incroyable audace.
- La conscience de la transgression serait même pour elle un puissant aiguillon. **La mort de son mari occasionne aussi celle de son désir pour Laurent.** Le mariage, que les amants ont pourtant longtemps attendu, les laisse face à leur crime, dans un tête-à-tête oppressant et violent. Ils n'avaient pas compris que le triangle amoureux qu'ils formaient avec Camille donnait seul sa dynamique au désir.

« Ni tout à fait coupable, ni tout à fait innocente[1] »

- Thérèse n'est pas la meurtrière. Mais elle laisse faire le meurtre, dont elle est la **complice** consciente. Elle révèle, tout au long du récit, un tempérament inquiétant et manipulateur. Elle se perçoit elle-même comme coupable, ce qui la précipite

1. C'est ainsi que Racine parle de Phèdre, dans la préface de sa tragédie éponyme (1677).

dans d'intenses souffrances. Comme Laurent, elle connaît l'angoisse et le « détraquement nerveux » (chap. XVIII, p. 144). Contrairement à lui, elle voudrait obtenir le pardon pour sa faute.

• Thérèse peut toutefois aussi être considérée comme **une victime**. **Prisonnière d'un mariage et d'une situation qui ne correspondent pas à son tempérament et à ses aspirations**, elle s'abandonne avec volupté à l'adultère. Dans une société qui ne laisse aucune place au désir des femmes, elle est considérée comme coupable et folle, avant d'être contrainte au sacrifice. Son désir essentiel peut pourtant apparaître comme légitime : **rêveuse et insatisfaite**, elle veut vivre et connaître le bonheur.

2 • Laurent, un tempérament sanguin

Une brute ?

• Laurent est **brutal**, **lâche**, **peu intelligent** et **paresseux**. Il mène une existence médiocre, guidée par la seule satisfaction de ses besoins matériels et de ses désirs les plus primaires. Avant le meurtre, il se montre **cynique**, étranger à toute préoccupation morale. C'est uniquement par intérêt qu'il décide de séduire Thérèse. Pour lui, la fin justifie tous les moyens. Seul Camille, par un tragique effet d'ironie, admire Laurent, qu'il considère comme un modèle de réussite.

• Zola le présente comme un **tempérament sanguin, qui évolue au contact de Thérèse** : « Une existence nerveuse, poignante et nouvelle pour lui, lui fut brusquement révélée, aux premiers baisers de sa maîtresse. » (chap. XXII, p. 171 Terrifié par les audaces de son amante, il comprend vite qu'il peut profiter de l'adultère et même du meurtre de Camille : « Tous ses intérêts le poussaient au crime. » (chap. IX, p. 73) Il craint seulement d'être découvert et de mettre en danger sa tranquillité.

• Laurent est aussi un **artiste**. D'abord peintre insignifiant, auteur d'un affreux portrait de Camille, il découvre l'inspiration après le meurtre. Les tourments donnent à son œuvre une inquiétante étrangeté, qui frappe son ami peintre Mais ses ébauches représentent toujours Camille, objet exclusif de son angoisse Il prend brutalement conscience de cette impasse dans son projet créateur et crève la toile.

Le châtiment d'un parfait meurtrier

• Laurent se révèle un meurtrier très efficace. La mise en scène qu'il organise lui assure l'**impunité**. Il ment ensuite sans vergogne à son entourage, pour se donner avec succès toutes les apparences de la respectabilité.

• Mais son crime le dépasse. Obsédé par la mort, qui lui inspire à la fois un sentiment d'horreur et de fascination, il passe son temps à la morgue. Il entend ainsi vérifier que Camille est bien mort, pour pouvoir oublier son crime. Cet espoir est vain : sa victime ne cesse de le hanter. En proie aux **cauchemars** et aux **hallucinations**, il finit par choisir, avec Thérèse, la seule issue possible à l'impasse existentielle et morale dans laquelle il s'est enfermé : le **suicide**.

CAMILLE ET MME RAQUIN : UN COUPLE TRAGIQUE ET MALSAIN

1 • Camille, l'époux sacrifié

• Vivant, Camille est un être **fragile et malade**, laborieusement maintenu en vie par les remèdes et les tisanes de sa mère. Il est resté **ignorant**. Égoïste et peu perspicace, il ne se rend pas compte qu'il est trompé par son ami sous son propre toit. Sa faiblesse, son **absence de désir** qui le laisse comme un « petit garçon devant sa cousine » (chap. II, p. 284) contrastent avec la virilité presque animale de Laurent, qui le méprise.

• C'est la mort qui le fait paradoxalement accéder à une présence romanesque plus intense. Sa réapparition à la morgue est guettée avec angoisse par Laurent. Il réapparaît également sans cesse, comme une **hallucination**. Le **spectre** de Camille interdit aux jeunes mariés de trouver la paix et le bonheur : « leur victime ressuscitait pour glacer leur couche » (chap. XXII, p. 178). Ce **mort-vivant** est omniprésent et devient un obstacle insurmontable à l'amour entre Thérèse et Laurent.

2 • Mme Raquin, le supplice d'une mère

• Madame Raquin est une « vieille dame » qui a « environ soixante ans » (chap. I, p. 20). C'est une rentière, qui partage les valeurs de la **petite bourgeoisie**. Elle mène une existence étriquée, exclusivement centrée sur sa famille et sur son commerce. C'est une **mère possessive**, dont la seule raison de vivre est son fils Camille. La mort de ce fils est un drame qui la laisse inconsolable et qui la conduit à naïvement reporter son énergie et ses espoirs sur Thérèse et Laurent.

• Le personnage prend une dimension tragique quand, paralysée et réduite au silence, elle découvre la culpabilité de Thérèse et de Laurent. C'est, pour la mère, le début d'un abominable et lent **supplice** : elle est condamnée à être dépendante des meurtriers de son fils, sans pouvoir les dénoncer, malgré ses efforts. Elle finit par rejeter le suicide, car elle espère voir le châtiment des coupables. Thérèse et Laurent lui offrent le plaisir de la **vengeance** : elle peut contempler leurs cadavres, « les écrasant de regards lourds » (chap. XXXII, p. 265).

Thérèse Raquin, une tragédie moderne

Zola a une ambition scientifique : l'étude des passions et des désordres qu'elle entraîne. Pour donner corps à cette ambition essentielle à l'esthétique naturaliste, il propose une intrigue très épurée qui rejoint les exigences traditionnelles de la tragédie.

UNE PROGRESSION IMPLACABLE : DE L'ESPOIR À LA CATASTROPHE FINALE

La structure de l'œuvre peut être rapprochée des cinq actes d'une tragédie. L'intrigue conduit le lecteur de l'exposition à la catastrophe finale : le double suicide des amants.

1 • L'exposition

• Zola nous fait d'abord découvrir le **lieu de l'action**, en partant d'un plan large – le passage du Pont-Neuf – pour en venir à la description de la mercerie. Il décrit l'environnement sombre et oppressant de Thérèse, d'abord simplement désignée comme « la jeune femme » (chap. I, p. 20). Le lecteur sait qu'elle s'appelle Thérèse Raquin uniquement parce que son nom est inscrit sur les vitres de la porte de la boutique. Mme Raquin et Camille ne reçoivent pas davantage d'identité au début du roman. Les personnages sont présentés comme des fantoches, prisonniers d'un quotidien ennuyeux et routinier.

• Leur **portrait** est approfondi dans le chapitre II, qui poursuit l'exposition : ils reçoivent une histoire, grâce à une analepse – ou retour en arrière dans le récit – qui éclaire la situation initiale du roman, et en particulier l'insatisfaction de Thérèse.

2 • L'espoir d'une nouvelle vie

• C'est Camille lui-même, par une cruelle ironie tragique, qui présente Laurent à Thérèse. L'arrivée de ce « grand gaillard » (chap. V, p. 40) dans la famille Raquin perturbe une situation initiale médiocre, mais équilibrée. Il réveille en Thérèse des désirs qu'elle avait refoulés et l'espoir d'une vie meilleure. C'est le facteur déclenchant des péripéties qui constituent l'intrigue. L'attention du lecteur se déplace des époux aux amants.

• Le début de leur liaison est fiévreux et déconcertant pour Laurent (chap. VII, p. 52). Il observe le retour de Thérèse à la vie, dont le premier signe est qu'elle prend longuement la parole, après des années de silence, pour expliquer ses humiliations et la souffrance du désir inassouvi. Les premiers temps sont ceux de la « béatitude » (chap. VIII, p. 66). Ce terme à connotations sacrées signale ironiquement l'aveuglement des amants, qui restent étrangers à toute considération morale et qui osent profiter d'un bonheur intense, en principe réservé aux innocents.

3 • Le temps de la crise : l'horreur du crime

• Le **meurtre** prémédité de Camille fait basculer irrémédiablement le roman vers la tragédie (chap. XI, p. 79). L'efficacité de la mise en scène de Laurent lui assure l'**impunité**. Ce personnage orgueilleux, sûr de lui, fait ainsi la preuve de son ***hybris***, c'est-à-dire d'une **démesure** qui lui fait oublier les limites les plus élémentaires de la morale et qui le condamne inéluctablement à être châtié.

• **Thérèse**, si elle ne participe pas physiquement au crime, se fait la **complice** du meurtre, qu'elle ne cherche pas à empêcher. Elle est même suspecte d'être l'**instigatrice du crime** : elle serait « venue rue Saint-Victor, apportant à Laurent l'idée du meurtre avec elle » (chap. XXI, p. 157).

4 • Le crescendo de la déchéance

• Après une période d'apaisement progressif et de retour à la normale, Thérèse et Laurent sont saisis par l'**angoisse**. Dans sa préface, Zola considère que ce sentiment « consiste en un simple désordre organique, en une rébellion du système nerveux tendu à se rompre. L'âme est parfaitement absente ». La description se voudrait avant tout **clinique**, et non morale. Zola montre que Laurent tuerait à nouveau Camille, si son intérêt l'exigeait. Si Thérèse trouve des « mots de repentir », elle n'a pas non plus « au fond du cœur autre chose que de la crainte et de la lâcheté » (chap. XXIX, p. 228). Les personnages resteraient donc **étrangers au remords**.

• La **terreur** qu'inspire au lecteur le crime fait toutefois progressivement place à la **pitié**, car la souffrance des amants est de plus en plus intolérable : « Et, chaque jour, l'épouvante des amants grandissait, chaque jour leurs cauchemars les écrasaient, les affolaient davantage. » (chap. XVIII, p. 135) Les images liées au feu, à la brûlure, omniprésentes pour évoquer le désir au début du roman, renvoient ensuite aux **douleurs physiques et morales** causées par le souvenir du crime

La morsure que Camille a infligée à Laurent, par exemple, est une « cicatrice brûlante » (chap. XXI, p. 164) qui rappelle sans cesse au meurtrier l'horreur de son acte. Le mariage, qui rend évidente la mort du désir qui liait les amants, les précipite dans la **haine**.

5 • Un dénouement cathartique

• Pour les amants, l'existence est devenue un « état de guerre » (chap. XXXI, p. 259). La seule issue qu'ils envisagent est de commettre un second crime, pour oublier le premier. Après s'être brutalement déchirés, Thérèse et Laurent, à l'image d'autres amants mythiques, sont **réunis dans la mort**. Leur double suicide constitue pour eux la seule « consolation » (chap. XXXII, p. 265) possible, une forme de ***catharsis***, c'est-à-dire de libération par rapport aux passions, à l'origine du malheur et de la mort. Les amants ne sont toutefois pas Roméo et Juliette : ils ont mené une « vie de boue » (chap. XXXII, p. 264) et meurent en meurtriers dans l'environnement oppressant de leur salle à manger, transformée en morgue par la sinistre présence de leurs cadavres.

LE POIDS DE LA FATALITÉ : L'INÉVITABLE CHÂTIMENT

1 • Une passion « fatale »

• Zola insiste sur la **dimension fiévreuse et mortifère de la passion** entre les amants. Thérèse, « transfigurée » par le désir (« on eût dit [...] que des flammes s'échappaient de sa chair », chap. VII, p. 53), est présentée comme une **séductrice** presque diabolique, qui prend Laurent au piège de ses désirs étrangement violents. « Dès le commencement, les amants trouvèrent leur liaison nécessaire, fatale, toute naturelle » (chap. VII, p. 53) : Zola suggère qu'elle est « fatale » parce qu'ils en sont prisonniers et qu'elle les conduit implacablement au crime, puis à la mort.

• **Mme Raquin**, si elle n'était pas condamnée à l'impuissance, pourrait être l'**image de la fatalité** : une force silencieuse et inquiétante, qui cause la perte des individus, quels que soient leurs efforts pour échapper au châtiment. Elle comprend qu'elle n'a qu'à laisser faire la « crise qui devait éclater un jour ou l'autre, amenée par la succession fatale des événements » (chap. XXXII, p. 262). Le suicide de Thérèse et de Laurent lui donne raison. Il restaure la morale et l'ordre social, qu'elle incarne. Le dernier regard que Mme Raquin jette sur les cadavres exprime sa satisfaction morbide : elle a obtenu la **vengeance** qu'elle attendait.

2 • Déterminismes

• Dans le roman, les déterminismes qui expliquent le comportement des personnages constituent une autre image, sans doute plus moderne, de la fatalité dans la tragédie classique.

• Pour Thérèse, par exemple, « le sang de sa mère, ce sang africain qui brûlait ses veines » (chap. VII, p. 53) est censé être à l'origine de son tempérament nerveux. À son **hérédité** s'ajoute l'influence de son **milieu**. Elle ne peut se satisfaire de son environnement sordide et de son mariage raté, qui font d'elle au moins autant une victime qu'une coupable de crime. Le refoulement du désir, la négation de son statut de sujet l'exposent inévitablement à vivre la passion sans mesure. **Thérèse n'est libre à aucun moment de son existence.** Elle ne choisit rien, pas même sa mort : son suicide répond à un « besoin immense de repos » (chap. XXXII, p. 265), physiologique, après les insoutenables tourments du désir.

Du naturalisme au fantastique

Zola voudrait décrire le réel de manière rationnelle et scientifique, sans l'embellir. Mais il porte un regard personnel sur le monde, qui fait aussi du roman une œuvre littéraire. Sous l'effet de la folie des personnages, il laisse place aux obsessions et aux visions cauchemardesques.

LA PESANTEUR ET LA BRUTALITÉ DU RÉEL

Dans le roman, les personnages se comportent comme des **brutes**, étrangers à toute morale. **La mort est omniprésente** et constitue la seule issue à une existence désespérante et dénuée de sens.

1 • Des lieux morbides

• **Le passage du Pont-Neuf**, qu'évoque l'incipit du roman, est un décor typique de la ville moderne. Zola décrit avec précision cet **espace étroitement limité, misérable et sale**. Les gens qui le traversent ou qui y travaillent appartiennent au petit peuple. Ils se perdent dans l'**anonymat** de la ville. Ils sont eux-mêmes des ombres grises, dont l'existence se limite à la fuite en avant ou à l'attente.

• **La boutique et la chambre conjugale**, dans laquelle se retrouvent les amants, accentuent l'effet de **clôture de l'espace**. Thérèse tente d'échapper à cet enfermement en regardant par la fenêtre. Mais elle n'aperçoit qu'une « grande muraille noire, crépie grossièrement » (chap. I, p. 22). Tout ailleurs, et donc tout espoir, lui semblent interdits.

• L'espace du roman ne s'ouvre qu'au moment de la **promenade à Saint-Ouen**, sur les bords de Seine, animés par les traditionnelles guinguettes et les canotiers, qui renvoient à une **esthétique impressionniste** (→ 2e de couverture). Bien que le contraste avec le paysage urbain soit important, les amants sont loin de faire à Saint-Ouen l'expérience du plaisir et de la légèreté. **La Seine**, décrite sous une lumière crépusculaire, « qui noyait les arbres dans une vapeur transparente » (chap. XI, p. 87), est un **symbole de mort** et le cadre angoissant du meurtre.

2 • La médiocrité du milieu social

• Zola exprime sa dérision à l'égard d'un monde **petit-bourgeois**, qui fait de l'**argent** quasiment sa seule valeur. Ce monde est également figé dans ses **habitudes** et sa **bêtise**. Michaud et Grivet, les invités des **soirées du jeudi**, sont des êtres vulgaires et suffisants, qui restent aveugles à la tragédie qui se joue à côté d'eux. Ces soirées constituent un rituel ridicule et insignifiant, qui est pourtant le seul événement notable dans la vie de la famille.

3 • Le corps dans tous ses états

• Zola livre sur les personnages des **observations** et des **analyses** qui se veulent **scientifiques**. Il décrit les corps agités par le désir, déformés par la violence ou la peur, défigurés par la mort. Camille est un corps malade. Les amants sont frappés par un « détraquement » (chap. XXII, p. 170) dont Zola place l'origine dans l'excitation du désir. Il donne des **causes physiologiques** au comportement pathologique des personnages. Il énonce ce **diagnostic** : « Laurent s'était trouvé tout d'un coup jeté en plein éréthisme[1] nerveux ; sous l'influence ardente de la jeune femme, son tempérament était devenu peu à peu celui d'une fille secouée par une névrose aiguë. » (chap. XXII, p. 170) Les troubles de Thérèse peuvent être considérés comme caractéristiques de l'hystérie, maladie mentale censée affecter les femmes. Zola ne prête aux personnages aucune conscience. Ils sont gouvernés par leurs instincts et les pulsions de leur chair, à l'image des **bêtes**.

LE GLISSEMENT VERS LA FOLIE : UN ROMAN FANTASTIQUE

Les personnages, obsédés par la gravité de leur geste, sont en proie à des **hallucinations** et des **angoisses** qui perturbent leur vision du réel : ils ne perçoivent plus avec justesse les **limites entre l'animé et l'inanimé, entre l'animal et l'homme, entre les vivants et les morts.** Ce brouillage des limites ordinaires du monde est une caractéristique de la littérature **fantastique**.

1 • L'inquiétante étrangeté des portraits

• Les **portraits** de Camille sont nombreux dans le roman. Leur esthétique reflète la vision de Laurent, pour mieux frapper le lecteur. Camille est par exemple décrit la « bouche, tordue par le sommeil, faisant une grimace bête » (chap. XI, p. 84). Son **cadavre** est l'objet d'une description particulièrement saisissante, qui n'épargne pas au lecteur les **détails de la décomposition des chairs** : « La tête, maigre, osseuse, légèrement tuméfiée, grimaçait ; elle se penchait un peu, les cheveux collés aux tempes, les paupières levées, montrant le globe blafard des yeux ;

1. **Éréthisme :** excitation violente.

les lèvres tordues, tirées vers un des coins de la bouche, avaient un ricanement atroce ; un bout de langue noirâtre apparaissait dans la blancheur des dents. » (chap. XIII, p. 107)

• Dans le roman, les portraits sont encore plus inquiétants lorsqu'ils sont peints. Laurent crée ainsi un **tableau qui annonce le destin de Camille** : sans en avoir conscience, il lui a donné la « face verdâtre d'un noyé » (chap. VI, p. 51). Après le meurtre, le tableau s'anime et paraît l'accuser : « le portrait eut un regard si écrasant, si ignoble, si long, que Laurent, après avoir voulu lutter de fixité avec lui, fut vaincu et recula, accablé » (chap. XXI, p. 166). Laurent n'en continue pas moins à peindre Camille, qui devient malgré lui son seul motif d'inspiration. Lorsqu'il en prend conscience, il renonce à la peinture, se croyant presque possédé par sa victime.

2 • De l'animal à l'homme

• Le **chat François**, qui terrifie les amants, apparaît comme un double ou comme une **réincarnation** du mari trompé et assassiné. Pour Laurent, « Camille est entré dans ce chat » (chap. XXI, p. 168). Comme Mme Raquin, il est la conscience morale muette qui rappelle leur crime aux meurtriers. Laurent le sacrifie, dans un geste qui le renvoie au meurtre de Camille : « Le chat se mit à jurer, à se roidir, en tâchant de se retourner pour mordre la main de Laurent. » (chap. XXX, p. 247) La tristesse que sa mort inspire à Mme Raquin donne lieu à une scène marquée par le **registre pathétique** : le lecteur a pitié des larmes de la vieille femme, qui voit disparaître avec François sa seule consolation.

3 • Des morts-vivants

• Thérèse et Laurent sont si angoissés par leur geste qu'ils en perdent le repos et glissent progressivement vers la **folie**. Ils sont victimes d'**insomnies** et d'**hallucinations**. Le **spectre** de Camille les hante sans cesse. Ils le voient même dans le lit conjugal, où il paralyse leur désir. Zola fait de Camille un **mort-vivant**, un **fantôme**.

• Camille est aussi présent dans la trace de morsure que Laurent a au cou. La **cicatrice** obsède le meurtrier et le **torture** : « blessure vivant sur lui, se réveillant, rougissant et le mordant au moindre trouble » (chap. XXX, p. 245). Au moment du dénouement, « la bouche de la jeune femme alla heurter, sur le cou de son mari, la cicatrice qu'avaient laissée les dents de Camille » (chap. XXXII, p. 265). En embrassant l'empreinte laissée par son mari sur le corps de Laurent, Thérèse réaffirme le pouvoir de Camille.

• Paralysée et muette, **Mme Raquin** peut elle aussi être considérée comme une **morte-vivante**. Mais les aveux involontaires des meurtriers lui procurent une « espèce de choc » « d'autant plus épouvantable qu'il sembla galvaniser[1] un cadavre » (chap. XXVI, p. 208). Sa présence contribue à maintenir la tension et l'inquiétude du lecteur jusqu'aux dernières lignes du roman.

1. **Galvaniser :** électriser.

Descriptions de Paris

La révolution industrielle du XIXe siècle en France entraîne une accélération de l'urbanisation. Paris prend le visage de l'agglomération moderne qu'elle est aujourd'hui. S'y côtoient l'argent facile, les grandes ambitions, ainsi que la pauvreté la plus extrême. Les « misérables », figures d'une modernité que l'on voudrait synonyme de progrès, fascinent et inquiètent. Quelle image de la capitale et de ses habitants les écrivains nous proposent-ils ?

DOCUMENT 1

Balzac, *Le Père Goriot* (1834-1835) ♦ fin

Eugène de Rastignac, jeune homme noble mais pauvre, arrive à Paris en 1819. Il rencontre le mystérieux Vautrin, qui lui montre le chemin d'une réussite cynique, ainsi que le père Goriot, qui s'est sacrifié pour ses deux filles : Anastasie et Delphine, devenues respectivement Mme de Restaud et Mme de Nucingen, suite à leur mariage. Le vieil homme est mort, abandonné de ses filles. Eugène paye son enterrement et accompagne le cercueil. Avec le père Goriot meurent ses illusions de jeunesse. Il lance à Paris un défi ambitieux, avant de se rendre chez Delphine de Nucingen, sa maîtresse.

Cependant, au moment où le corps fut placé dans le corbillard, deux voitures armoriées[1], mais vides, celle du comte de Restaud et celle du baron de Nucingen, se présentèrent et suivirent le convoi jusqu'au Père-Lachaise[2]. À six heures, le corps du père Goriot fut descendu dans sa fosse, autour de laquelle étaient les gens de ses filles, qui disparurent avec le clergé aussitôt que fut dite la courte prière due au bonhomme pour l'argent de l'étudiant. Quand les deux fossoyeurs eurent jeté quelques pelletées de terre sur la bière[3] pour la cacher, ils se relevèrent, et l'un d'eux, s'adressant à Rastignac, lui demanda leur pourboire. Eugène fouilla dans sa poche et n'y trouva rien, il fut forcé d'emprunter vingt sous à Christophe[4]. Ce fait, si léger en lui-même, détermina chez Rastignac un accès d'horrible tristesse. Le jour tombait, un humide crépuscule agaçait les nerfs, il regarda la tombe et y ensevelit sa dernière larme de jeune homme,

1. **Armoriées :** ornées d'armoiries, emblèmes propres à une famille.
2. **Père-Lachaise :** célèbre cimetière parisien.
3. **Bière :** cercueil.
4. **Christophe** est un domestique de la pension Vauquer, où loge Rastignac.

cette larme arrachée par les saintes émotions d'un cœur pur, une de ces larmes qui, de la terre où elles tombent, rejaillissent jusque dans les cieux. Il se croisa les bras, contempla les nuages, et le voyant ainsi, Christophe le quitta.

Rastignac, resté seul, fit quelques pas vers le haut du cimetière et vit Paris tortueusement couché le long des deux rives de la Seine où commençaient à briller les lumières. Ses yeux s'attachèrent presque avidement entre la colonne de la place Vendôme et le dôme des Invalides, là où vivait ce beau monde dans lequel il avait voulu pénétrer. Il lança sur cette ruche bourdonnante un regard qui semblait par avance en pomper le miel, et dit ces mots grandioses : « À nous deux maintenant ! »

Et pour premier acte du défi qu'il portait à la Société, Rastignac alla dîner chez madame de Nucingen.

DOCUMENT 2

Victor Hugo, *Les Misérables* (1862) ♦ 3e partie, livre premier, § 1, « Parvulus[1] »

Dans son roman, Hugo présente différents « misérables », à travers lesquels il dénonce les injustices de son temps. L'extrait suivant fait le portrait de Gavroche, gamin parisien incarnant la mauvaise éducation, la liberté et l'innocence.

Paris a un enfant et la forêt a un oiseau ; l'oiseau s'appelle le moineau ; l'enfant s'appelle le gamin.

Accouplez ces deux idées qui contiennent, l'une toute la fournaise, l'autre toute l'aurore, choquez ces étincelles, Paris, l'enfance ; il en jaillit un petit être. *Homuncio*[2], dirait Plaute[3].

Ce petit être est joyeux. Il ne mange pas tous les jours et il va au spectacle, si bon lui semble, tous les soirs. Il n'a pas de chemise sur le corps, pas de souliers aux pieds, pas de toit sur la tête ; il est comme les mouches du ciel qui n'ont rien de tout cela. Il a de sept à treize ans, vit par bandes, bat le pavé, loge en plein air, porte un vieux pantalon de son père qui lui descend plus bas que les talons, un vieux chapeau de quelque autre père qui lui descend plus bas que les oreilles, une seule bretelle en lisière jaune, court, guette, quête, perd le temps, culotte[4]

1. Parvulus : le tout-petit (en latin).
2. Homuncio : le petit homme.
3. Plaute (vers 254 av. J.C.-184 av. J.C.) : auteur latin de comédies.
4. Culotte : noircit d'un dépôt, à force de l'utiliser.

des pipes, jure comme un damné, hante[1] le cabaret, connaît des voleurs, tutoie des filles[2], parle argot, chante des chansons obscènes, et n'a rien de mauvais dans le cœur. C'est qu'il a dans l'âme une perle, l'innocence, et les perles ne se dissolvent pas dans la boue. Tant que l'homme est enfant, Dieu veut qu'il soit innocent.

Si l'on demandait à l'énorme ville : Qu'est-ce que cela ? elle répondrait : C'est mon petit.

DOCUMENT 3

Émile Zola, *Thérèse Raquin* (1867) ♦ incipit

« Au bout de la rue Guénégaud [...] toute couturée de cicatrices » → p. 16-17, l. 5-32

L'incipit du roman présente le passage du Pont-Neuf, qui constitue le sombre arrière-plan du récit. La description met en évidence la saleté du lieu et l'omniprésence de la mort.

DOCUMENT 4

Gustave Flaubert, *L'Éducation sentimentale* (1869) ♦ 1re partie, chap. V

Jeune homme rêveur, Frédéric Moreau arrive à Paris dans l'espoir d'accéder à la réussite sociale et personnelle. Il tombe amoureux de Mme Arnoux. Son histoire est celle d'un échec : il reste spectateur d'une vie parisienne à laquelle il ne parvient pas à participer.

Alors commencèrent trois mois d'ennui. Comme il n'avait aucun travail, son désœuvrement renforçait sa tristesse.

Il passait des heures à regarder, du haut de son balcon, la rivière qui coulait entre les quais grisâtres, noircis, de place en place, par la bavure des égouts, avec un ponton de blanchisseuses[3] amarré contre le bord, où des gamins quelquefois s'amusaient, dans la vase, à faire baigner un caniche. Ses yeux, délaissant à gauche le pont de pierre de Notre-Dame et trois ponts suspendus, se dirigeaient toujours vers le quai aux Ormes, sur un massif de vieux arbres, pareils aux tilleuls du port de Montereau[4]. La tour Saint-Jacques, l'Hôtel de Ville, Saint-Gervais, Saint-Louis, Saint-Paul se levaient en face, parmi les toits confondus,

1. **Hante :** fréquente.
2. **Filles :** prostituées.
3. **Blanchisseuses :** femmes qui lavent le linge.
4. **Montereau :** ville du sud de la région parisienne.

– et le génie de la colonne de Juillet[1] resplendissait à l'orient comme une large étoile d'or, tandis qu'à l'autre extrémité le dôme des Tuileries arrondissait, sur le ciel, sa lourde masse bleue. C'était par derrière, de ce côté-là, que devait être la maison de Mme Arnoux.

Il rentrait dans sa chambre ; puis, couché sur son divan, s'abandonnait à une méditation désordonnée : plans d'ouvrages, projets de conduite, élancements vers l'avenir. Enfin, pour se débarrasser de lui-même, il sortait.

Il remontait, au hasard, le quartier latin[2], si tumultueux d'habitude, mais désert à cette époque, car les étudiants étaient partis dans leurs familles. Les grands murs des collèges, comme allongés par le silence, avaient un aspect plus morne encore ; on entendait toutes sortes de bruits paisibles, des battements d'ailes dans des cages, le ronflement d'un tour, le marteau d'un savetier[3] ; et les marchands d'habits, au milieu des rues, interrogeaient de l'œil chaque fenêtre, inutilement. Au fond des cafés solitaires, la dame du comptoir bâillait entre ses carafons remplis ; les journaux demeuraient en ordre sur la table des cabinets de lecture ; dans l'atelier des repasseuses, des linges frissonnaient sous les bouffées du vent tiède. De temps à autre, il s'arrêtait à l'étalage d'un bouquiniste ; un omnibus, qui descendait en frôlant le trottoir, le faisait se retourner ; et, parvenu dans le Luxembourg[4], il n'allait pas plus loin.

DOCUMENT 5

Édouard Manet, *En bateau* (1874) → 2e de couverture

Édouard Manet (1832-1883), considéré comme l'un des pères de l'impressionnisme, rompt avec les conventions de l'esthétique académique. Dans ce tableau, il nous livre un fragment du réel, dans une composition centrée sur un couple en bateau et la rivière.

1. Colonne de Juillet : référence à la colonne élevée place de la Bastille en 1840 pour garder le souvenir des journées révolutionnaires de juillet 1830, qui mirent fin au règne de Charles X.

2. Quartier latin : quartier étudiant du centre de Paris.

3. Savetier : sorte de cordonnier.

4. Luxembourg : jardin parisien.

DOCUMENT 6

Jacques Réda, *Les Ruines de Paris* (1977), © Gallimard

L'œuvre présente une suite de promenades dans Paris et sa banlieue. Jacques Réda (né en 1929) rend compte, dans une prose poétique, de ses rêveries sur les monuments et les rues de la ville. Dans cet extrait, il laisse aller son imagination face à la place de la Concorde.

Tant bien que mal enfin j'atteins la place de la Concorde[1]. L'espace devient tout à coup maritime. Même par vent presque nul, un souffle d'appareillage[2] s'y fait sentir. Et, contre les colonnes, sous les balustrades où veillent des lions, montent en se balançant des vaisseaux à châteaux du Lorrain[3], dont tout le bois de coque et de mâts, et les cordes, et les toiles sifflent et craquent, déchirant l'étendard fumeux qui sans cesse se redéploie au-dessus de la ville. Je vais donc comme le long d'une plage, par des guérets[4]. Et sans doute c'est l'indécision du soir qui m'ouvre cette étendue, toujours pourtant mêlée aux pierres et au fracas de Paris. Car en plein jour, surtout dans les mois mal apprivoisés (février, mars, novembre), quand l'air pâlit comme aux lisières des landes et des marais, les rues creusent dans une lueur d'estuaire de sable : à chaque pas va surgir ce miroitement de perle entre des dunes, et le cœur bat, et d'entières forêts qui transhument[5] stationnent aux carrefours, puis s'éclipsent d'un bond comme la licorne. Sur tous les monuments une sauvagerie élémentaire mais tendre a subsisté. Réfugiée au ciel qui reste le plus sensible de cette terre, elle émeut jusqu'au marbre ignorant des heures et des saisons. Un angle ébloui saute alors en étrave[6] au milieu de ce flot de métamorphoses, hissant avec lui des palais dans la splendeur du premier jour. Des attelages de bronze vert s'envolent ; on sent, perdus entre deux houles antédiluviennes[7] de fougères, les siècles en proie à leur fragilité, et l'espérance humaine écarquillée devant sa solitude.

1. Place de la Concorde : grande place parisienne, située au pied des Champs-Élysées.
2. Appareillage : action d'appareiller, départ (pour un bateau).
3. Le Lorrain : Claude Gellée, dit *Le Lorrain* est un peintre français (1600-1682), célèbre pour ses tableaux de ports de mer.
4. Guérets : terres labourées, non ensemencées.
5. Transhument : changent de pâturages (pour un troupeau), se déplacent.
6. Étrave : pièce formant l'avant d'un navire.
7. Antédiluviennes : antérieures au Déluge (épisode de la Bible), très anciennes.

Les personnages féminins : femmes fatales ou victimes ?

La femme fatale séduit l'homme pour mieux le perdre. Elle en meurt parfois elle-même, sacrifiée à l'ordre social et moral qu'elle est censée avoir mis à mal. Le mythe de la femme fatale, triomphant au XIXe siècle, n'est-il pas le fruit du regard masculin sur les femmes, hérité d'un discours moral et religieux traditionnel, qui impose de contrôler le désir et les éventuels désordres qu'il entraîne ?

DOCUMENT 7

Homère, *Odyssée* (VIIIe siècle av. J.-C.) ♦ chant X, trad. Leconte de Lisle revue et adaptée par N. Nadifi, © Hatier

Ulysse, après la guerre de Troie, s'efforce de regagner Ithaque. Il parvient sur l'île de Circé, la magicienne, figure de la femme fatale et maléfique qui use de ses pouvoirs pour avilir l'homme et le priver de sa liberté.

Ayant ainsi parlé, je m'éloignai de la mer et du navire, et traversant les vallées sacrées, j'arrivai à la grande demeure de l'empoisonneuse Circé. Hermès[1] à la baguette d'or vint à ma rencontre, comme j'approchais de la demeure, et il était semblable à un gracieux adolescent. Me prenant la main, il me dit :

– Malheureux où vas-tu seul, entre ces collines, ignorant ces lieux ? Tes compagnons sont enfermés dans la demeure de Circé, et transformés en porcs, ils sont retenus dans des étables bien closes. Viens-tu pour les délivrer ? Tu n'en reviendras pas toi-même, je te le dis, et tu resteras là où ils sont déjà. Mais je te délivrerai de ce péril et je te sauverai. Prends ce remède puissant, emporte-le et rends-toi chez Circé, car il éloignera de toi le jour fatal. [...]

M'arrêtant sous le porche de la Déesse aux belles boucles, je l'appelai. Elle entendit ma voix, et, sortant aussitôt, elle ouvrit les portes luisantes et m'invita. L'ayant suivie, le cœur triste, elle me fit entrer, puis asseoir sur un trône à clous d'argent, et bien travaillé. J'avais un escabeau sous les pieds. Aussitôt elle prépara dans une coupe d'or le breuvage que je devais boire, et, méditant le mal dans son esprit, elle y mêla le poison. Après me l'avoir donné, alors que je le buvais, elle me frappa de sa baguette et me dit :

– Va maintenant dans l'étable à porcs, coucher auprès de tes compagnons.

1. Hermès : dieu grec messager.

Elle parla ainsi, mais je tirai du fourreau mon épée pointue et me jetai sur elle comme si je voulais la tuer. Alors, poussant un grand cri, elle se prosterna, saisit mes genoux et me dit ces paroles ailées, en pleurant :

– Qui es-tu parmi les hommes ? Où est ta ville ? Qui sont tes parents ? Je suis stupéfaite qu'ayant bu ce poison tu ne sois pas transformé. Jamais aucun homme, pour l'avoir seulement goûté, n'y a résisté. Ton esprit est indomptable, ou tu es Ulysse, l'homme aux mille ruses qui devait arriver ici, à son retour de Troie, sur son rapide et sombre vaisseau, ainsi qu'Hermès à la baguette d'or me l'avait toujours prédit. Mais, remets ton épée dans son fourreau, et couchons-nous tous deux sur mon lit, nous unir l'un à l'autre, sans plus de méfiance. [...]

DOCUMENT 8

Abbé Prévost, *Manon Lescaut* (1731) ♦ 2e partie

Le chevalier Des Grieux est exilé avec Manon en Amérique. Les deux amants ont dû s'enfuir dans le désert, pour échapper au neveu du gouverneur, qui poursuit Manon de ses assiduités. L'extrait suivant est le récit de la mort de la jeune femme, dominé par le registre pathétique.

Nous nous assîmes au milieu d'une vaste plaine, sans avoir pu trouver un arbre pour nous mettre à couvert. Son premier soin fut de changer le linge de ma blessure, qu'elle avait pansée elle-même avant notre départ. Je m'opposai en vain à ses volontés. J'aurais achevé de l'accabler mortellement, si je lui eusse refusé la satisfaction de me croire à mon aise et sans danger, avant que de penser à sa propre conservation. Je me soumis durant quelques moments à ses désirs. Je reçus ses soins en silence et avec honte. Mais, lorsqu'elle eut satisfait sa tendresse, avec quelle ardeur la mienne ne prit-elle pas son tour ! Je me dépouillai de tous mes habits, pour lui faire trouver la terre moins dure en les étendant sous elle. Je la fis consentir, malgré elle, à me voir employer à son usage tout ce que je pus imaginer de moins incommode. J'échauffai ses mains par mes baisers ardents et par la chaleur de mes soupirs. Je passai la nuit entière à veiller près d'elle, et à prier le Ciel de lui accorder un sommeil doux et paisible. Ô Dieu ! que mes vœux étaient vifs et sincères ! et par quel rigoureux jugement aviez-vous résolu de ne les pas exaucer !

Pardonnez, si j'achève en peu de mots un récit qui me tue. Je vous raconte un malheur qui n'eut jamais d'exemple. Toute ma vie est destinée à le pleurer. Mais, quoique je le porte sans cesse dans ma mémoire, mon âme semble reculer d'horreur, chaque fois que j'entreprends de l'exprimer.

Nous avions passé tranquillement une partie de la nuit. Je croyais ma chère maîtresse endormie et je n'osais pousser le moindre souffle, dans la crainte de troubler son sommeil. Je m'aperçus dès le point du jour, en touchant ses mains, qu'elle les avait froides et tremblantes. Je les approchai de mon sein, pour les échauffer. Elle sentit ce mouvement, et, faisant un effort pour saisir les miennes, elle me dit, d'une voix faible, qu'elle se croyait à sa dernière heure. Je ne pris d'abord ce discours que pour un langage ordinaire dans l'infortune, et je n'y répondis que par les tendres consolations de l'amour. Mais, ses soupirs fréquents, son silence à mes interrogations, le serrement de ses mains, dans lesquelles elle continuait de tenir les miennes, me firent connaître que la fin de ses malheurs approchait. N'exigez point de moi que je vous décrive mes sentiments, ni que je vous rapporte ses dernières expressions. Je la perdis ; je reçus d'elle des marques d'amour, au moment même qu'elle expirait. C'est tout ce que j'ai la force de vous apprendre de ce fatal et déplorable événement.

DOCUMENT 9

Alfred de Vigny, *Les Destinées* (1864, posthume) ♦ « La Colère de Samson », extrait

Les Destinées *est un recueil de poèmes d'inspiration philosophique et morale. Pour Vigny, les femmes séduisent par la ruse et pour détruire l'homme, à l'image de Dalila, personnage biblique qui trahit Samson, après lui avoir soutiré le secret de sa force grâce à son charme.*

Les genoux de Samson fortement sont unis
Comme les deux genoux du colosse Anubis[1]
Elle[2] s'endort sans force et riante et bercée
Par la puissante main sous sa tête placée.
Lui, murmure le chant funèbre et douloureux
Prononcé dans la gorge avec des mots hébreux.
Elle ne comprend pas la parole étrangère[3],
Mais le chant verse un somme en sa tête légère.

1. Anubis : dieu égyptien des morts.
2. Elle : Dalila.
3. Dalila est Philistine. Les Philistins, ennemis d'Israël, ne parlent pas hébreu.

« Une lutte éternelle en tout temps, en tout lieu,
Se livre sur la terre, en présence de Dieu,
Entre la bonté d'Homme et la ruse de Femme,
Car la femme est un être impur de corps et d'âme.

« L'Homme a toujours besoin de caresse et d'amour,
Sa mère l'en abreuve alors qu'il vient au jour,
Et ce bras le premier l'engourdit, le balance
Et lui donne un désir d'amour et d'indolence.
Troublé dans l'action, troublé dans le dessein,
Il rêvera partout à la chaleur du sein,
Aux chansons de la nuit, aux baisers de l'aurore,
À la lèvre de feu que sa lèvre dévore,
Aux cheveux dénoués qui roulent sur son front,
Et les regrets du lit, en marchant, le suivront.
Il ira dans la ville, et, là, les vierges folles
Le prendront dans leurs lacs[1] aux premières paroles.
Plus fort il sera né, mieux il sera vaincu,
Car plus le fleuve est grand et plus il est ému.
Quand le combat que Dieu fit pour la créature
Et contre son semblable et contre la Nature
Force l'Homme à chercher un sein où reposer,
Quand ses yeux sont en pleurs, il lui faut un baiser.
Mais il n'a pas encor fini toute sa tâche :
Vient un autre combat plus secret, traître et lâche ;
Sous son bras, sur son cœur se livre celui-là ;
Et, plus ou moins, la Femme est toujours DALILA.

DOCUMENT 10

Émile Zola, *Thérèse Raquin* (1867) ♦ chap. VII

« Dès le commencement [...] un air pénétrant et âcre » → p. 52-53, l. 1-43

Thérèse s'est abandonnée à Laurent, ami que Camille a présenté à la famille. Laurent ne désirait pas Thérèse. Il découvre, au début de leur relation, les « voluptés cuisantes » que lui inspire son amante.

1. **Lacs :** pièges.

DOCUMENT 11

Albert Cohen, *Belle du Seigneur* (1968), © Gallimard ♦ 3e partie, chap XLV

Belle du Seigneur *célèbre l'amour-passion, tout en faisant apparaître ses illusions et l'échec qui en serait l'inévitable issue. Solal a séduit Ariane, l'épouse de l'un de ses subordonnés. L'extrait évoque les premiers moments de leur passion.*

Un soir, peu avant neuf heures, elle décida que l'attendre dehors, sur le seuil, faisait obséquieux[1]. Oui, aller simplement ouvrir la porte lorsqu'il arriverait, mais ne pas se précipiter, aller tranquillement en respirant largement, de manière à ne pas oublier qui elle était, de manière aussi à n'être pas essoufflée. Oui, très bien, maîtrise d'elle-même, le faire dignement entrer au salon. Là, conversation, puis proposer une tasse de thé. Bonne idée d'avoir déjà tout apporté au salon pour n'être pas devant lui en posture de femme de chambre apportant un plateau. Oui, tout y était, théière avec couvre-théière, tasses, lait, citron. Donc au moment opportun se lever, verser le thé lentement, lui demander sans servilité s'il voulait du lait ou du citron. Elle essaya. Lait ou citron ? Non, l'interrogation était ratée, ça faisait trop énergique, cheftaine éclaireuse. Elle essaya de nouveau. Lait ou citron ? Oui, ainsi c'était bien. Aimable, mais indépendante.

Elle se précipita lorsque la sonnette retentit. Mais arrivée dans le vestibule, elle fit demi-tour. Avait-elle bien enlevé la poudre ? De retour au salon, elle resta devant la glace, s'y regarda sans s'y voir. Le sang battant à ses oreilles, elle se décida enfin, s'élança, faillit tomber, ouvrit la porte. Comme allez-vous ? lui demanda-t-elle avec le naturel d'un chanteur d'opérette faisant du parlé.

La respiration difficile, elle le précéda dans le salon. Un sourire immobile posé sur ses lèvres, elle lui indiqua un fauteuil, s'assit à son tour, tendit le bas de sa robe, attendit. Pourquoi ne lui parlait-il pas ? Lui avait-elle déplu ? Il restait peut-être de la poudre. Elle passa sa main sur son nez, se sentit dépourvue de charme. Parler ? Sa voix serait enrouée, et s'éclaircir la gorge ferait un bruit affreux. Elle ne se doutait pas qu'il était en train d'adorer sa gaucherie[2] et qu'il gardait le silence pour la faire durer.

1. Obséquieux : excessivement poli.

2. Gaucherie : maladresse.

DOCUMENT 12

Photographie de la mise en scène de *Thérèse Raquin* par Philippe Faure (2008)
→ 3e de couverture

Dans son adaptation de Thérèse Raquin, *Philippe Faure donne à voir la dimension tragique du récit. Il insiste sur la violence des relations entre Thérèse, Laurent et Camille, prisonniers d'un triangle amoureux mortifère.*

Descriptions de Paris | SUJET D'ÉCRIT 1 |

Objet d'étude : Le personnage de roman, du XVIIe siècle à nos jours

DOCUMENTS

- **BALZAC, *Le Père Goriot*** (1834-1835) → DOC. 1, p. 301
- **ZOLA, *Thérèse Raquin*** (1867) → DOC. 3, p. 303
- **FLAUBERT, *L'Éducation sentimentale*** (1869) → DOC. 4, p. 303

QUESTIONS SUR LE CORPUS

1 Présentez les aspects de Paris mis en évidence par les textes. Quels points communs et quelles différences peut-on identifier dans l'image qu'ils donnent de la ville ?

2 Analysez les liens entre la description et la narration : montrez en particulier que la description de la ville éclaire la situation des personnages et le récit.

TRAVAUX D'ÉCRITURE

Commentaire (séries générales)

Vous ferez le commentaire du texte de Zola (doc. 3, p. 303).

Commentaire (séries technologiques)

Vous ferez le commentaire du texte de Zola (doc. 3, p. 303), en vous aidant des pistes de lecture suivantes.

– Vous montrerez que le texte remplit l'une des fonctions essentielles d'un incipit : la description précise du cadre du récit.

– Vous analyserez la dimension subjective, voire poétique de la description.

Dissertation

Dans le roman, la description n'est-elle qu'un ornement que le lecteur pourrait ne pas lire ?

En vous appuyant sur les textes du corpus et sur vos lectures personnelles, vous vous demanderez dans quelle mesure la description est essentielle au récit.

Écriture d'invention

Vous êtes l'auteur d'un roman dans lequel les descriptions sont développées et nombreuses. Un critique littéraire vous en fait le reproche, considérant que votre œuvre est de ce fait ennuyeuse. Dans une lettre ouverte, vous lui adressez votre réponse, en expliquant l'importance qu'a pour vous la description dans un roman.

Les personnages féminins : femmes fatales ou victimes ? | SUJET D'ÉCRIT 2 |

Objet d'étude : Le personnage de roman du XVIIe siècle à nos jours

DOCUMENTS

- **HOMÈRE, *Odyssée*** (VIIIe siècle av. J.-C.) → DOC. 7, p. 306
- **PRÉVOST, *Manon Lescaut*** (1731) → DOC. 8, p. 307
- **ZOLA, *Thérèse Raquin*** (1867) → DOC. 10, p. 309

QUESTIONS SUR LE CORPUS

1 Vous analyserez l'image de la femme que proposent les textes du corpus. En quoi peut-on dire que les personnages féminins répondent au type de la femme fatale ?

2 Dans quelle mesure peut-on affirmer que ces personnages témoignent d'un regard masculin sur la femme ?

TRAVAUX D'ÉCRITURE

Commentaire (séries générales)

Vous ferez le commentaire du texte de Zola (doc. 10, p. 309).

Commentaire (séries technologiques)

Vous ferez le commentaire du texte de Zola (doc. 10, p. 309), en vous aidant des pistes de lecture suivantes.

– Vous analyserez la description que fait Zola de la passion naissante entre Laurent et Thérèse.

– Vous relèverez et expliquerez les éléments qui confèrent à cette passion une dimension inquiétante et qui peuvent annoncer son issue tragique.

Dissertation

Balzac, dans l'« Avant-propos » à la *Comédie humaine* (1842), affirme qu'il entend, avec ses personnages, « faire concurrence à l'état-civil ».

En vous appuyant sur les textes du corpus et sur vos connaissances personnelles, vous vous demanderez dans quelle mesure le romancier construit ses personnages en s'appuyant sur la réalité.

Écriture d'invention

En vous appuyant sur le texte de Zola (doc. 10, p. 309), vous imaginerez la description que Thérèse pourrait faire de Laurent et ses réflexions sur la passion. Vous veillerez à rendre compte d'un regard féminin sur l'homme et sur le désir. Vous donnerez à votre texte la forme d'un monologue intérieur.

Le meurtre de Camille | SUJET D'ORAL 1 |

• **ZOLA**, *Thérèse Raquin*, chap. XI
« Laurent serra plus fort [...] un morceau de chair. » → p. 91, l. 306-332.

QUESTION

Dans quelle mesure cette scène constitue-t-elle le point culminant de la violence et du déchaînement des passions dans le roman ?

Pour vous aider à répondre

a Montrez que Zola propose une analyse presque clinique des étapes du meurtre.
b Analysez le contraste entre la froide brutalité de Laurent et l'effroi de Thérèse et de Camille. Le couple formé par Laurent et Thérèse est-il uni dans le crime ?
c Montrez que le meurtre fait peser une forme de malédiction sur Thérèse et Laurent, dont le lecteur attend ensuite le châtiment.

COMME À L'ENTRETIEN

1 D'après votre lecture du roman, peut-on considérer le personnage de Laurent comme un monstre ?
2 Dans l'ensemble du roman, le personnage de Thérèse est-il vraiment conforme à l'image de fragilité présentée dans l'extrait ?
3 Montrez que Thérèse et Laurent, dans cet extrait comme dans la suite du roman, inspirent au lecteur à la fois un sentiment d'horreur et de pitié.
4 Laurent a-t-il commis le meurtre parfait, ou profite-t-il surtout de la naïveté et de la faiblesse de ceux qui auraient pu le dénoncer ? Comparez cette scène de meurtre avec celle du film de Marcel Carné, adaptation du roman de Zola.
5 *Thérèse Raquin* est, entre autres, l'histoire d'un crime. Quel est l'intérêt, pour Zola, de ne préserver aucun mystère sur l'identité des coupables ?

Le dénouement de *Thérèse Raquin*

| SUJET D'ORAL 2 |

• **ZOLA**, *Thérèse Raquin*, chap. XXXII

« Mme Raquin, sentant que le dénouement était proche [...] les écrasant de regards lourds. » → p. 264-264, l. 105-128.

QUESTION

Montrez que cet extrait propose la seule conclusion possible aux souffrances des personnages.

Pour vous aider à répondre

a Analysez les différentes étapes qui conduisent les personnages à un double suicide. Explicitez la dimension tragique de ce dénouement à la passion entre Thérèse et Laurent.
b Montrez que l'extrait revêt également une dimension morale : les coupables sont châtiés.
c La scène conclut le destin des personnages avec sobriété et en évitant tout excès dans le registre pathétique : dans quelle mesure peut-on dire que ce double suicide constitue même une libération pour tous les protagonistes ?

COMME À L'ENTRETIEN

1 En quoi cette scène est-elle révélatrice de l'esthétique naturaliste ?
2 Relevez l'importance des effets de lumière dans le roman et montrez qu'ils contribuent à créer une atmosphère inquiétante, parfois proche du fantastique.
3 Pourquoi Zola laisse-t-il le dernier regard sur les amants à Mme Raquin ?
4 Peut-on considérer que le suicide offre aux amants l'espoir d'une rédemption ? Précisez en quelques mots le regard que les contemporains de Zola portent sur le suicide.
5 La passion conduit Thérèse à la mort. Citez d'autres héroïnes de roman qui partagent le même destin.

6 Abbé Prévost
Manon Lescaut

41 Balzac
Le Chef-d'œuvre inconnu
Sarrasine

47 Balzac
Le Colonel Chabert

11 Balzac
La Duchesse de Langeais
Ferragus - La Fille aux yeux d'or

53 Balzac
La Femme de trente ans

3 Balzac
La Peau de chagrin

34 Balzac
Le Père Goriot

73 Barbey d'Aurevilly
Le Chevalier des Touches

42 Barbey d'Aurevilly
Les Diaboliques

20 Baudelaire
Les Fleurs du mal
Mon cœur mis à nu

61 Baudelaire
Le Spleen de Paris

55 Beaumarchais
Le Barbier de Séville

15 Beaumarchais
Le Mariage de Figaro
Essai sur le genre dramatique

83 Brisville (J.-C)
Le Souper

59 Chateaubriand
René

51 Corneille
Le Cid

2 Corneille
L'Illusion comique

38 Diderot
Jacques le Fataliste

66 Diderot
Supplément au Voyage de Bougainville

80 Durringer
Ex-voto

62 Flaubert
L'Éducation sentimentale

17 Flaubert
Madame Bovary

44 Flaubert
Trois Contes

4 Hugo
Le Dernier Jour d'un condamné

60 Hugo
Hernani

21 Hugo
Ruy Blas

8 Jarry
Ubu roi

5 Laclos
Les Liaisons dangereuses

14 Lafayette (Mme de)
La Princesse de Clèves

70 La Fontaine
Fables

78 Laroui
De quel amour blessé

82 Anthologie
Écrire, publier, lire

75 Marivaux
Les Acteurs de bonne foi

50 Marivaux
La Double Inconstance

46 Marivaux
L'Île des Esclaves

12 Marivaux
Le Jeu de l'amour et du hasard
L'Épreuve

30 Maupassant
Bel-Ami

52 Maupassant
Le Horla et autres nouvelles fantastiques

18 Maupassant
Nouvelles

27 Maupassant
Pierre et Jean

40 Maupassant
Une vie

48 Mérimée
Carmen - Les Âmes du purgatoire

74 Mérimée
Lokis

1 Molière
Dom Juan

19 Molière
L'École des femmes
La critique de l'École des femmes

25 Molière
Le Misanthrope

9 Molière
Le Tartuffe ou l'Imposteur
Lettre sur la comédie de l'Imposteur

45 Montesquieu
Lettres persanes

81 Musset
Les Caprices de Marianne

10 Musset
Lorenzaccio

54 Musset
On ne badine pas avec l'amour

35 La poésie
française au XIXe siècle

26 Rabelais
Pantagruel - Gargantua

1 Racine
Andromaque

22 Racine
Bérénice

45 Racine
Britannicus

7 Racine
Phèdre

64 Rimbaud
Poésies
(Poésies - Une saison en enfer Illuminations)

79 Rotrou
Le Véritable Saint Genest

37 Rostand
Cyrano de Bergerac

68 Sophocle
Œdipe-roi

69 Shakespeare
Hamlet

72 Sophocle
Roméo et Juliette

65 Stendhal
Les Cenci

32 Stendhal
Le Rouge et le Noir

77 Trouillot
Bicentenaire

67 Verlaine
Poèmes saturniens et autres recueils (Fêtes galantes - Romances sans paroles)

84 Vigny
Chatterton

13 Voltaire
Candide ou l'optimisme

24 Voltaire
L'ingénu

56 Voltaire
Micromégas et autres contes

33 Voltaire
Zadig

63 Zola
Au Bonheur des Dames

29 Zola
L'Assommoir

49 Zola
La Curée

76 Zola
La Fortune des Rougon

28 Zola
Germinal

43 Zola
Thérèse Raquin
Un mariage d'amour

Achevé d'imprimer par Grafica Veneta à Trebaseleghe - Italie
Dépôt légal : 95432-0/07- Décembre 2015